陳岸峰　著

疑古思潮與白話文學史的建構

——胡適與顧頡剛

齊魯書社

香港大學專業進修學院研究撥款委員會
贊助出版經費

謹此致謝

胡適(1891—1962)

顧頡剛(1893—1980)

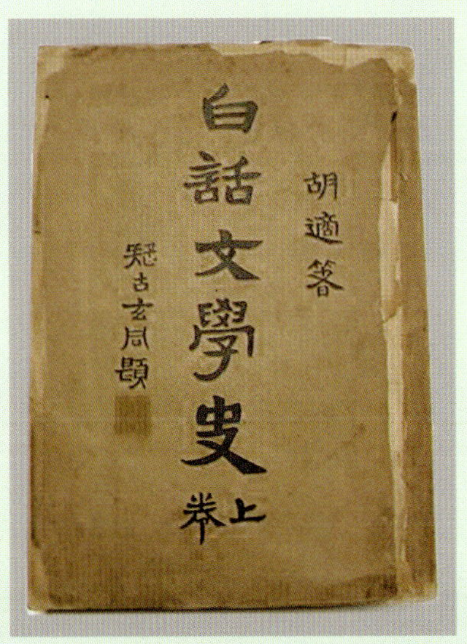

《白話文學史》

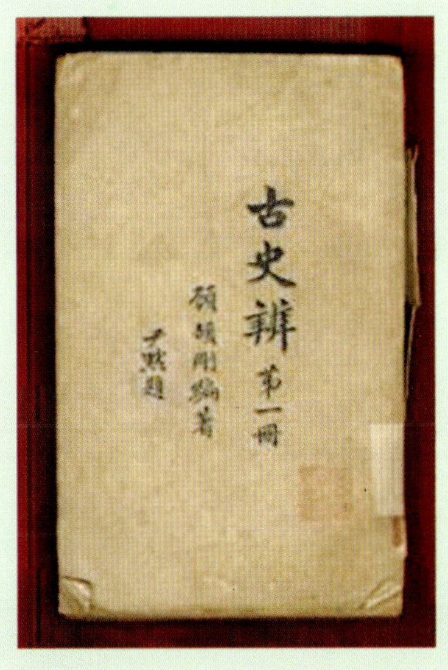

《古史辨》

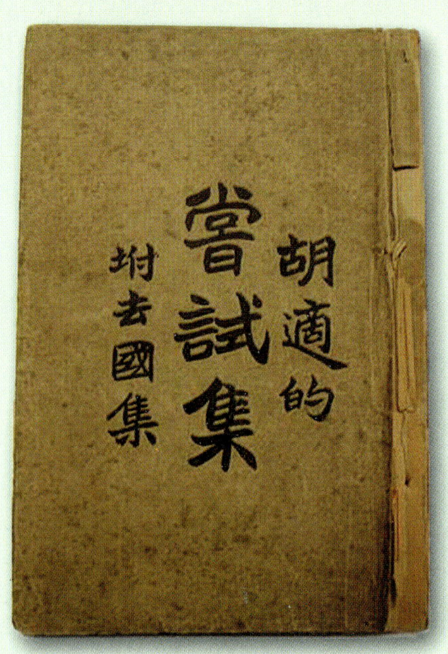

《嘗試集》

胡適小說考證手稿（一）

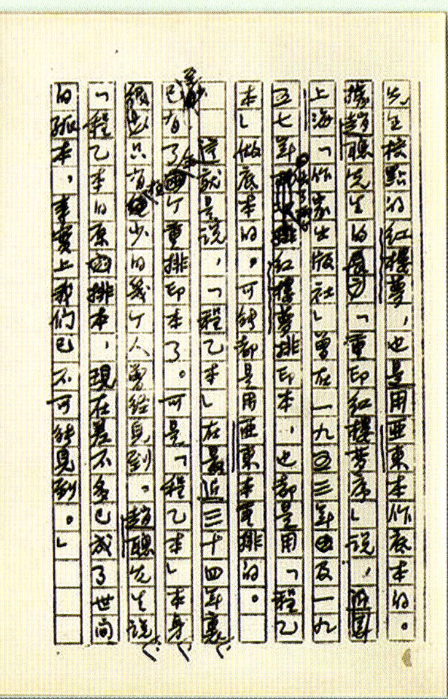

胡適小說考證手稿（二）

鄭　序

鄭煒明

我與陳岸峰博士相識於香港浸會大學,後來又在香港大學再度成為不同部門的同事,從時間上説,倒也有八九年光景了。説來既奇怪卻又毫不意外,我們見面的次數總的加起來,可能並不超過五回,一方面固然是因為我們在工作和生活上的負擔都很沉重,另一方面也可能是我們在性格上,都有一種自甘於孤獨的傾向吧,所以我們都把社交有意無意地減到最少。要知道,現在的所謂學術和文化界中人,頗不乏以鼓吹交際應酬、自我營銷和將學術與文化假普及之名而行市場化之實的"大腕",他們都很吃得開,但大多名實不符。我有理由相信這種現象已成為毋庸多辯的事實。可能是我與岸峰博士都有著相對於其他慣於歸宗入派、集體成家的學者們更為獨立和自由的精神和思想吧,我們對於這種社交式甚至是武林式的學術交流,態度一向是比較冷淡的。而我和他之間的溝通,一般就通通電話,談的都以業務為主,偶爾吐吐工作和生活上的苦水,卻從來也不覺得有甚麽不圓滿。君子之交淡如水,水卻是流動鮮活的;流水不腐,不是很好嗎?我想,真正的學者,他們之間的交往,重要的並不在於密切與否,而是在於各自對學術的真誠程度。選堂師説的求正、求是和求真,大抵是每一位有誠意的學者都會認同的處世態度,有此基礎,就能成為朋友。而我和岸峰博士,就是朋友。

在學術和文化工作方面,我是非常敬佩岸峰博士的。在今天中華文史的學術界一味強調專業、以專家為重的時候,他卻是一位罕有的少數派,做學問不趕時髦,以打通為己任。當今學林,遍地專家,但吾師選堂先生卻以為其中多有不通者,因此,他一方面自嘲無家可歸,一方面卻又倡導學生不要分家。依我看,岸峰博士治學其實也是朝著不分家的方向走的,他以中國文學研究為主,堪稱是一位卓有成績的中國文學史學者,但細分他曾經涉足的課題,不難發現他其實是宜古宜今的。試問現在能有多少個四十歲未到的博士、教授,可以在中國現當代小説、中國文學史、香港文學、中國古典文論與文學批評、明清詩學等等領域,都有所著述,都有學術上的建樹呢?岸峰博士就是這樣年輕有為的一位學者。他在沈德潛詩學研究、20世紀中國文學史的學術史研究和現當代中國小説研究等三個方面,都將有專門的著述面世。如果把這幾本書連接起來讀,相信可以證明我上面説的"打通"這一點。最少他可以算是從古典文學一直打通到現當代文學的一位充滿著學術熱誠的學者,再加上他對西方的比較文學理論和文學史理論也十分嫻熟,並能恰到好處地運用於他的各個研究課題裏,同時也能恰如其分地自我克制,沒有一般比較文學出身的學人常見的那種在研究中國文學時西風硬壓東風、喧賓奪主的過火表現,的確難能可貴。

眼前這部《疑古思潮與白話文學史的建構——胡適與顧頡剛》是岸峰博士在中國文學史研究方面的一部重要著作。此書除正文外,還附録了《發憤以抒情:論錢基博的〈現代中國文學史〉》和《文學史的書寫及其不足》兩篇論文。從這些研究,我們可以看出岸峰博士在文學史研究方面的成就。毋庸置疑,他在相關領域的研究與學術史上,已經作出了重要的貢獻。首先談一談他的選題。以我所知,在他之前,還沒有學者曾認真地以胡適的《白話文學史》和顧頡剛的疑古史學之間的關係,作為核心的研究考察的範疇,從而清楚地揭示晚清民初以來學術思潮的重大流變。因此說岸峰博士是一位長於開闢新課題的學者,當不為過。十多年前,我也曾經用力於研究澳門這個特殊地方的文學發展歷程,後有《澳門文學史初稿》一書行世,該書的選題當時也屬草創,研究和撰述的過程極其艱辛,多有不足為外人道的地方,因此我自信是頗能體會岸峰博士研究時的甘苦。任何一個新題目,都不是容易做的。胡適的《白話文學史》可能是五四時期最前衛的一部文學史的書寫。胡氏幾乎把一切他認為已死的文學,主要是舊體文學和許多古代名家的文學打入另冊,重新標榜他所主張的歷代白話文學,並為之編寫通史。他這樣做的目的,恐怕就是要徹頭徹尾地顛覆傳統的中國文學史和中國文學史的傳統,從而建構他心目中新的中國文學史傳統,並為這種傳統重新定位,以争正統。《白話文學史》對 20 世紀以來中國人認識自己的文學傳統這一方面影響至巨,但胡適在此書及他一系列的文學史論述背後的根源思想何在,卻一向乏人探究。岸峰博士能不辭勞苦,以學術思想史的角度,把晚清以來一系列的疑古和反傳統浪潮中的頭面人物如王闓運、廖平、吴虞、康有為、梁啟超、章太炎等等,由時間到空間,勾勒出一條胡適所受影響的真正脈絡,繼而考索胡氏對他的學生顧頡剛在《詩經》研究方面的疑古影響和傳承史實,得出崔述—胡適—顧頡剛這樣一條非常清晰可信的文學史疑古關係綫和崔氏對新文學陣營有重大影響等新穎的結論。以上是他在這部書裏綱領性論述方面的貢獻,成績可喜可賀。而他在研究這個課題時,方法論方面的表現也十分恰當,既有歷時性的歷史考證,追源溯流,條分縷析,也有共時性的比較研究。他出入於胡、顧二氏常用的歷史研究法、古史與傳説的層累造成説、杜威的實驗主義的簡化和中國化、作為白話文學史學方法論的疑古史學、民間文學理論以及白話文學史與民族主義的關係等等理論、方法與方法論,舉重若輕,並率先把上述這些理論、方法與方法論與胡、顧二人建構新的中國文學史傳統的重要關聯論述清楚,使我們讀後不得不承認這是一項學術上的建樹。最後要指出的是,岸峰博士在整部書的論述中,表現出了反對單元或簡單二元論的論述,處處主張多元、歧異等存在的更為真實的歷史事實,著實超越了一般學者,尤其是許多走紅於今日、標榜"洋為中用"的某些比較文學學者。本書附録的兩篇論文,亦見深意。《發憤以抒情:論錢基博的〈現代中國文學史〉》可作為疑古派文學史家胡、顧二人學説的反面參考,是一個很有心思的對照安排;而《文學史的書寫及其不足》則對所有文學史書寫所存在的種種問題和不足提出了一次有力度的反省式的檢討。兩者都很值得我們參考和學習。我研究晚清民國文化史,前後也有二十多年了,也曾有一兩本書面世,可説是累積了一點經驗,所以我有理由相信,這部書乃一本自成體系的文學史學,以至於晚清民國學術思想史的著作。

岸峰博士為學通古今、貫中西,加上治學風格嚴正,極為重視學術上的規範化要求,全書注釋清楚明白,徵引書目又極詳盡,非時下一般大大小小以巧取豪奪他人研究成果為術的"學人"可望其項背的。我確信這是一部有益的著作。謹在此祝賀陳岸峰博士。

自　序

——文明的危機及其出路

在春雨紛飛的下午,透過玻璃窗,遙望遠山之煙嵐,我又不期然地想起了逝世多年的外婆,以及似乎很遥遠的童年。

近百年的中國在烽火硝煙中掙扎,而卑微的老百姓卻又在風風雨雨的艱苦歲月裏,仍舊企圖努力地活出温暖。童年時,後花園種植了各種各樣的花果,年輕的母親用米湯灌溉茉莉,期待潔白的芬芳,揉碎殷紅的指甲花,召回青春的天真。其時陽光燦爛,綠蔭蔽天,鳥鳴蟬叫,廚房飄溢著南瓜飯的香味。吃飯當遊戲的我,衹挑南瓜籽放在嘴裏慢慢咀嚼,一邊抬頭望著黄得出奇的南瓜花發呆。

我們翹首以待每個節日的來臨,夜深時分,燭光熊熊,外婆以及一衆人等以虔誠的心,舉行隆重的儀式,敬天拜神。儘管那場史無前例的"浩劫"如迅雷般席捲神州大地,亢奮決絕的口號,似乎摧枯拉朽,震驚天地,而民間的傳統信仰卻一如既往,如涓涓細流,撫慰著老百姓那簡單純樸的心靈,他們總能依戀傳統默默給予的温暖與幸福。在祭祀的過程中,縱使是農民或文盲,那一刻的心靈亦都懂得天地神靈之可敬可畏,從而滌盡了内心的狂妄與慾望。這是最原始的訓育。

然而,這一切卻是西風東漸之後中國的某些"有識之士"所不屑一顧的,斥之為"迷信",嘲之為"愚昧"。可是,他們卻忘卻了西方亦教堂處處,動輒祈禱。其實,這不外是強勢文明對衰落文明的粗暴壓抑與蓄意掃蕩。

在端午瓢潑的雨水中,青龍與紅龍在鑼鼓喧天中鬥得難分難解。青龍威武,張牙舞爪;紅龍陰柔,慈眉善目。此時,有一小孩子一邊冒雨奔跑著,一邊默默為一直是弱者的紅龍打氣,雖然結局往往是一聲嘆息。可在不久之後,如此神聖的龍頭卻被盜了,無可奈何之下,換上了製作拙劣的新龍頭,就是目前電視上所見的那些千篇一律的粗糙手作。盜竊者以為龍頭在家,就可以保佑自家的榮華富貴,故此不惜掠奪集體回憶,傷害文化傳統。無他,這是一個時代的宿命:傳統顛覆,信仰崩潰,慾望橫流,浮躁輕率。

這是自北宋以來,中華文明逐漸萎縮以至於衰落的必然結果。諸子之百家争鳴,鑄就秦、漢之磅礴大氣;魏、晉之風流狂放,蘊積而噴薄為盛唐之氣象。中華文明於焉綻放,從中國而走向世界。這是中古時代中國人獲取的世界性承認,直至今天,仍然引以為傲,可那已是一去不復的遥遠。昔日輝煌,唯餘唏嘘。

秦、漢與魏、晉之外向型文化形態,中華民族多元融合,唐朝於是走上巔峰。自唐末以至五代十國,漸呈衰態,遂有兩宋之內斂型文化形態,近三百年的被動閉縮。而元、明、清三朝之野蠻、高壓以及刻毒,在心理上則完全閹割了中華民族,世風日下,自信喪失殆盡。及至20世紀初,五四運動之紛紛擾擾,惜乎回天乏力,終為西潮吞噬,遂有當今之中國。世界上没有一個國家曾經比中國更保守,然而20世紀的她卻又是如此亢奮激進,天翻地覆。這是國家、民族選擇的必然命運。

或許,我們仍然企圖以詩教治國,而反諷的是,國民素質卻又往往為人所詬病。甫出黑洞者,焉能不眩目而舉止失措?這不獨是中國的問題,而是全球性共同的文明危險。

民主與自由是理想,西方列強祇是披了彼等製造的文明外衣,豪取強奪,種族衝突、宗教紛爭以至於亨廷頓(Samuel Huntington)所謂的“文明衝突”(the Clash of Civilization),這一切或許都祇是過於保守的想象。日本地震所引發的核危機問題,内裏大有文章。核輻射污染了海水以至於農作物,飄至歐洲,禍及全球。所謂的“文明”,如今換來的或許是“嫦娥應悔偷靈藥,碧海青天夜夜心”吧?!“地球末日”並非危言聳聽,但或許並非上帝的意志吧?!

自船堅炮利的西方機械文明打敗東方文明之後,全球對科學技術趨之若鶩。除了軍事競爭之外,人類的日常生活模式也幾乎完全改變,從通訊、工作以至於性别、生育等等。一方面高呼保護地球,一方面又狂轟濫炸。這邊廂展示環保、節能,那邊廂卻是血腥捕殺鯨魚、核漏污染全球。人類以科技改造基因、改造身體以至於改造地球,卻罔顧了的事實是,目前的文明正在走向瘋狂。人類想象外星人的樣子,幻想星球大戰,未必皆虚,而這祇將是人類瘋狂慾望的呈現而已。

西方的科學、民主、自由就一定是“普世價值”嗎?未必。然而,東方文明又能提出甚麼具體理念以彌補或取替西方霸權主義所造成的毁滅性趨向?儒、釋、道三家思想不也傳流了上千年?不是東方智慧不足以勝任擔當取替西方文明之能力,如果東方文明將為世界奉獻一套彌補性的“普世價值”,或許將會是未來東、西方的另一次決戰之後。

昔我往矣,暴雨驟至風滿襟,追憶故園,黯然神傷。我願將此書獻給我的外婆與母親,以誌那一段既坎坷又幸福的難忘歲月。

目　録

第一章

疑古思潮與白話文學史的建構

一、“現代文學史”的書寫模式及其不足

文學史的書寫並非止於記録文學的發展及其演變,同時亦昭示一個民族的過去與未來,甚至蘊含了該民族的集體記憶。文學史之編寫,一方面是為記録文學的發展脈絡,作家的作品因此無論是否不再存世,或為任何因素(如政治)干擾而禁燬,其作品與文學的觀點均可延續下去,另一方面,文學史之編寫也可為後來者鑒,衹有這樣,文學創作纔有發展與突破的生機。甚至,一個國家、民族亦可以藉著文學史之編寫,“維持一個社群與身份的共同感覺”(to support feelings of community and identity)。①

① David Perkins, “The Functions of Literary History”, *Is Literary History Possible* (Baltimore: The Johns Hopkins UP, 1992), p.180.

自19世紀末開始，已有中國文學史的書寫，①距今已過百年，橫跨三個世紀，創獲良多，不足之處亦復不少。然而，無論是宏觀的中國文學史，還是現代文學史學的書寫，②大致有如下的不足：

1. 政治化與革命化：作為建構革命神話的文學史書寫及其模式

中國現代文學史的書寫，牽涉頗為複雜的文學理論和意識形態的操作。1949年之後相當長的一段時間，"工農兵文學"的文藝政策不僅在某種程度上僵化了文學創作，就連文學史的書寫亦是以上述的意識形態為依歸，甚至可以說，文學史的書寫扮演了建構革命神話的角色。1949年之後，第一本中國現代文學史是由王瑤

---

① 據目前學術界普遍認為，第一本《中國文學史》乃林傳甲（歸雲，1877－1922）所撰寫，亦有人認為是黃人（摩西，1866－1913）的《中國文學史》。有關林傳甲的《中國文學史》的相關論述，可參陳國球：《"錯位"文學史：林傳甲的"京師大學堂國文講義"》，《文學史書寫形態與文化政治》（北京：北京大學出版社，2004），第45－66頁；夏曉虹：《作為教科書的文學史——讀林傳甲〈中國文學史〉》，陳國球等編：《書寫文學史的過去》（臺北：麥田出版社，1997），第345－350頁；戴燕：《中國文學史的早期書寫——以林傳甲〈中國文學史〉為例》，《文學史的權力》（北京：北京大學出版社，2002），第171－179頁。有關黃人《中國文學史》的論述可參王永健：《中國文學史的開山之作——黃摩西所著中國首部〈中國文學史〉》，《書目季刊》，1995年第1期（6月），第13－26頁；戴燕：《文學史的力量——讀黃人〈中國文學史〉》，《文學史的權力》（北京：北京大學出版社，2002），第191－198頁。

② 這裏所指的"文學史"包括"中國文學史"與"現代中國文學史"。前者屬於通史，後者屬於斷代史。然而，兩者的書寫均深受胡適的白話文學史觀所影響。"中國文學史"較為著名的專著包括：劉大傑：《中國文學發展史》（香港：學林書店，1987）；陸侃如、馮沅君：《中國詩史》（天津：百花文藝出版社，1999）。"現代中國文學史"較為著名的專著包括：王瑤：《中國新文學史稿》（上海：上海文藝出版社，1982）；林志浩主編：《中國現代文學史》（北京：中國人民大學出版社，1995年）；唐弢、嚴家炎主編：《中國現代文學史》（北京：人民出版社，1996）；錢理群、溫儒敏、吴福輝：《中國現代文學三十年（修訂本）》（北京：北京大學出版社，1998）。

(昭琛,1914－1989)所編寫的《中國新文學史稿》。此書雖非如日後的其他文學史般完全以上述“工農兵文學”的意識形態為依歸,然而其傾向政治的立場已是相當明顯。[①] 至於其後其他幾本文學史的編寫,[②]則已完全由“工農兵文學”的意識形態所主宰。黄修己亦認為對這種1949年之後的文學史書寫現象有如下的現象:

> ……大大加強了政治性,越來越向革命史靠攏,對中國現代文學史的研究與編纂,卻並没起什麼推進作用。[③]

至此,文學史完全失去獨立的地位。這種向“革命史靠攏”的文學史書寫現象,導致文學史淪為建構革命神話的工具;與此同時,這種作為建構革命神話的文學史對文學作品亦作出了某種程度的扭曲以及單一的革命化。

1949年後的以“工農兵文學”的意識形態為依歸的這種文學史的書寫大體上可謂大同小異,萬變不離其宗。我們可以以林志浩所編寫的作為“高等學校文科教材”的《中國現代文學史》作為說明的例子。此書於1979年9月發行了第1版,1984年4月發行第2

① 樊駿這樣描述王瑶的《中國新文學史稿》:“這是第一部以新民主主義理論作為理論根據,以無産階級思想領導,人民大衆的,反帝反封建的新民主主義文學界定現代文學性質編寫的文學史。”見樊駿:《論文學史家王瑶》,孫玉石編:《王瑶和他的世界》(石家莊:河北教育出版社,2000),第411頁。

② 以下討論的幾本1949年之後的文學史的論述,可參 Zhang Yingjin, “The Institutionalization of Modern Literary History in China, 1922－1980”, *Modern China* 20.3 (July 1994):347－377. 張氏該文討論的文學史並不限於1949年之後,而且整體上與本文的論述角度亦截然不同。

③ 黄修己:《〈中國新文學史稿〉的歷史地位》,孫玉石編:《王瑶和他的世界》(石家莊:河北教育出版社,2000),第467頁。

版,及至 1995 年 4 月已經是第 15 次印刷,可見其影響力不小。此書共分上下兩冊,共二十章,八百三十七頁。章節是這樣分配的:第一、二章分別題為:"文化、文學運動的偉大轉折"與"中國共產黨成立後的文學運動與思想鬥爭";[①]第三章、第九章乃魯迅專章,題為"文化革命的偉人——魯迅(上)"、"文化革命的偉人——魯迅(下)"(第 75 - 149 頁,第 374 - 411 頁);第四章與第十章乃郭沫若與茅盾專章,題為"新詩的奠基者——郭沫若"、"傑出的革命作家——茅盾"(第 150 - 183 頁,第 412 - 450 頁);巴金、老舍與曹禺一起被安排在第十一章(下冊,第 461 - 511 頁);第五章、第六章名為"初期的重要社團和作家(一)、(二)"(上冊,第 184 - 217 頁,第 218 - 262 頁),但不見有"新月"與"語絲"等,衹有"文學研究會"與"創造社";第七章、第八章乃專論"無產階級文學運動與中國左翼作家聯盟"以及"左聯時期的文藝思想鬥爭和理論"(第 263 - 309 頁,第 310 - 373 頁);第十二章至二十章的標題如下:"左翼作家和其他作家"、"抗戰前的文藝運動"、"堅持抗戰和進步的文學創作"、"《在延安文藝座談會上的講話》開闢了現代文學的新階段"、"解放區的戲劇"、"解放區的小說和報告文學"、"解放區的詩歌"、"國統區的文藝運動思想的論爭"、"國統區的進步文藝創作";最後還有"勝利的大會師,大團結"。

林志浩這本名為"中國現代文學史"的文學史,而且是作為教材的文學史,單就從其標題而言,已是政治凌駕一切。在此書的"緒論"中,對現代文學的誕生有如下描述:

> 中國現代文學是無產階級及其先鋒隊——共產黨領導的

---

① 林志浩主編:《中國現代文學史》(北京:中國人民大學出版社,1995),上冊,第 22 - 53、54 - 74 頁。

> ……文學與政治的密切聯繫,文學反映徹底的反帝反封建的民主革命的鬥爭,這是中國現代文學光輝的傳統。
>
> 現代文學產生在五四運動前夕,它是舊民主主義時期文學的一個合理的發展。通過五四運動,它纔擴大了社會的影響,並成為無產階級領導的革命事業的一部分。①

在這樣的文學觀念之下,胡適(適之,1891－1962)、徐志摩(槱森,1897－1931)、梁實秋(1902－1987)等"資產階級"者流自然消失了蹤影;就連質疑新文學運動的"學衡派"也被抨擊、污衊為"反動"、"同軍閥政客的復古措施相呼應"。② 這樣的觀念,為的是建構革命的神話,恰如羅蘭·巴特(Roland Barthes)所言:"神話的功能是要掏空現實。"③

由以上的討論可見,中國現代文學史是如何在"工農兵文學"的意識形態的影響下而在某種程度上喪失了自己獨立的位置與文學性,淪為政治的附庸。以上的文學史書寫模式不止是林志浩《中國現代文學史》的個別現象,而是 1949 年之後的文學史書寫的一個基本模式。

在上述的文藝政策底下,文學失去了自主性,文學家淪為文

---

① 林志浩主編:《中國現代文學史》(北京:中國人民大學出版社,1995),上冊,第 1 頁。

② 林志浩主編:《中國現代文學史》(北京:中國人民大學出版社,1995),上冊,第 65 頁。對"學衡派"有較為客觀的評價的論著,可參沈衛威:《回眸學衡派》(新店:立緒文化事業有限公司,2000);羅崗:《歷史中的〈學衡〉》,《二十一世紀》,1995 年第 28 期(4 月),第 40－48 頁;魏建、賈振勇:《"學衡派"再評價》,《文學評論》,1995 年第 4 期(7 月),第 29－35 頁。

③ 羅蘭·巴特著,許薔薔、許綺玲譯:《神話——大衆文化詮釋》(上海:上海人民出版社,1999),第 203 頁。

匠,衹是為修改符合“工農兵文學”的宣傳作品而存在,①至於文學史的書寫也衹是以“工農兵文學”的意識形態為批評的基準。每一次新的文學史的出版,其實均衹是一次“覆寫”②,作家的座次、篇幅大致没有分別,最多衹是遣詞造句與選用的作品略有不同而已。這是特定的政治氛圍底下,文學與文學史的悲哀。③

陳思和在《中國當代文學史》中指出文學史有兩種類型,一是以“文學史知識為主型”,另一種是以“文學作品為主型”。④ 從以上的探討中,我們可得見還應有以意識形態為主的類型,而且,這種類型是1949年以來的主導類型;亦是因為這種以意識形態為主的文學史類型,纔引發20世紀80年代陳思和與王曉明提出“重寫文學史”的口號。⑤

---

① 由唐弢與嚴家炎所主編的《中國現代文學史》便這樣講述如何使樣板文學作品《白毛女》更樣板化:“1945年5月,《白毛女》在延安開始公演。……第二天,中央辦公廳傳達了毛澤東同志、周恩來同志告其他中央領導同志的三點意見:第一,這個戲是非常適合時宜的;第二,黄世仁應該槍斃;第三,藝術上是成功的。……1946年,他們來到張家口繼續演出,並根據廣大群衆的意見,對劇本作了重要的修改。在此後的演出過程,又不斷修改,使《白毛女》日臻完美。……《白毛女》的修改過程,也是不斷提高對農民反抗地主壓迫的革命性的認識過程。”見唐弢、嚴家炎主編:《中國現代文學史》(北京:人民出版社,1996),第3冊,第263-264頁。相關論述可參孟悦:《〈白毛女〉演變的啟示兼論延安文藝的歷史多質性》,見唐小兵編:《再解讀:大衆文藝與意識形態》(香港:牛津大學出版社,1993),第68-89頁。

② “覆寫”乃陳思和之見。見陳思和:《關於“重寫文學史”》,《筆走龍蛇》(濟南:山東友誼出版社,1997),第108頁。

③ 有關1949年之後的文學史的建構及其所引發的問題的論述,可參陳岸峰:《文學史的建構及其不滿》,《當代》,2003年第195期(11月),第100-121頁。

④ 陳思和:《筆走龍蛇》(濟南:山東友誼出版社,1997),第6頁。

⑤ 20世紀80年代中葉曾有陳平原、錢理群、黄子平提出“二十世紀中國文學”的觀念,後來陳思和與王曉明又繼而提出“重寫文學史”的口號。

陳思和對"重寫文學史"的"重寫"理念有如下闡述:

> "重寫"一詞確實含有排他的意思。對此有兩種理解:一種是針對泛指前人著作,既然前人已經在某一方面作出了成就,那後來者不必重覆前人的意見,他有自己特殊的理解,或另闢蹊徑,或變換角度,對已有的學術定論作出新的理解和評價。這是每一個文學史研究者最起碼的職責,否則他不過是重覆了前人的勞動。當然"重寫"還有另一種比較狹義的理解,我不想否認,它包含著我們對過去那種統一的文學史模式的不滿和企圖更新的意思。①

"重寫文學史"的意義在於"重寫","重寫"並非止於補上新發現的史料,或對作品作別出新意的詮釋而已,而是一種叛逆的姿態:

> "重寫文學史"首先要解決的,不是要在現有的現代文學史著作行列裏再多出幾種新的文學史,也不是在現有的文學史基礎上再加幾個作家的專論,而是要改變這門學科原有的性質,使之從從屬於整個革命傳統教育的狀態下擺脱出來,成為一門獨立的、審美的文學史科。②

叛逆於政治的意識形態,叛逆於過去的自我,也是叛逆於一切庸俗的潮流。陳思和與王曉明等學者提出"重寫文學史"③的積極意義,

---

① 陳思和:《筆走龍蛇》(濟南:山東友誼出版社,1997),第108頁。
② 陳思和:《筆走龍蛇》(濟南:山東友誼出版社,1997),第109頁。
③ 陳思和:《筆走龍蛇》(濟南:山東友誼出版社,1997),第122-152頁。

乃在於他們在20世紀80年代能趁政治的意識形態稍為鬆懈之際提出這一普遍潛伏人心的訴求,為文學史家與文學研究者確立一種對文學、文學史與意識形態三者之間的關係存有自覺的判別意識。

這種"重寫文學史"的美好理念當然是值得充分肯定的,但必須結合著作的主體性的自覺與客觀環境的允許下方能付諸實踐。而且,"重寫"既是一種不息的進程,那麼如何保證作者能不受主流意識形態或物質環境的影響呢?① 年老一輩的能否擺脱文學史的傳統情結?年輕的又是否會忽視了傳統與歷史的重要性呢?合寫是否又較個人為客觀呢?合寫又會否失去連貫性與個性呢?以上這些問題,都是文學史家與文學研究者所必須考慮的問題。

2. 粗疏與沿襲

文學史作為史學的一種,要有一定的事實依據纔能下判斷實屬必然,然而沿襲前人的文學史書寫內容及其模式並非尊重"客觀事實",而是缺乏創見。學術研究並非創作,我們當然不能憑空想像,然而,學術研究更應注重新問題與新範例的創發,別將問題簡單化,不然則一池死水,了無生氣。舉個例子,胡適是白話文學的主帥,首揭新文學革命的大旗。他的文學史觀影響亦改變了中國文學的發展,當然他的一言一論都極其重要。然而很少有人注意到他最推崇的文學盛世竟然是元代,因為當時之文學"言文合一","白話幾成文學的語言";而元代的關漢卿等劇作家當然亦是他力

---

① 參朱德發:《主體思維與文學史觀》(濟南:山東教育出版社,1997),第392－393頁。

捧的白話文學正宗。[①] 而這個觀點的出處並不幽僻,就在著名的《文學改良芻議》一文當中。這是一篇幾乎是所有"現代文學史"與胡適研究者均必讀的文章,然而卻沒人提及這一重要的觀念。[②] 我們都知道,元代的國祚短而且兵荒馬亂。因為種族歧視的關係,當時漢族人備受蒙古統治者的歧視,文人的地位更是位列第九等的卑微地位。故此,除了極少數被納入朝廷的漢族文人的創作之外,其他絕大多數的文人均絕意仕途;至於有才華者為了謀生不得已而流落勾欄,故而雜劇成為元代的文學大宗。然而,除了雜劇之外,元代其他的文類則成就不高,幾成中國文學史的定論。[③] 故此,

---

① 胡適:《文學改良芻議》,見北京師範大學中文系現代文學教學改革小組編:《中國現代文學史參考資料》(北京:高等教育出版社,1959),第1卷,上冊,第50頁。

② 顧頡剛亦曾注意到元曲的問題,他說:"……以前有人認為元曲之興乃源於元代以詞曲試士,則無實證可憑。"顧頡剛:《唐代詩歌、小說之盛由科舉投獻來》,《顧頡剛讀書筆記》(臺北:聯經出版事業公司,1990),第1冊,第470-471頁。蔣星煜注意到了胡適關於元雜劇、南戲與傳奇的觀點,然卻有如下結論:"胡適對於元雜劇、南戲、傳奇發表了許多看法,有的有新的見解,但在分寸掌握上失去平衡,許多優缺點、長短處都說過了頭,感情激動,而缺乏理論的依據和科學的分析。"見蔣星煜:《胡適論元雜劇與明清傳奇》,《中國古代、近代文學研究》,1993年第1期(2月),第178頁。

③ 在由柳存仁、陳中凡、陳子展等八人合著的《中國大文學史》一書八百五十七頁中,元代文學史祇佔了五十五頁,見柳存仁等:《中國大文學史》(上海:上海書店出版社,2001)。劉大傑指出:"……在文學史的觀點上,元代卻是一個重要的時期,因為在這個新政治的局面下,在這個舊精神舊信仰的崩潰下,文學得到了新的發展的機運和自由,它可以從舊的圈套和舊的束縛中解放出來,前人視為卑不足道的民衆文學,大大地抬起頭來,代替了正統文學的地位,而放出了異樣的光彩。"話雖如此,其實劉大傑所稱譽的祇是元代的散曲、雜劇而已,至於古文詩詞以至於小說,劉氏則認為是"承襲前代的作品,跳不出唐宋諸賢的圈子。……至於元代的白話小說,多為宋代話本的擬作,沒有偉大的作品。"見劉大傑:《中國文學發展史》(香港:學林書店,1987),下冊,第234頁。

胡適將元代文學視為中國文學史上之最盛的朝代,其見解相當獨特,而他代表的又是新文學革命,故而他的這一文學史觀便非常值得我們重視。這並不是説歷來都没有如此觀點者而就説胡適的觀點必然是荒謬,他背後自有一套支持這一判斷的觀點。為何他會提出這樣的一個截然不同於時流的文學史觀?他背後又是如何的一套文學史觀?這對於理解胡適的整套文學史觀都是非常重要的一個觀點,而這一觀點亦牽涉整個"現代文學史"的發展。這都是值得大書特書、深入探討的一個重要課題。然而,幾乎在所有的"中國文學史"的元代部分、"現代文學史"的專著或有關胡適的文學史研究中,胡適所提出的這一觀點均未曾為人所注意。這説明了我們的研究太不夠細膩了。而這不夠細膩的現象亦説明了學者沿襲前人的論見而缺乏自己在資料堆中爬梳、整理、發現的耐心,以及提出新觀念的期待與勇氣。

3. 側重文人創作而忽略民間文學

側重文人創作,忽略民間文學,不止始於 1949 年的文學史書寫,即使在五四時期,亦不見有任何不同的書寫觀點。無論是當時,[①]或者是後世,[②]甚至胡適本人,[③]均認識到這一缺憾。

縱使鄭振鐸(1898 - 1958)頗用力於"俗文學史"的研究,[④]顧頡剛更孜孜不倦地花了數十年搜集了近百萬字的關於孟姜女故事的流變資料,然而這少數學者的努力始終無法扭轉由始至終以文

① 錢基博:《現代中國文學史》(長沙:岳麓書社,1986),第 504 頁。

② 趙毅衡:《先鋒文學——文化轉型期的純文學》,《必要的孤獨》(香港:天地圖書有限公司,1995),第 333 頁。

③ 胡適:《大衆語在那兒》,《胡適文存》(臺北:亞東圖書公司,1953),第 4 集,第 531 頁。

④ 參鄭振鐸:《中國俗文學史》(長沙:商務書店,1938)。

人創作為主導的文學史書寫。而高懸走向"民間"的文學史理想者的領導者胡適,似乎亦不曾注意到新文學的創作傾向始終局限於"文人"。即使是 1949 年之後,強調一切文藝均應以大衆(工農兵)為主導,然而五四以來的文人創作基本没變,魯迅、巴金、老舍、茅盾、朱自清、冰心……這些文人的創作基本上仍佔據"現代文學史"的中心。縱使後來有趙樹理、孫犁等的民間文學的出現,然而在"革命文學"的大洪流中,不外是微不足道的浮花浪蕊而已。及至 20 世紀 80 年代的先鋒文學及其流變,其敘述之變幻莫測,其理念之玄奥,更是非一般學院之外者所能理解。

4."疑古思潮"在"現代文學史"中的缺席

綜觀而言,有關新文學運動的研究的範圍,大致如下:一、新文學運動的性質。論者著重的是,新文學運動究竟是文藝復興? 還是啟蒙運動? 或是兩者皆非?[①] 二、新文學運動與古典文學的關係。早年曾有王瑶的零星論文論及,[②]近年之論述則較著重於晚清以來的古典文學及其與白話文運動之角力。[③] 三、探討個别文學家

---

① 例如 Vera Schwarcz, *The Chinese Enlightenment* : *Intellectuals and the Legacy of the May Fourth Movement of* 1919 (Berkeley: University of California Press, 1986);余英時等:《五四新論:既非文藝復興,亦非啟蒙運動》(臺北:聯經出版事業公司,1999)。

② 見王瑶:《論魯迅作品與中國古典文學的歷史聯繫》、《論現代文學與中國古典文學的歷史關係》、《"五四"時期對中國文學傳統的價值重估》,見《中國現代文學史論集》(北京:北京大學出版社,1998),第 1 –38、313 –339、340 –357 頁。此外亦可參閱王瑶:《關於中國古典文學問題》(上海:古典文學出版社,1956)。

③ 如 David Der – wei Wang (王德威), *Fin – de – Siècle Splendor*: *Repressed Modernities of Late Qing Fiction*, 1849 –1911 (Stanford: Stanford UP, 1997).

與學者與新文學運動的關係,或個別作家作品及其思想的研究。[①]四、關於文學史的書寫。這方面因基於政治立場的不同,故而對新文學運動的性質以及個別作家的評價均截然不同,譬如王瑤的《中國新文學史稿》以及 1949 年之後的現代文學史;又例如夏志清的《現代中國小說史》及其所引發與普實克的論爭。[②] 上述的四個論述範疇,整體而言,在目前的現代文學史以至於有關新文學運動的有關研究當中,對於以顧頡剛為首的疑古史派對白話文學史建構的思想背景、方法以及其在文學史、學術史以至於思想史上的意義,在目前的現代文學史,[③]或者有關白話文學史的研究,[④]均未有

---

① 關於這方面的論述,最著名的應算 T. A. Hsia(夏濟安), *The Gate of Darkness: Studies on the Leftist Literary Movement in China* (Settle: University of Washington Press, 1968); Leo Ou-fan Lee, *Voices from the Iron House: a Study of Lu Xun* (Bloomington: Indiana University Press, 1987). 汪暉:《反抗的絶望》(臺北:久大文化股份有限公司,1990);錢理群:《周作人論》(上海:上海人民出版社,1991)。

② Jaroslav Průšek, "Basic Problems of the History of Modern Chinese Literature and C. T. Hsia, *A History of Modern Chinese Fiction*" & C. T. Hsia, "On the 'Scientific' Study of Modern Chinese Literature—A Reply to Professor Průšek", Leo Ou-fan Lee ed., *The Lyrical and the Epic* (Bloomington: Indiana UP, 1980), pp. 195-230, 231-266.

③ 很多中國文學史忽視了疑古思潮與白話文學史的關係,如王瑶:《中國新文學史稿》(上海:上海文藝出版社,1982);林志浩主編:《中國現代文學史》(北京:中國人民大學出版社,1995);唐弢、嚴家炎主編:《中國現代文學史》(北京:人民出版社,1996);錢理群、温儒敏、吴福輝:《中國現代文學三十年(修訂本)》(北京:北京大學出版社,1998)。至於香港、臺灣地區的現代中國文學史,與上述情況相似的則有司馬長風:《中國新文學史》(香港:昭明出版社,1978);尹雪曼:《中國新文學史論》(臺北:"中央"文學供應社,1983)。

④ 例如高大鵬:《傳遞白話的聖火:少年胡適與中國文藝復興運動》(板橋:駱駝出版社,1996);連燕堂:《從古文到白話:近代文界革命與文體流變》(北京:中央民族大學出版社,2000)。

足夠深入的探討或深刻的認識,甚至可以説是完全被忽略了。

直至目前為止,並未見有任何闡述"疑古思潮"與胡適及顧頡剛建構白話文學史的關係的專著。目前學界主要還是將"疑古思潮"置於史學的範疇。目前所見,將胡、顧兩人並稱為"疑古派"的,衹有周予同與許冠三而已。[①] 而且,現在的論著一提起疑古學派,必定首舉顧頡剛,而胡適卻反而敬陪末座,更多的是連陪坐的份兒都沒有。[②] 故此,方有學者提出如下的證據以説明胡適在《古史辨》與疑古思潮中的重要性:

> 胡適在《古史辨》上發表文章持續到 1933 年第六冊出版,他對古史辨派的貢獻不容忽視。尤其重要的是,在古史辨派創立初期,胡適實際上具有規劃、領導的作用。即使在顧頡剛提出"層累説"之後,胡適也仍然是古史辨派的思想導師。在顧頡剛提出"層累説"的同時,胡適提出了"縮短"與"拉長"的"兩階段説"。既然胡適在古史辨派"內部"具有創立此一理論的"資格",那麼"兩階段説"就應當與"層累説"一樣被視為古史辨派早期的重要概念而與"層累説"平行並舉。[③]

所謂"古史辨"學派,是以疑古辨偽為特徵的史學派別。

---

① 周予同:《五十年來中國之新史學》,《學林》,1941 年第 4 期,見周予同著、朱維錚編:《周予同經學史論著選集》(上海:上海人民出版社,1996),第 513 - 573 頁;許冠三:《新史學九十年:1900 - 》(香港:香港中文大學出版社,1986),上冊,第 133 頁。

② 有學者認為 20 世紀 80 年代學界的大多數人都已不認為胡適是疑古學派中人,"而極少談到胡適"。見張京華等:《二十世紀疑古思潮》(北京:學苑出版社,2003),第 265 頁。

③ 見張京華等:《二十世紀疑古思潮》(北京:學苑出版社,2003),第 267 頁。

> 長期以來,人們都把顧頡剛作為這一史學派别的創立者,這自然是不錯的。但應該指出:胡適是"古史辨"學派的啟示者和支持者,沒有胡適,就不會形成"古史辨"學派。①

其實,早在20世紀20年代的錢基博已犀利地指出胡適乃承王闓運(壬秋,1833 - 1916)、廖平(季平,1852 - 1932)、吴虞(又陵,1871 - 1949)、康有為(廣廈,1858 - 1927)與梁啟超這清末疑古學派的一脈而崛起,②並在五四期間的學術界間風雲際會,掀起了翻天覆地的文學革命。而大約在1950年,晚年的胡適亦以英文撰寫了一篇關於疑古的文章,題目是:The Important Role of Doubt in Chinese Thought(《中國思想中懷疑所扮演的重要角色》)。③

二、疑古思潮與反傳統思潮的關係

1."疑古思潮"述略

"疑古"究竟有何實指?據路新生的研究:

> 這個詞是由動詞"懷疑"和名詞"古史"複合而成的一個詞,它的意思應當是指對古史的真實性表示懷疑。這種懷疑,

---

① 季維龍:《胡適與顧頡剛的師生關係和學術情誼》,沈寂主編:《胡適研究》(合肥:安徽教育出版社,2000),第226頁。

② 錢基博:《四版增訂識語》,《現代中國文學史》(長沙:岳麓書社,1986),第509 - 510頁。

③ 胡適(Hu Shih):"The Important Role of Doubt in Chinese Thought"(《中國思想中懷疑所扮演的重要角色》),見周質平編:《胡適未刊英文遺稿(*A Collection of Hu Shih's Unpublished English Essays and Speeches*)》(臺北:聯經出版事業公司,2001),第626 - 650頁。

落實於治學，往往以"辨偽"的方式表現出來，所以，如果將討論的範圍限定在"學術"以內，我們可以説，"疑古"也就是"辨偽"。又因為懷疑的對象——"古史"實包含著有關古史記載的文本典籍和古史本身兩個方面，因此，"疑古"或者説"辨偽"一詞也就包含了對有關古史記載的文本典籍的真實性的懷疑和對古史本身的真實性的懷疑這兩方面的內容。[①]

在中國近三百年的學術思想史上，疑古思潮出現過三次：明清之交一次，清初一次，五四前後即中國現代史上一次。[②] 而葉憶如則認為歷代疑古辨偽思想可依五四運動劃分為二：一、為傳統經典間衝突的疑古辨偽思想，以經今文學為代表。二、為五四反傳統的疑古辨偽思想，以西方輸入的史觀與科學的治學方法為代表。[③] 五四以後，新文化運動的狂飆席捲中國，對中國傳統文化進行全面的價值重估，成為新文化運動的重要組成部分。疑古思潮就在這樣的時代氛圍中勃興，成為帶有制約著思想界總體走向的一種社會思潮。所以，路新生認為以對社會現實所產生的影響和衝擊程度而言，在疑古思潮發展史上，又以五四前後即中國現代史上的那一次疑古思潮的湧動為最大最深。[④] 至於五四以後對疑古思想乃至於疑古思潮的總結工作，則可分為兩部分：一是搜集、整理歷史上有關疑古思想和思潮的史料；二是撰寫關於疑古思想和思潮的

---

① 路新生：《自序》，《中國近三百年疑古思潮研究》（上海：上海人民出版社，2001），第1頁。

② 路新生：《自序》，《中國近三百年疑古思潮研究》（上海：上海人民出版社，2001），第2頁。

③ 葉憶如：《顧頡剛古史神話觀研究》（高雄：高雄師範大學國文研究所碩士論文，1993），第32頁。

④ 路新生：《自序》，《中國近三百年疑古思潮研究》（上海：上海人民出版社，2001），第3頁。

“史”的著述。[①]

疑古在史學上的影響,巨大而深遠。同樣的,它在文學方面的影響是具體而深遠的,而白話文學史的建構就是此疑古思潮的一個意外的巨大收獲。然而,至今為止,在關於反傳統的相關論述中,始終還沒有將疑古思潮與清末民初的反傳統思潮連結在一起作進一步的探討。[②] 葛兆光曾簡略地提及:“古史辨的歷史學方法,祇是針對‘過去’而存在的,雖然它確實瓦解了舊史學,並與當時反傳統的激進主義相呼應。”[③]除此之外,關於疑古思潮與反傳統思潮關係的研究幾乎可以説是一個空白。

2.“疑古思潮”與清末民初的反傳統思想

清末民初的思想界,曾興起一股激烈的反傳統思潮。[④] 而這一反傳統思潮,又與國家、民族之日益衰落有莫大關係。梁啟超曾

---

① 路新生:《自序》,《中國近三百年疑古思潮研究》(上海:上海人民出版社,2001),第 4 頁。

② 關於反傳統的最著名之作應首推如下著作:Lin Yusheng, *The Crisis of Chinese Consciousness*: *Radical Antitraditionalism in the May Fourth Era* (Madison: University of Wisconsin Press, 1979);湯一介編:《論傳統與反傳統:五四 70 周年紀念文選》(臺北:聯經出版事業公司,1989)。然而,從以林毓生的專著與湯一介編的論文選來看,幾乎所有論者均沒注意到疑古思潮與反傳統思想的關係,因而缺乏給予應有的論述。

③ 葛兆光:《中國思想史導論:思想史的寫法》(上海:復旦大學出版社,2001),第 133 頁。

④ 關於這方面的論述,除了可參 Lin Yusheng, *The Crisis of Chinese Consciousness*:*Radical Antitraditionalism in the May Fourth Era* 與湯一介編的《論傳統與反傳統:五四 70 周年紀念文選》之外,還可參閱王元化:《論傳統與反傳統》,《傳統與反傳統》(上海:上海文藝出版社,1990),第 6 – 30 頁;王汎森:《古史辨運動的興起》(臺北:允晨文化實業股份有限公司,1987),第 1 – 21 頁。

說:"喚起吾國四千年之大夢,實自甲午一役始也。"[①]而同時梁啟超又在《新民說》的"進步"中說:"破壞,仁矣哉!""其破壞者,又有踵起而破壞之者,隨破壞而隨建設,甲乙相引,而進化之會乃衍於無窮。"1903年9月《遊學譯編》第10期上的一篇名為《民族主義之教育》中有如下"破壞"的價值觀:

> 夫善言革命者,當天下之不欲急急於破壞,而日日與之言破壞。……其用在於群,群天下之思想而為有意識之破壞。其事主於積,積天下革命之材力,而為有價值之破壞。[②]

詩人柳亞子則說:"我待要山河破,把祖國新造。"[③]劉師培亦有詩云:"群龍無首他年事,好與驅除萬惡鬥。"[④]清末民初的反傳統思潮,於焉可見一斑。

在有關反傳統的論述中幾已成經典的林毓生的 *The Crisis of Chinese Consciousness: Radical Antitraditionalism in the May Fourth Era*,通過對陳獨秀、胡適、魯迅三人的分析得出一個結論:所謂"全盤反傳統主義"(Totalistic antitraditionalism, totalistic iconoclasm),[⑤]認為中國傳統必須而且可以整體地加以拋棄。他進而指出,這是

---

① 梁啟超:《改革起原》,《戊戌政變記》(北京:中華書局,1954),第133頁。

② 不著撰人:《民族主義之教育》,收於張楠、王忍之主編:《辛亥革命前十年間時論選集》(北京:三聯書店,1962),第1卷,上冊,第407頁。

③ 楊天石、劉彥成:《南社》(北京:中華書局,1980),第37頁。

④ 楊天石、劉彥成:《南社》(北京:中華書局,1980),第38頁。

⑤ Lin Yusheng, *The Crisis of Chinese Consciousness: Radical Antitraditionalism in the May Fourth Era* (Madison: University of Wisconsin Press, 1979), pp. 85, 89, 91-92.

新文化運動中(或以後)一種支配中國知識界相當普遍的心態。①此結論引起相當多的商榷。② 那麼,究竟清末民初的反傳統是否如林氏所言的一面倒?

五四運動中的"傳統"與"反傳統"的關係是非常複雜的,實非如林毓生該書的"全盤反傳統"的論定那麼簡單。我們要提出的是,現有的研究過於"系統化"、"二元化",我們要打破的就是"齊整"說,要突顯的是多元而複雜的歷史真相。在錢基博的《中國文學史》與《現代中國文學史》的開端,我們均可以看到如下關於"執古"與"鶩外"論爭之外的"會通派":

> 吾人何為而治文學〔史〕耶? 曰:智莫大於知來。來何以能知? 據往事以為推已矣。……而文學史者,所以見歷代文學之動,而通其變,觀其會通者也。民國肇造,國體更新;而文學亦言革命,與之俱新。尚有老成人,湛深古學,亦既如荼如火,盡羅吾國三四千年變動不居之文學,以縮演諸民國之二十年間;而歐洲思潮又適以時澎湃東漸;入主出奴,聚訟盈庭,一哄之市,莫衷其是。権而為論,其弊有二:一曰執古,一曰鶩

---

① 參章清:《傳統作為"知識資源"的失落》,《二十一世紀》,1999 年總第 56 期(12 月),第 42 頁。

② 林毓生《中國的意識危機》中的五四時期的"全盤反傳統"之說備受學界關注,然而招來的多是質疑與反對。例如王元化便認為林毓生寫作該書的理論模式是作為先決條件提出來的,而這些先決條件本身是有待論證的。詳見王元化:《論傳統與反傳統》,《傳統與反傳統》(上海:上海文藝出版社,1990),第 17 頁以及第 30 頁注 5;而王瑤亦說:"'五四'時期對傳統文學的'重新估定價值'絕不是簡單粗暴的'全盤否定'傳統……"見王瑤:《"五四"時期對中國傳統文學的價值重估》,《中國現代文學史論集》(北京:北京大學出版社,1998),第 344 頁。余英時則認為五四運動雖然以提倡新文化為主旨,而其中仍不免雜有舊傳統的成分。見余英時:《五四運動與中國傳統》,見汪榮祖編:《五四研究論文集》(臺北:聯經出版事業公司,1979),第 113 – 124 頁。

> 外。何以鶩外？歐化之東，淺識或自菲薄，衡政論學，必準諸歐；文學有作，勢亦從同，以為"歐美之學，不異話言，家喻户曉，故平民化。太炎、畏廬，今之作者，然文必典則，出於爾雅；若衡諸歐，嫌非平民"。又謂："西洋文學，詩歌、小説、戲劇而已。唐宋八家，自古稱文宗焉；倘準則於歐美，當擯不與斯文。"如斯之類，今之所謂美談；它無謬巧，不過輕其家丘，震驚歐化，降服焉耳。不知川谷異則，民生異俗，文學之作，根於民性；歐亞别俗，寧可強同？李戴張冠，世俗知笑；國文準歐，視此何異。必以歐衡，以諸削足；屨則適矣，足削為病。茲之為弊，謚曰"鶩外"。然而茹古深者又乖今宜；崇歸〔有光〕、方〔苞〕以不祧，鄙劇曲為下里，徒示不廣，無當大雅。茲之為弊，謚曰"執古"。知能藏往，神未知來，終於食古不化，博學無成而已。①

其所抨擊的"執古"與"鶩外"兩種極端現象，實際所指的是當時擁護舊文學者如林紓等人與胡適等新文學運動領導者之間的角力、論戰。現在，我們取其觀點，志在説明現在學界對五四新文學革命的一種普遍結論，不是"古典"與"革命"，就是"傳統"與"反傳統"的二元思維，其實過於簡化了當時的實際情況。至少，在當時錢基博心中，他就是超然於"執古"（傳統）與"鶩外"（反傳統）之外的"會通派"。當然還有其友好"學衡派"中人。②

在此我們必須先要問的是，"傳統"是什麼？究竟胡適與顧頡剛是如何理解"傳統"的？

① 錢基博:《現代中國文學史》(長沙:岳麓書社,1986),第8－9頁。

② 有關"會通派"的相關論述,可參徐葆耕:《〈會通派如是説——吴宓集〉前言》,《解析吴宓》(北京:中國社會科學出版社,2001),第23－43頁。

西方中的 tradition 涵蓋的内容遍及文化等一切，而漢語的“傳統”在用語上除了與 tradition 相應之外，還有“先後相望”、“承擔繼紹”的價值意涵。[①] 故而“傳統”一詞既是名詞，亦同時是具有傳承意味的動賓結構，即所謂：

> 儒者傳經，釋者傳燈，薪傳喻師徒相傳，聖人道人匠人皆有所傳，傳而成譜系有宗有主謂之統。[②]

傳統在一般的論述中看來，既博大，又遥遠，而且抽象。在很多時候，“傳統”被等同於“過去”。在胡、顧等新文學陣營中人看來，在很大程度上“傳統”就是等同於“過去”，正如他們所攻擊的“傳統”，往往就是指涉“封建”。故而他們反“封建”，其實亦就是反“傳統”；而他們反“傳統”，實際上就是亟亟否定“過去”，肯定他們的“當下”。其實，“傳統”並非鐵板一塊，“傳統”具有動賓結構的功能，這是指一個有動能的系統。“傳統”就好像綿綿不絶的河流：從遠觀，它静默無聲，然而内在血脈流暢；近觀，它又洶湧澎湃。故而身在“傳統”的動能量很强的時候，胡、顧他們就看到了“傳統”洶湧澎湃的猙獰一面；及當五四的熱情過後，漸離“傳統”的他們，或又懷念起“傳統”温馨的一面。

“傳統”在長遠來説，平静而穩定，它既在默默變化，卻又不是驟變。故而中國的傳統的向心力很强，一切非傳統可容納的事物皆無法進入“中心”而被强大的向心力抛出。然而，“傳統”亦有如冬天的黄河一樣結了冰，一段時間之内失去了活力的時刻。這就

---

① 黄繼持：《中國文學傳統：現代文學行程中之審思》，《現代化 · 現代性 · 現代文學》（香港：牛津大學出版社，2003），第 28 頁。

② 黄繼持：《中國文學傳統：現代文學行程中之審思》，《現代化 · 現代性 · 現代文學》（香港：牛津大學出版社，2003），第 27 頁。

是胡、顧等人眼中的"傳統"。故而這樣的"傳統"在彼等眼中變成了固定的物體,而不見其流動的屬性。亦因為這樣,方有所謂的五四時期的"全盤反傳統"之説。就是在如此的氛圍底下,他們將傳統"對象化"①,而視為他們要"整理"的"國故"。其實,必須指出的是,自清末至五四短短的幾十年之間,"傳統"的流動速度可抵得上幾百年,其快速正如李鴻章所言的"三千年未有之變局",確為中國歷史所罕見。然而,對於在當時視"傳統"為阻礙進步、國家民族淪喪之基本原因的五四文人而言,他們唯恐傳統崩潰得太慢。故而羅志田指出:

……他們的基本目標是力圖"民族或國家的整體目標與價值體系",以"指向一個風格不同的未來",他們的反傳統恰是出於民族主義的關懷。②

此種激烈的反傳統精神自五四之後一直延續下去而没有得到適當的疏導,後來的"文化大革命",除了繼續打倒"孔家店",更具體化至一切代表"封建"的建築物的摧毀以及人倫綱常的斷裂。

下面,我們要論述的是胡適與顧頡剛如何在疑古思潮的反"傳統"基礎上建構起白話文學史。

---

① 黄繼持:《中國文學傳統:現代文學行程中之審思》,《現代化·現代性·現代文學》(香港:牛津大學出版社,2003),第33頁。

② 羅志田:《序論》,《民族主義與近代中國》(臺北:東大圖書股份有限公司,1998),第17頁。

三、以胡適與顧頡剛作為中心的意義

1. 疑古思潮對胡、顧的影響

錢基博在其《現代中國文學史》的《四版增訂識語》中指出該書增訂版"有鄭重申敘,而為原書所未及者三事"①,其中之一即是將胡適及其所領導的新文學運動的"非周薄孔"的言行上溯至王闓運、廖平、吴虞、康有為及至梁啟超這一"疑古非聖"的傳承系統,並為此疑古傳統而勾勒出一條地域的脈絡:

> 疑古非聖,五十年來,學風之變,其機發自湘之王闓運;由湘而蜀(廖平),由蜀而粤(康有為、梁啟超),而皖(胡適、陳獨秀),以匯合於蜀(吴虞);其所由來者漸矣,非一朝一夕之故也。②

由此可見,胡適在當時的學者如錢基博眼中,確是"疑古非聖"中的重要一員,故而備受攻擊,幾乎體無完膚;顧頡剛則因仍是學生而又未曾在學術界嶄露頭角而得幸免,然而他在後來的疑古陣營中的地位並不亞於其師胡適,甚至有過之而無不及。除了王闓運之外,後世稱之為大師或革命先驅的這批人物,在錢氏筆下,全部淪為醜角,幾乎無一幸免。此等為錢氏所攻擊的人物有一共通的特色,即均為反傳統的人物,而他攻擊最猛烈的就是胡適。

胡、顧二人當時堪稱"疑古"的旗手。最基本表達胡適的疑古思想的是如下的文字:

---

① 錢基博:《現代中國文學史》(長沙:岳麓書社,1986),第509頁。

② 錢基博:《現代中國文學史》(長沙:岳麓書社,1986),第510頁。

現在先把古史縮短二三千年,從《詩三百篇》做起。

將來等到金石學,考古學發達上了軌道以後,然後用地底下掘出的史料,慢慢地拉長東周以前的古史。

至於東周以下的史料,亦須嚴密評判,“寧疑古而失之,不可信古而失之”。①

為什麼要“疑古”呢? 顧頡剛認為:

“疑古”是因為“信古”的成見壓服了固有的理性,這種成見成為一種毒錟而存留於古代學術界,長久下去,科學的研究是提倡不起來的。②

……想我幼年時,看著書中的話,雖也常常引起懷疑,但總以為這是經過前代學者論定的,當不致有大錯。常說考證之業到清儒而極,他們已經考證清楚了,我們正可坐享其成,從此前進探求事理之極則,不必再走他們的老路了。後來懷疑了古書古史,也衹以為惟有古書古史是充滿著靠不住的成分的。哪知這年做了幾個小題目的研究,竟發現近代的史籍,近人的傳記也莫不是和古書古史一樣的糊塗,再看清代人的考證時,纔知道他們衹是做了一個考證的開頭。從此以後,我對於無論哪種高文典冊,一例地看它們的基礎建築在沙灘上,裏面的漏洞和朽柱不知道有多少,衹要我們何時去研究它就

① 顧頡剛等編著:《古史辨》(上海:上海古籍出版社,1982),第1冊,第22-23頁。

② 顧頡剛:《瞎子斷扁的一例——〈静女〉》,《古史辨》(上海:上海古籍出版社,1982),第3冊,第518頁。

可以在何時發生問題,把它攻倒。[①]

其實,"疑古"與"信古"表面之別衹在於前者是以理性的、批判性的方法作學術整理,而後者衹是一種惰性的因循;而兩者更重要的分別則在於對"歷史"的態度,前者衹是將"歷史"視為一種書寫,或不同時代的官方的意識形態的一種呈現,而後者則視"歷史"為真理,或一種至高無上的權威。相對於五四時期的視傳統為"封建"的象徵,胡、顧他們的學術研究處處強調的是"理性"與"科學"。

然而,無論他們怎樣強調"理性"與"科學",胡適與顧頡剛在疑古的傳承方面,在遠的一面他們乃深受姚際恆、崔述、鄭樵等疑古大師的影響,最直接的影響則來自當時的國學大師康有為與章太炎。在當時,康有為與章太炎乃經今古文大師,佔據了清末民初思想界的中心地位。[②] 除卻經學門派之不同外,康氏自稱"南海聖人",乃孔教的擁護者,稱孔子為教主,此舉招來胡適這樣的嘲諷:

> 有些人還以為孔教可以完全代表中國的古文化;所以他們至今還夢想孔教的復興;甚至於有人竟想抄襲基督教的制度來光復孔教。[③]

① 顧頡剛:《自序》,《古史辨》(上海:上海古籍出版社,1982),第 1 冊,轉引自彭明輝:《疑古思想與現代中國史學的發展》(臺北:商務印書館,1991),第 131 – 132 頁。

② 余英時:《五四運動與中國傳統》,見汪榮祖編:《五四研究論文集》(臺北:聯經出版事業公司,1979),第 114 頁。

③ 胡適:《〈國學季刊〉發刊宣言》,《胡適文存》(臺北:亞東圖書公司,1953),第 2 集,第 1 頁。

顧頡剛則認為孔子並没想過當聖人，衹是想做個君子而已。[①]

章氏亦同樣反儒教，故而衹視孔子為良史而已；康氏主維新，擁帝制；章氏倡革命，戮力排清。相同的是，康、章兩人均為反傳統的重要人物。然而，兩人卻針鋒相對地論爭起來。顧頡剛就是在《國粹學報》上看了康、章之爭而又受了錢玄同的啟發，受其鼓舞，以古文家的話批評今文家，以今文家的話批評古文家。顧頡剛在《古史辨》的《自序》中曾指出康有為與章太炎之爭，仍是今古文經師間的互相詆譭，乃是一種"黨見"[②]。顧頡剛又說：

> 清代樸學本已脱離孔學而即於科學，但大家還必奉孔子，不敢徑向科學上走，所以有專奉孔子的今文家出來，想把科學打倒，自稱正統。實在説起來，到樸學時，孔子的偶像原可推倒了。[③]

汪榮祖指出，關於康、章之爭，學界有幾(兩)種錯誤觀念：經今古文之爭。因為認定了康、章之爭為經今古文之爭，而推出經今古文分别為"變法"與"革命"兩種政治運動的思想背景。[④] 這確是一針見血的論定。康有為的《新學偽經考》與《孔子改制考》兩書，實際上是對作為傳統的儒學與孔子的角色的改造，為的是達到其政治上

① 顧頡剛：《孔子惟欲作君子》，《顧頡剛讀書筆記》(臺北：聯經出版事業公司，1990)，第 1 册，第 493 頁。

② 汪榮祖：《康章合論》(臺北：聯經出版事業公司，1988)，第 23 頁。

③ 顧頡剛：《樸學為推倒孔學之漸》，《顧頡剛讀書筆記》(臺北：聯經出版事業公司，1990)，第 1 册，第 478 頁。

④ 汪榮祖批評的是楊向奎：《試論章太炎的經學和小學》(《歷史學研究》，1979 年 9 月，第 68 頁)與李澤厚：《章太炎剖析》(《中國近代思想史論》，第 387 頁)。詳參汪榮祖：《康章合論》(臺北：聯經出版事業公司，1988)，第 23－25 頁。

的目的。[1] 始料不及的是其思想卻被意圖完全不同的反傳統者接受,而其尊孔的意圖卻被剔除,發展成一個純粹反傳統的運動。[2] 至於章太炎,現在雖被視為傳統的代言人,他對新文化運動亦不無微言,然而他在胡適、顧頡剛等人未進入學術界之前已是反傳統的主將。[3] 例如 1904 年的《國粹學報》就曾刊出許之衡的一篇文章,對章氏言論的影響力有如下描述:"余杭章氏《訄書》,至以孔子下比劉歆,而孔子遂大失其價值,一時群言,多攻孔子矣。"[4]錢基博也認為:"章炳麟諸子學略說攻孔子最有力。"[5]康有為、章太炎所代表的陣營及兩者之分別在於,康氏以傳統來反傳統,為的是建立"真儒學"與維新變法;[6]章氏則以傳統反傳統,為的是革命,當然亦包括革康有為的託古改制的命。有學者認為,康、章"對傳統思想所作的'破壞效果'(subversive effects),雖非絶後,顯然是空前的"[7]。

---

① 汪榮祖:《康章合論》(臺北:聯經出版事業公司,1988),第 74 頁。有關康有為及其《新學僞經考》與《孔子改制考》兩書的論述,可參朱維錚:《中國經學史十講》(上海:復旦大學出版社,2002),第 178 - 183、192 - 209 頁。

② 王汎森:《從傳統到反傳統》,《中國近代思想與學術的系譜》(石家莊:河北教育出版社,2001),第 103 頁。

③ 王汎森:《從傳統到反傳統》,《中國近代思想與學術的系譜》(石家莊:河北教育出版社,2001),第 107 - 108 頁。有關章太炎的思想,可參王汎森:《章太炎的思想》(臺北:時報出版公司,1985)。蕭公權認為就引發懷疑傳統而言,康有為確實導致儒學的式微。見 Hsiao Kung - Chuan, "A Modern China and a New World", p. 131. 轉引自汪榮祖:《康章合論》(臺北:聯經出版事業公司,1988),第 75 頁。

④《國粹學報》乙巳年(1905)60 號"社説",無頁碼。轉引自王汎森:《古史辨運動的興起》(臺北:允晨文化實業股份有限公司,1987),第 24 - 25 頁。

⑤ 錢基博:《現代中國文學史》(長沙:岳麓書社,1986),第 60 頁。

⑥ 相關論述可參蕭公權著、汪榮祖譯:《近代中國與新世界:康有為變法與大同思想研究》(南京:江蘇人民出版社,1997),第 35 - 83、83 - 117 頁;汪榮祖:《康章合論》(臺北:聯經出版事業公司,1988),第 76 頁。

⑦ 汪榮祖:《康章合論》(臺北:聯經出版事業公司,1988),第 72 頁。

然而,彼等的反傳統與胡適與陳獨秀等的反傳統在本質上卻又截然不同。原因很簡單,傳統在康、章而言,衹是一種達到政治上的目的,而彼等並非如胡、陳等人的激烈反傳統,故而在民國之後,康、章又從批判傳統而傾向擁護傳統。①

另一方面,余英時卻看到了康、章兩人在疑古思潮傳承上的重要位置:

> ……今古文之争就其思想的内容而言,在"五四"時代雖已成既陳芻狗,但由於這一論争所激發出來的疑古辨僞精神卻在"五四"以後得到了進一步的發展。中國傳統在兩千年中所逐步造成的莊嚴形相,開始被揭破了。②

> ……五四運動打破傳統偶像的一般風氣頗導源於清末今古文之争,而且它的許多反傳統的議論也是直接從康、章諸人發展出來的。③

而且,亦有學者指出康有為、章太炎對胡適、陳獨秀在學術上的影

---

① 汪榮祖:《康章合論》(臺北:聯經出版事業公司,1988),第117頁。當然,康有為與章太炎是否真的從清末的反傳統而到了民國又回歸擁護傳統是一個相當複雜的問題,有時候甚至表面與內在思想都是不為外人所能瞭解的。汪榮祖以上對康、章思想轉變的詮釋是一說法,龔鵬程則指出問題的複雜性。可參龔鵬程:《傳統與反傳統——以章太炎為綫索論晚清到五四的文化變遷》,中國古典文學研究會主編:《五四文學與文化變遷》(臺北:學生書局,1990),第1-40頁。

② 余英時:《五四運動與中國傳統》,見汪榮祖編:《五四研究論文集》(臺北:聯經出版事業公司,1979),第115頁。

③ 余英時:《五四運動與中國傳統》,見汪榮祖編:《五四研究論文集》(臺北:聯經出版事業公司,1979),第115頁。

響與傳承關係。[1] 其實,梁啟超與錢穆早就指出五四運動的反傳統精神其實深受康、章影響的事實。[2] 故此,胡適在《中國哲學史大綱》上卷的《自序》中最感謝的就是章太炎。蔡元培為胡適此書作序時指出該書的四種長處:一、辨別真偽;二、斷自老子、孔子;三、平等對待諸子;四、系統的研究。余英時指出,蔡氏指出胡書的這四種長處,其實是綜合了康、章二氏考經論子的方式,[3]並稱《中國哲學史大綱》之面世為"史學革命"。[4] 至於顧頡剛,他亦清楚地表示自己乃受了章氏的影響。[5] 在疑古思潮上的這種薪火相傳上,顧氏亦相當清楚,他在《阮元明堂論》中道出胡適與崔述在疑古上的傳承關係:

> 適之先生考井田,就曾說:發現時代以觀遞相增益之痕跡及其與先後諸說交互影響之關係,吾等讀之,遂知無數井田材料盡由孟子數言演繹而來,於是此極完備之井田制度乃不勞攻擊而自然倒墜。然用此種歷史演進之眼光而續古書者,二

---

① 有關這方面的論述可參汪榮祖:《康章合論》(臺北:聯經出版事業公司,1988),第 111 – 117 頁;龔鵬程:《傳統與反傳統——以章太炎為綫索論晚清到五四的文化變遷》,中國古典文學研究會主編:《五四文學與文化變遷》(臺北:學生書局,1990),第 16 – 17 頁;陳平原甚至為從章太炎到胡適之間的學術傳承而擴寫了專著,見陳平原:《中國現代學術之建立——以章太炎、胡適為中心》(北京:北京大學出版社,1998)。

② 余英時:《五四運動與中國傳統》,見汪榮祖編:《五四研究論文集》(臺北:聯經出版事業公司,1979),第 115 – 117 頁。

③ 余英時:《五四運動與中國傳統》,見汪榮祖編:《五四研究論文集》(臺北:聯經出版事業公司,1979),第 117 頁。

④ 余英時:《〈中國哲學史大綱〉與史學革命》,《中國近代思想史上的胡適》(臺北:聯經出版事業公司,1994),第 77 – 71 頁。

⑤ 顧頡剛等編著:《古史辨》(上海:上海古籍出版社,1982),第 1 冊,第 23 頁。

> 千年來不一二覯也(以我所見,僅崔述所著之《經傳禘祀通考》為完全用此種方法者)。[①]

由此可見,在從晚清轉至五四的疑古思潮上,胡適確是佔有極重要的位置。胡適在疑古思潮上,不止是範圍上的打通學科的限制,亦不止是方法論上的中、西結合,更重要的是具有顛覆舊典範、開創新典範的勇氣與魄力。

在胡適的指導之下,顧頡剛在《詩經》的研究上,先後接觸在歷史上幾位懷疑《詩經》的重要人物,依研究次序分別為姚際恆(立方,1647 – 約 1715)、崔述(武承,1740 – 1816)及鄭樵(漁仲,1104 – 1162)。早在 1914 年春,顧頡剛便曾鈔録姚際恆的《古今偽書考》,並為其作序,由樸社出版。1920 年,顧頡剛著手進行《偽書疑書目》的編寫。1920 年 11 月,胡適的《詢姚際恆著述書》[②]一信,詢問顧氏何以《清籍考》裏不見姚際恆,並想尋求姚氏的《九經通論》,由此而開啟了顧頡剛的《詩經》研究。顧氏曾論及《古今偽書考》的價值為:一、乾脆(不怕武斷)。不是研究,而是指導。二、敢疑經(比宋、明進步)。三、書名好(能給人一刺戟)。姚氏敢於提出"古今偽書"的名目,敢將《易傳》、《孝經》、《爾雅》等經書置放在偽書裏,對於初學者的影響極為深遠。而姚氏的疑古精神似乎更為可貴,因為他不但敢批判宋代的學術權威朱熹,而且還敢批判漢代的學術權威鄭玄;不但敢疑"傳、注",而且敢於疑"經"。姚氏如此激烈地批判傳統,難怪顧頡剛嘆服地稱讚姚氏為偽書的集大成者。更重要的是,姚氏學識淵博,能以經、史、子、集中的資料釋經,再加上其

---

① 轉引自葉憶如:《顧頡剛古史神話觀研究》(高雄:高雄師範大學國文研究所碩士論文,1993),第 54 頁。

② 胡適:《詢姚際恆著述書》,顧頡剛等編著:《古史辨》(上海:上海古籍出版社,1982),第 1 冊,第 1 頁。

對古器物的認識,在清代學術界中,堪稱獨樹一幟。然而,顧氏對姚氏亦有所批判,他認為姚氏"所辨的偽,衹是著作人的偽,不是著作內容的偽——徵事的確實與否"①。顧氏又指出姚氏在辨偽方法上亦有缺點:一、以文辭的工拙定真偽;二、以後世著述之成法隱括古籍。② 顧氏自1923年8月點校姚際恆的《詩經通論》,直至1958年12月,該書纔由北京的中華書局出版。

至於崔述,顧頡剛曾於《國朝先正事略》的《崔東壁先生事略》中得知崔述"整理古代史實,刊落百家謬妄"。直至1921年,顧氏之真正進入崔述的疑古世界,亦是由於胡適的關係,多方追尋崔述的著作。1931年,正值顧氏從燕大國研所赴河北訪古而抽暇到大名訪問,歸後他便與洪業合寫《崔東壁先生故里訪問記》一文。這次收獲有崔氏墓碑碑文記載、從廣平縣楊家得崔述遺著四種。其後,顧氏前後花費十餘年標點整理《崔東壁遺書》,1936年纔由上海亞東圖書館出版。此後他不斷對此書作出修葺與潤飾,1983年由上海古籍出版社再印修訂版。《戰國秦漢間人的造偽與辨偽》即顧氏為《崔東壁遺書》寫的序;再版時,由其弟子王煦華據其遺稿續成漢代以下部分。1935年,錢穆為《崔東壁遺書》作的序有如下的一段話:

> 初,胡君適之自海外歸,唱為新文化運動,舉世奔走響應唯恐後。胡君於古今人多所評騭,少所許,多所否,顧於東壁

---

① 顧頡剛:《答〈論姚際恆著述書〉書》,《古史辨》(上海:上海古籍出版社,1982),第1冊,第3頁。

② 顧頡剛:《答書(附〈古今偽書考跋〉)》,《古史辨》(上海:上海古籍出版社,1982),第1冊,第9–10頁。關於顧頡剛與姚際恆在"詩經學"上的傳承與批判,可參林慶彰:《姚際恆與顧頡剛》,《中國文哲研究集刊》,1999年第15期(9月),第431–458頁。

> 加推敬，為作長傳，曰《科學的古史家崔述》。流佈僅半篇，然舉世想見其人，争以先睹遺書為快。胡君友錢君玄同，讀東壁書，自去其姓而姓疑古，天下學人無不知疑古玄同也。而最以疑古著者曰顧君頡剛……深契東壁之治史而益有進，為《古史辨》，不脛走天下。①

由此可見胡適、崔述及顧頡剛三人在疑古史上的關係，亦可見崔述的疑古思想對新文學陣營中人的影響。

崔述辨僞古史的方法是本其宋學的衛道精神和漢學的考據方法。顧頡剛的"古史層累説"即導源於崔述"世益晚則其採擇益雜"、"其世愈後則其傳聞愈繁"的觀點。崔氏的另一個長處是"瞭解古事的性質"，懂得故事怎樣的演變（傳聞）和怎樣的解釋（曲説），易言之，他用故事來印證古史亦影響到顧氏。顧氏領受崔述的治學方法與辨僞古史的成果，抛卻"尊孔衛聖"的包袱，以故事傳説演變的眼光來建構層累説，比崔氏更深入地粉碎古史的黄金世界。然而，顧頡剛認為崔述的缺點在於信仰經書和孔、孟太過，糅雜先入為主的成見，其著書的目的在於維護聖道，而辨僞衹是手段。② 顧氏將其歸納為兩點：一、其著書的目的是要替古聖人揭出他們的聖道王功，辨僞衹是手段。所以他衹是儒者的辨古史，不是史家的辨古史。二、他要從古書上直接整理出古史跡來，也不是穩妥的辦法。因為古代的文獻可徵的已很少，我們要否定僞史是可

① 錢穆：《序》，崔述著、顧頡剛編訂：《崔東壁遺書》（上海：上海古籍出版社，1983），第 1047 頁。

② 顧頡剛：《自序》，《古史辨》（上海：上海古籍出版社，1982），第 1 册，第 46 頁。

以比較各書而判定的,但要承認信史便沒有實際的證明。[①]

顧氏自述崔述對其影響包括:一、古史層累説;二、引故事印證古史、戰國諸子僞造古史、過細而問多的為學態度。然而,崔述“考諸經以信史”與顧頡剛“求於史以疑經”是為不同路綫。[②]

對顧氏具有重要影響的另一古代學者,乃北宋末南宋初的鄭樵。[③] 他第一本接觸鄭樵的書乃其《通志》,此書涉及的範圍極廣。鄭樵雖然在顧氏所接觸的疑古人物中是最後的一位,然卻因為其批判性與原創性而令顧氏對他最早進行研究。他這樣稱讚鄭樵的學術:

> 鄭樵的學問,鄭樵的著作,總括一句話,是有科學的精神。他所最富的精神,就是中國學術界最缺乏的精神。他尊重實驗,打破士人與工人的界限……他做一種學問,既會分析(如《藝文略》、《六書略》等),又會綜合,既會通(如《天文志》、《動植志》),又會比較(如詩與歌比,華文與梵文比),又富於歷史觀念,能夠疑古,又能夠考證;又富於批評精神,信信疑疑,不受欺騙。[④]

---

① 顧頡剛:《與錢玄同先生論古史書》,《古史辨》(上海:上海古籍出版社,1982),第1冊,第59頁。

② 顧頡剛:《耄學叢談:予與崔述辨史目的不同》,《顧頡剛讀書筆記》(臺北:聯經出版事業公司,1990),第10冊,第7863頁。關於顧頡剛在疑古思想上對崔述的傳承與批判,可參路新生:《崔述與顧頡剛》,《歷史研究》,1993年第4期(8月),第61－76頁;邱麗娟:《崔述與顧頡剛疑古歷程的比較研究》,《臺南師院學報》,1999年第32期,第271－295頁。

③ 有關鄭樵的《詩經》研究,可參趙制陽:《鄭樵〈詩經〉論文評介》,《孔孟學報》,1996年第9期,第27－57頁。

④ 顧頡剛:《鄭樵學術》,《顧頡剛讀書筆記》(臺北:聯經出版事業公司,1990),第1冊,第457頁。

鄭樵卓絕的議論和勇氣,使他一方面研究其思想,一方面研究《詩經》,故而啟發了他"對《詩經》的懷疑"、"離開了齊、魯、韓、毛、鄭五家的傳統說法",找尋《詩經》的真義。因輯集《詩辨妄》,進而廣羅鄭氏的生平事跡與著作,曾作《鄭樵傳》與《鄭樵著述考》二文,發表在北京大學出版的《國學季刊》第1、2期上。① 顧氏輯集的《詩辨妄》,於民國二十二年(1933)7月,由北平樸社出版。

顧頡剛這樣總結三位學者給予他的不同啟迪:

> 崔東壁的書啟發我"傳、記"不可信,姚際恆的書則啟發我不但"傳、記"不可信,連"經"也不可盡信。鄭樵的書啟發我做學問要融會貫通,並引起我對《詩經》的懷疑。(所以我的膽子越來越大了,敢於打倒"經"和"傳、記"中的一切偶像。)②

以上三位學者對他的影響是疑古思想的啟蒙,而最直接和具體的影響,他自言是來自他的老師胡適與錢玄同。

關於胡適與顧頡剛在短時期內可以成為知音的原因,季維龍列出五個原因,包括:一、兩人都出身書香門第;二、兩人都有國學基礎,故而有共同的語言;三、兩人都喜歡考據;四、疑古思想對兩

---

① 顧頡剛:《我是怎樣編寫〈古史辨〉的?》,《古史辨》(上海:上海古籍出版社,1982),第1冊,第11頁。

② 顧頡剛:《我是怎樣編寫〈古史辨〉的?》,《古史辨》(上海:上海古籍出版社,1982),第1冊,第12頁。其實,疑古思想對顧頡剛具有影響力的還有南宋的王柏(會之,1197－1274)。顧氏於1922年在上海購得王柏所著的《詩疑》。王柏"對於《詩經》的本文作直接的研究"令顧氏大受刺激。然而或許是因為王柏認為《詩經》中有幾十篇本應由聖人刪掉而沒刪之迂見,而令顧氏後來在《我是怎樣編寫〈古史辨〉的?》中沒再提及他。詳見顧頡剛:《重刻〈詩疑〉序》,《古史辨》(上海:上海古籍出版社,1982),第3冊,第406－419頁。然而顧氏還是替王柏輯集了《詩疑》,於1930年由北平樸社出版。

人的影響;五、在當時破舊立新的思潮中,兩人在方法上所見略同。[①] 其實,正如有學者注意到還有一個重要的原因:"疑古。"[②]

胡適多次表示他之所以考證《紅樓夢》、《水滸傳》等小説,祇是希望教人一種思想學問方法,養成"疑而後信,考而後信,有充分證據而後信"[③]的習慣。這種思想除了體現在其文學史理念中,也深深地影響了其學生顧頡剛。在《古史辨》第一册的《自序》中,顧氏這樣述及胡氏對他的影響:

> 胡適之用《詩經》作時代的説明,丟開唐、虞、夏、商,逕從周宣王以後講起,這一改把我們一班人充滿著三皇五帝的腦筋驟然作一個重大的打擊。[④]

顧氏又論及胡適在方法論上對他的影響:

> 適之先生帶進了西洋的史學方法回來,把傳説中的古史制度和小説中的故事,舉了幾個演變的例,使人讀了不但要去辨僞,要去研究僞史的背景,而且要去尋出它的漸漸的演變的綫索……[⑤]

---

① 詳見季維龍:《胡適與顧頡剛的師生關係和學術情誼》,沈寂主編:《胡適研究》(合肥:安徽教育出版社,2000),第226頁。

② 詳見劉俐娜:《顧頡剛學術思想評傳》(北京:北京圖書館出版社,1999),第215頁。

③ 胡適:《介紹我自己的思想》,《胡適文存》(臺北:亞東圖書公司,1953),第4集,第623頁。

④ 顧頡剛:《自序》,《古史辨》(上海:上海古籍出版社,1982),第1册,第36頁。

⑤ 顧頡剛:《自序》,《古史辨》(上海:上海古籍出版社,1982),第1册,第78頁。

所謂的"歷史方法",即胡適在民國十年六月卅日的日記中所說的:

> 歷史的方法——"祖孫的方法"。他從來不把一個制度或學説看作一個孤立的東西,總把它看作一個中段,一頭是它所以發生的原因,一頭是他自己發生的效果;上頭有它的祖父,下面有它的子孫。捉住了這兩頭,他再也逃不出去了。①

因為胡適在疑古思想上對顧氏的影響而令他對疑古史上的許多人物都發生了興趣,顧頡剛這樣談及胡適對他說的一番話,足可見他倆在疑古思潮上的傳承關係:

> 適之先生又謂姚際恆、方玉潤可以正朱子之《二南注》而於《邶》以下諸國風,則又堅執非淫詩。蓋疑古之家往往不能徹底,故鄭樵《詩辨妄》於毛、鄭忽褒忽貶,若無王也。②

就這樣,在疑古的基礎上,他們比疑古的先驅更深入、更具體,而且亦疑得更徹底,並因此而切切實實地為20世紀的中國學術與白話文學史做出一番大事業。

2. 胡、顧的"文學"與"文學史"觀念

將"疑古思潮"與白話文學史的建構掛鉤,其實亦就是處理歷史與文學的關係。什麼是"文學"? 胡適這樣為"文學"下定義:

---

① 胡頌平:《胡適之先生年譜長編》(臺北:聯經出版事業公司,1984),第2冊,第459頁。

② 顧頡剛:《疑古之不徹底》,《顧頡剛讀書筆記》(臺北:聯經出版事業公司,1990),第1冊,第380頁。

> 我嘗説語言文字都是人類達意表情的工具;達意達的好,表情表的妙,便是文學。
>
> 但是怎樣纔是"好"與"妙"呢?這就很難説了。我曾用最淺近的話説明如下:文學有三個要件:第一要明白,第二要有力、能動人,第三要美。①

至於何為文學史?胡適又闡釋如下:

> 做文學史,和做一切歷史一樣,有一個大困難,就是選擇可以代表時代的史料。……從前的人,把詞看作"詩餘",已瞧不上眼了;小曲和雜劇更不足道了。至於"小説",更受輕視了。近三十年中,不知不覺的起了一種反動。臨桂王氏和湖州朱氏提倡翻刻宋、元的詞集,貴池劉氏和武進董氏翻刻了許多的雜劇傳奇,江陰繆氏,上虞羅氏翻印了好幾種宋人的小説。市上詞集和戲劇的價錢漸漸高了起來了,近來更昂貴了。近人受了西洋文學的影響,對於小説,漸漸能尊重賞識了。這種風氣的轉移,竟給文學史家增添了無數難得的史料。詞集的易得,使我們對於宋代的詞的價值格外明瞭。戲劇的翻印,使我們漸漸有點正確的瞭解。我們現在知道,東坡、山谷的詩遠不如他們的詞能代表時代;姚燧、虞集、歐陽玄的古文遠不如關漢卿、馬致遠的雜劇能代表時代;歸有光、唐順之的古文遠不如《金瓶梅》、《西遊記》能代表時代;方苞、姚鼐的古文遠不如《紅樓夢》、《儒林外史》能代表時代。於是我們對於文學

① 胡適:《什麽是文學》,《胡適文存》(臺北:亞東圖書公司,1953),第1集,第215頁。

史的見解也就不得不起一種革命了。①

我們可以從胡適在《談談〈詩經〉》一文中得見其關於文學與歷史的觀點:

> 1.《詩經》不是一部經典。從前的人把這部《詩經》都看得非常神聖,說牠是一部經典,我們現在要打破這個觀念;假如這個觀念不能打破,《詩經》簡直可以不研究了。因為《詩經》並不是一部聖經,確實是一部古代歌謠的總集,可以做社會史的材料,可以做政治史的材料,可以做文化史的材料。萬不可說牠是一部神聖經典。
>
> 2. 孔子並沒有刪《詩》……
>
> 3.《詩經》不是一個時代輯成的。《詩經》裏面的詩是慢慢的收集起來,成現在這麼樣的一本集子。……
>
> 4.《詩經》的解釋。《詩經》到了漢朝真的變成了一部經典。《詩經》裏面描寫的那些男女戀愛的事體,在那般道學先生看起來,似乎不大雅觀,於是對於這些自然的有生命的文學不得不另加種種附會的解釋。……②

除了 2 與 3 關於《詩經》的形成過程之外,1 與 4 就牽涉了文學與歷史的關係,而胡適要提出的就是將《詩經》作為文學來看待,並將作為文學的《詩經》從經學與歷史中獨立出來。而顧頡剛則這樣談及

---

① 胡適:《〈中古文學概論〉序》,《胡適文存》(臺北:亞東圖書公司,1953),第 2 集,第 495 - 496 頁。

② 胡適:《談談〈詩經〉》,《古史辨》(上海:上海古籍出版社,1982),第 3 冊,第 577 - 579 頁。

《詩經》與"歷史"的關係：

> 戰國時詩失其樂，大家没有歷史的知識，而強要把《詩經》亂講到歷史上去，使得《詩經》的外部蒙著一部不自然的歷史。①

文學與歷史在中國的文化傳統中自古已是難以分辨，例如《史記》既是歷史，然而更多人視之為文學巨著，為文人學者做文章的摹倣的對象。新文學運動陣營與疑古史派的顧頡剛亦一樣將古典文學的傳統視作"史"來研究，正如胡適的"歷史的演變"觀一樣，歷史的形成乃奠基在後人不斷地添補與刪除之上的。顧頡剛與胡適等人將傳統以來奉作"經典"、為歷代政治所追慕的《詩經》中的道德政治，解讀為民間的創作，這無疑推翻了數千年的價值體系，重寫了中華民族的文明史；更重要的是將處於中心的士大夫體系推翻，將一直備受鄙夷的邊緣民間文化掘出。文學之源《詩經》之出自民間，這不單體現了自宋代以降疑古思潮的思想突破，更意味著新文學運動陣營為白話文學的存在找到了合理性的根源。這與胡適的《白話文學史》可謂是一面兩體的時代產物。至於"重整國故"，實際上是將這種批判與重構的方法推展至更大、更具體的範疇，以更全面重寫文學史。這充分體現在其個人對古典小說的考證上。

---

① 顧頡剛：《論〈詩經〉經歷及〈老子〉與道家書》，《古史辨》（上海：上海古籍出版社，1982），第1冊，第53頁。

在此,或許我們可以借用"新歷史主義"(New Historicism)[①]對文學與歷史略作分析。"新歷史主義"的"新"在於描述一部作品如何變形而成為開放的、變動不居的矛盾話語,在歷史檢視作品,看它如何被重複與累積,而成為作品的互文本,進而去發現文本的語境,文本的互相闡釋的空間——不斷被佔用、汰變、解讀文化密碼的空間。這可用作分析顧頡剛從戲劇的演變而悟出"層累積成"的史觀,他便是以這一概念詮釋《詩經》的生成。顧氏這一概念,亦受啟發於胡適的"歷史的演變"的概念。而胡適亦正是運用這種"歷史的演變"的概念"重整國故",考證了大批的古典小說,進一步為白話文學在文學史上的地位作出肯定。

基本上,整個新文學運動都是文學與歷史的互動。文學對歷史的闡釋與在歷史中闡釋文學,如《白話文學史》的面世,不僅止於在中國文學史上的震盪,同樣具有深遠影響的是對整個傳統文化體系的重新定位,以及20世紀的中國文化與文學的發展路向。

在中國舊歷史主義的觀念中,歷史乃大於文學的。亦即是說,歷史事實的真實性大於文學的想像與虛構性。然而,胡適與顧頡剛卻將這一矛盾關係顛倒過來,強調文學大於歷史,文學注入歷史

---

① 傳統的歷史與文學之分被新歷史主義所泯除。1980年由美國學者斯蒂芬·格林布拉特(Stephen J. Greenblatt)撰寫的《文藝復興時期的自我塑造:從莫爾到莎士比亞》(*Renaissance Self - Fashioning: From More to Shakespeare*)一書被批評界視作可取代漸呈頹勢的解構批評。1982年格林布拉特為《體裁》(*Genre*)撰文時便將他與其同道所從事的批評方法稱為"新歷史主義"(New Historicism)。新歷史主義文學批評認為歷史有其"文本性",而且,文學話語範式對歷史話語具有制約的能力,而最與其他文學批評迥異之處的是新歷史主義將文學視作歷史現實與意識形態的互相激盪之處。新歷史主義在從事文學批評時視文學為歷史現實與社會意識形態的結合,企圖能從中發掘歷史事件如何被主導的意識形態轉化為文本,並落實為一般的意識形態,而一般的意識形態又如何轉化為文學作品中反映出的社會存在。

的生命之中。事實上,文本與歷史的矛盾恰好揭示了在兩者的緊張關係之中——文學與歷史的本質關係,即文學在對歷史加以闡釋之際,並不要求恢復歷史的原貌,而是解釋歷史"應該"與"怎樣",揭示歷史中最隱秘的矛盾。

3. 以胡適與顧頡剛作為中心的意義

由以上關於疑古思潮與白話文學史的相關論述可見,從疑古思潮的角度,並以胡適與顧頡剛兩人作為論述中心而展開關於疑古思潮與白話文學史的建構的研究,仍有待發掘。

可以說,胡適與顧頡剛在疑古的思想上具有傳承的關係之外,又是建構白話文學史的實際伙伴。胡、顧兩人以疑古思想為指導思想而建構的文學史具有如下三個意義:一、將疑古思想從康有為等的政治上導引至學術上,是中國學術史上的一種突破;二、胡適與顧頡剛將疑古思潮與新文學革命結合起來,與胡適合力建構起白話文學史;三、以疑古為手段,將傳統的經典轉化為新的學術資源,並發明了一個白話文學的新傳統,從而達到了啟蒙民衆與文藝復興的目的。

本書就是針對目前學術界的這一空白而作一嘗試。相信這一嘗試,可以令我們對白話文學史的建構多一個新的審視角度。

四、疑古思潮的研究現狀

自 1949 年至 20 世紀 80 年代初期,有關顧氏與《古史辨》的論述應是其中最早的,然而因為政治因素的關係而有關研究為數不多。而在有關的少數評論中,又因為顧頡剛曾與胡適關係密切而使顧氏與古史辨運動蒙受了不白之冤。例如,童書業、楊向奎、李錦全的論述,就是受了政治運動的影響而對"疑古思潮"的重要論著《古史辨》及其老師顧頡剛的學術作出了不客觀的批判。這些論述乃政治運動下的產物,大多是因為胡、顧兩人的政治立場而亂扣帽子及對彼等作出人身攻擊,並不能客觀而深入地探討此學術思潮的方方面面。有關學者亦清楚地知道這種情況,故而方纔有楊向奎後來將基於政治需要而撰的《古史辨派的學術思想批判》①一文改為較為客觀的學術論文——《論古史辨派》。②

對"疑古思潮"作較為深入論述的應該是臺灣地區的學者。王汎森在 1987 年推出《古史辨運動的興起》一書。此書共分四章,再加上"引論"與"結論",則總共有六章。其標題如下:"引論:激烈反傳統與黄金時代觀念的破滅"、"第一章 顧頡剛層累造成説的特質與來源"、"第二章 清季今文家的歷史解釋(上)"、"第三章 清季今文家的歷史解釋(下)"、"第四章 顧頡剛與古史辨運動"、"結論"。在此六章中,討論清季今文家的歷史解釋的第二章與第三章已佔去了一百四十五頁,約佔全書的一半。而且,章節之間很多是重複同一個命題。例如,"第一章 顧頡剛層累造成説的特質與來源"中的第五節已探討了"清季今文家的歷史解釋",然而接下去的第二、三章卻又是探討同一命題,而且是用如此大的篇幅,可謂尾大不掉。下面的第四章,其實又是再一次地重複前幾章已處理過的命題。例如,第一節中又再一次談到康有為對顧頡剛的影響。其實,關於康有為對顧頡剛的影響早在之前不同的篇章中已經提及,根本用不著在此再次提及。而第六節則又提到了"層累造成説的變形——神話分化説",這可擺在第一章中關於"層累造成説"的

① 楊向奎:《古史辨派的學術思想批判》,《文史哲》,1952 年第 3 期,第 290－293 頁。此文收入陳其泰、張京華編:《古史辨學説評價討論集》(北京:京華出版社,2001),第 7－15 頁。

② 此文收入陳其泰、張京華編:《古史辨學説評價討論集》(北京:京華出版社,2001),第 79－100 頁。

討論中略作分析就可以,而且關於"層累造成説的變形——神話分化説"這一理論,實際上是楊寬對顧氏"層累造成説"的修正,故亦無需列入顧氏名下作專節討論。大體言之,此書在章節的安排上頗為混亂,而在某些概念上應深入者則未深入,可略者又過於冗長。另一方面,有些注腳也過於冗長,其實可放在正文中討論。但無論如何,此書仍不失為一部關於古史辨運動方面具有相當參考價值的資料。

相對於王汎森在《古史辨運動的興起》一書裏的種種不完善,彭明輝在1991年推出的《疑古思想與現代中國史學的興起》一書,無論在章節的安排以至於具體概念的分析,大致上均妥帖得當。此書扣緊疑古思想與現代史學的關係,層層深入。此書共分六章,除去第一章的"引論"與第六章的"結論"之外,各章標題如下:第二章"儒學體系的疑古思想";第三章"超越儒學的疑古思想";第四章"民俗學研究與古史辨運動"。作者清晰地分析了從章學誠、崔述以及康有為等人在疑古思潮上的關係及其作用。可議的是第四章第一節的"民俗學研究與古史辨運動",其實有很多材料可作為民俗學方面的討論,根本無需將文學範疇的白話小説也列入討論。至於這一章接下去的第二節關於孟姜女與層累説的關係,則可以在第三章第二節中"層累説之提出"一併論述。整體而言,瑕不掩瑜,此書還是相當成功的。

20世紀90年代的另一本相關論述來自高雄師範大學國文研究所的葉憶如,她在1993年完成的碩士學位論文《顧頡剛古史神話觀研究》,側重探討顧氏的神話研究。從此書資料之翔實,可見作者之用功。然而,令人不解的是冠於每一章的標題與內容卻經常不相符。譬如説,第二章乃以"顧頡剛疑古辨偽思想與古史神話觀的形成"為題,然而在每一節的小標題上以至於內文,均沒論及"神話"方面;第三章以"顧頡剛古史神話演變説"為題,然而提及的卻是歌謠與孟姜女等民俗學的課題。嚴格而言,整篇論文衹有第四章、第五章及第六章真正觸及了顧頡剛的神話觀及其研究。至於論文的兩個核心概念"古史"、"神話"及"古史神話"的定義,並非在論文的開端中作闡釋,直至第四章[①]方纔出現,實屬不當。總括而言,此論文能將資料作鋪排而卻未能將論點作縱深的發展,乃其不足之所在。

香港地區,許冠三的《新史學九十年:1900 - 》將胡適與顧頡剛視為"方法學派"。他著眼的是胡、顧二人在史學方法學上的傳承與分歧,一如香港陳志明的《顧頡剛的疑古史學》[②]與內地劉起釪的《顧頡剛先生學述》[③]一樣,均從没在文學的角度考慮胡適與顧頡剛兩人在白話文學史上的互補關係。而最重要的是,他們縱然都或多或少地提及顧氏的"層累說",然而卻鮮有人提及作為顧氏"層累說"的討論核心——《詩經》的研究。

在國外,史耐德(Laurence A. Schneider)的《顧頡剛與中國新史學》(*Ku Chieh - Kang and China's New History*)[④]著重的是顧氏一生的學術思想,而對古史辨運動及其對新文學革命的影響並未觸及。更重要的是,此書的論述架構相當混亂,論點並不清晰,研究焦點亦不明確。德國的吴素樂(Ursula Richter - Chang)亦曾以《古史辨》及顧頡剛為學位論文,[⑤]然至今該書仍未面世,故而無法

---

① 葉憶如:《顧頡剛古史神話觀研究》(高雄:高雄師範大學國文研究所碩士論文,1993),第 117 - 120 頁。

② 陳志明:《顧頡剛的疑古史學》(臺北:商鼎文化出版社,1993)。

③ 劉起釪:《顧頡剛先生學述》(北京:中華書局,1986)。

④ 史耐德(Laurence A. Schneider):《顧頡剛與中國新史學》(*Ku Chieh - Kang and China's New History*)(臺北:華世出版社,1984)。

⑤ Ursula Richter - Chang, *Das Ku - Shih Pien: Ergebnisse einer Wissenschaftlichen Diskussion im China der Republik* (Munich, 1981). 見劉起釪:《顧頡剛先生學述》(北京:中華書局,1986),第 377 頁。

作出評介。

總的來説,“疑古思潮”的研究雖不能如學者所言的“近年以來的……學術界,對於近三百年以來疑古思潮的發展作通貫研究的著作仍告闕如”①,然而,近年來學術界對於疑古思潮與白話文學史的建構作通貫研究的著作仍告闕如,則殆無可疑。可以説,本書是對疑古史派在白話文學與文學史上的影響做系統研究的第一部。其中,白話文學史的建構乃胡適學術生涯中最為著名亦最富争議性的一項成就。而此成就之成為“事實”,並不止靠胡適的“歷史研究法”,我們更不能忽略的是顧頡剛在方法論上具有同樣重要性的“層累法”。而更為關鍵之所在,就是學界忽略了“疑古思潮”對白話文學史的建構所起到的重要作用,特別是胡、顧兩人配合之下的白話文學史的建構。

五、方法論及章節安排

本書主要是從疑古思潮的角度重新審視白話文學史的建構過程。此中既有歷時性的源流追溯,亦有共時性的比較:前者體現在疑古思想在白話文學史的建構中所起的作用的探討,這具體而集中體現於顧頡剛《古史辨》中關於《詩經》的討論;後者可見於胡適與顧頡剛在建構白話文學史的方法論、民間文學的理論以及白話文學史與民族主義的關係的篇章上。

在一共六章的安排中,每一章的設立均有如下的目的:第一章,疑古思潮與反傳統思潮的關係,及此兩種思潮在胡適與顧頡剛兩人思想上的結合而在白話文學史中所產生的重要作用,乃此章

① 路新生:《自序》,《中國近三百年疑古思潮研究》(上海:上海人民出版社,2001),第8頁。

的重心所在。除了論述此研究的學術意義之外,亦將提及各章的具體安排。第二章,主要討論的是疑古思潮作為一種建構白話文學史的方法論。這涉及外來的思想衝突與內在的疑古思潮的結合,故而杜威的“實驗主義”與疑古思潮對胡適以及顧頡剛的影響及彼等的轉化,乃此章的重心。第三章,一般文學史忽略的是白話文學史的建立過程中有關經典的顛覆與重構,而被顛覆與重構的就是胡適與顧頡剛的《詩經》研究。這一章側重論述的是他們如何顛覆作為經典的《詩經》以及如何將之重構為白話文學史的源頭。第四章,這一章所要指出的是在新文學革命朝向“民間”的文學理念在一開始已是歧見雜出,走向“民間”的文學理念既是一個不統一的概念,以明、清的文人創作為白話文學的典範相當勉強,而白話文學的典範自五四以來的文學創作更是一直為文人所壟斷。這一章我們除了論述胡適努力將“小説”經典化的過程之外,更重要的是指出一般文學史所認為的新典範的唯一文類“小説”之論點並不全面,更符合白話文學史的史實與理想的應是顧頡剛發掘與整理的民間文學,如孟姜女的傳説以及吴歌的整理等等。這一章的意義除了指出一般文學史的人云亦云並還文學史一個真相之外,更重要的目的在於指出顧頡剛或許比胡適在白話文學的朝向“民間”的理想及其發掘上,更為具體而深入,亦更值得我們重視。第五章,我們叩問的是文學與文學史在他們而言,是一種啟蒙的工具,亦寄予了文藝復興的期望。而為了應對時局之變,為了達至啟蒙與文藝復興的目的而建構的白話文學史,其實就是在疑古思潮底下的“發明傳統”。在彼等“發明的傳統”中,白話文學的從邊緣而進駐中心,文言與白話的關係此消彼長,在在突顯出彼等在當時的一種嶄新的白話文學史的民族想像的獨特思維。發明傳統與白話文學史的建構的關係,在中國現代文學史的書寫中付諸闕如,對這方面的探討,既有學術上的補白作用,亦同時可對於胡、顧建構白話文學史的動機,有進一步的認識。第六章,是為總結。

基於政治的原因或個人的學術偏見,20 世紀的衆多文學史中,一般而言,不是猛烈批判,就是一味歌頌,而我們要做的,恰恰正是彼等所缺乏的摒除政治立場的純學術探討,歸納他們在這過程中的一些成就與不足,這樣就更全面地貼近他們的思想真相,亦有助於推動進一步的文學史研究。

第二章

“歷史研究法”與“層累造成説”：白話文學史的建構方法

一、“方法”與“方法論”

在五四期間,胡適提出了不少關於文學研究的理論,開一代新學風,而其學生顧頡剛更以“層累造成説”震撼史學界。然而,一般論者均認為,胡適的“歷史研究法”與顧頡剛的“層累造成説”屬於兩個不同的範疇,前者屬於文學,而後者則屬於史學。雖然他們都知道胡適對顧頡剛的影響,然而卻没有人從方法上探討兩者之間的本質異同。其實,顧頡剛的“層累造成説”深受胡適的影響,其中具體的影響來自其“歷史研究法”。而更重要的是,無論是胡適的“歷史研究法”,還是顧氏的“層累造成説”,都具有強烈的“疑古”色彩。所以,胡、顧兩人的研究方法乃一脈相承,而這一脈相承的方法便具體地應用於白話文學史的建構過程中。然而,長期以來均没人將胡、顧兩人的"歷史研究法"與"層累造成説"視作具有傳承關係的建構白話文學史的方法看待。至於胡適"歷史研究法"作為一種具體的方法在白話小説上的應用與顧氏應用"層累造成説"在民間文學的研究,亦常常被略而不論。

在未進入正文之前,我們有必要對"方法"與"方法論"這兩個相關而又不相同的關鍵詞作簡單而扼要的釐析。黄進興對"方法"與"方法論"的定義以及兩者的分别有如下見解:

> "方法"(method)屬於"對象語言"(object language,即"第一層次語言"〔first－order language〕,指的是:演繹法、歸納法、比較法、統計法等等,而"方法論"(methodology)則是以這些"方法"為對象,來研究它們的功能與由之得來知識的性質,因此為"後設語言"(metalanguage,即"第二層次的語言"〔second－order language〕)。二者屬於不同層次的知識。①

簡單而言,"方法"指的是演繹法、歸納法、統計法等,而"方法論"則是以這些方法為對象所形成的一門專門學問,其用意在檢討這些方法的功能及限制。②

在此,我們將以胡適的"歷史研究法"與顧頡剛的"層累造成説"視作建構白話文學史的兩個主要而且具有傳承關係的方法,並將之作為討論的焦點。我們將略述胡適"歷史研究法"的理論特徵,再而討論"歷史研究法"與顧頡剛"層累造成説"的傳承關係,重點分析"歷史研究法"與"層累法"的理論特徵。最後,更會對這兩

---

① 黄進興:《論"方法"及"方法論"》,見康樂、黄進興主編:《歷史學與社會科學》(臺北:華世出版社,1981),第25頁。

② 黄進興:《論"方法"及"方法論"》,見康樂、黄進興主編:《歷史學與社會科學》(臺北:華世出版社,1981),第58頁。

種理論之異同及其在白話文學史的建構上作出省思。

二、“疑古”的歷史淵源及其傳承

疑古思想在中國源遠流長，早在先秦時代的經典如《論語》、《孟子》、《韓非子》便已出現，而疑古思想之形成一種思潮的出現，則是近三百年來的事。而在這最近的三百年的學術思想史上，疑古思潮出現過三次：明清之交一次，清初一次，五四前後即中國現代史上一次。[①] 自明、清以來，著名的疑古學者前仆後繼，包括宋濂、胡應麟、閻若璩、陳確、胡渭、崔述、莊存與、劉逢禄、宋翔鳳、龔自珍、魏源、康有為、廖平……直至胡適而及顧頡剛，疑古思潮達至巔峰。胡適在疑古思想上對顧氏影響至巨而令他對疑古史上的許多人物都發生了興趣，顧頡剛談及胡適對他説的一番話，足可見他倆在疑古思潮上的傳承關係：

> 適之先生又謂姚際恆、方玉潤可以正朱子之《二南注》而於《邶》以下諸國風，則又堅執非淫詩。蓋疑古之家往往不能徹底，故鄭樵《詩辨妄》於毛、鄭忽褒忽貶，若無王也。[②]

因為時代的關係，他們比疑古的先驅走得更遠，在學術探討方面做得更具體。

五四時期的疑古思潮能轟轟烈烈、成就卓越，這與清末民初因社會與政治態勢的衰頽而激發的激烈反傳統思潮是密不可分的。

① 路新生：《自序》，《中國近三百年疑古思潮研究》（上海：上海人民出版社，2001），第2頁。

② 顧頡剛：《疑古之不徹底》，《顧頡剛讀書筆記》（臺北：聯經出版事業公司，1990），第1冊，第380頁。

五四以後,新文化運動的狂飆席捲全國大地,對中國傳統文化進行全面的清理,成為新文化運動的重要組成部分。疑古思潮就在這樣的時代氛圍中勃然而起。路新生認為以對社會現實所產生的影響和衝擊程度而言,在疑古思潮發展史上,又以五四前後即中國現代史上的那一次疑古思潮的湧動為最大最深。① 葉憶如則認為歷代疑古辨偽思想可依五四運動劃分為二:一、為傳統經典間衝突的疑古辨偽思想,以經今文學為代表。二、為五四反傳統的疑古辨偽思想,以西方輸入的史觀與科學的治學方法為代表。②

相對於文學史而言,很多史學界的學者均意識到胡適與顧頡剛在方法論上的傳承關係。民俗學家鍾敬文曾指出:"《古史辨》最大的價值,是在他的方法而非本身的成績。"③許冠三在其《新史學九十年:1900 - 》一書中稱胡適與顧頡剛為新史學中的"方法學派"④。丁亞傑則指出:

> 胡、顧的組合,可以說明民國初年部分學者的學術傾向:注重客觀事實,輕視形上義理,顧頡剛曾指責宋明理學陳腐,其故在此。顧頡剛的方法意識與胡適的具體研究結合,成為其方法理論。⑤

---

① 路新生:《自序》,《中國近三百年疑古思潮研究》(上海:上海人民出版社,2001),第 3 頁。

② 葉憶如:《顧頡剛古史神話觀研究》(高雄:高雄師範大學國文研究所碩士論文,1993),第 32 頁。

③ 鍾敬文:《校後附寫》,《孟姜女故事研究集》(上海:上海古籍出版社,1984),第 74 頁。

④ 許冠三:《新史學九十年:1900 - 》(香港:香港中文大學出版社,1986),上冊,第 133 - 205 頁。

⑤ 丁亞傑:《顧頡剛〈詩經〉研究方法論》,《元培學報》,1997 年第 4 期(12 月),第 124 頁。

胡適重考證而輕視形上義理,[①]是很明顯的事實;顧頡剛深受其師影響,其輕視形上義理甚至有過之而無不及。兩人在學術的結合而成為方法理論,亦是事實。至於説顧氏的"方法意識"與胡適的"具體研究"的結合,則頗值得商榷。從種種的文字可見,胡、顧兩人對於將"文本"與"歷史"視為一種表演的場域,[②]具有十分清晰的意識。

在方法論上結合的問題,顧頡剛的"層累造成説"固然震動史界,卓絶一世,然而其理論實質上是受胡適"歷史研究法"中的"滾雪球"的觀念所啟發。顧頡剛曾這樣自述影響過他的學者人物:

> 我的《古史辨》的指導思想,從遠的來説,就是源於鄭(樵)、姚(際恆)、崔(述)三人的思想。從近的來説,則是受了胡適、錢玄同二人的啟發和幫助。[③]

在上述的人物當中,對顧氏影響最大又最具體的應是胡適。民國

---

① 有關胡適輕視形上義理而側重考證,一方面與他本人的個性有關,另一方面亦是與他的學術訓練有關,余英時便指出:"胡適從考證學出發,上接程、朱的'窮理致知'的傳統,因而對陸、王不免有排斥的傾向。"見余英時:《中國近代思想史上的胡適》(臺北:聯經出版事業公司,1994),第73頁。有關胡適對陸、王思想的排斥,可參胡適:《戴東原的哲學》,見姜義華編:《胡適學術文集·中國哲學史》(北京:中華書局,1998),下冊,第1103頁。顧頡剛正亦是在學術性格上的取向的類同而能與他在學術上契合無間。

② 顧頡剛説過:"古史傳説的懷疑,各種史實的新解釋,都是史觀革命的表演。"見顧頡剛:《當代中國史學》(香港:龍門書店,1964),第3頁。至於胡適提出"大膽的懷疑,小心的求證"的口號及其《白話文學史》的書寫,大抵亦是一種"史觀革命的表演"。

③ 顧頡剛:《我是怎樣編寫〈古史辨〉的?》,《古史辨》(上海:上海古籍出版社,1982),第1冊,第12頁。

五年,時值廿二歲的顧頡剛進入北大哲學系。次年,胡適代替陳漢章講授中國哲學史。他一反陳氏之方法,丟開唐虞夏商,直接從周宣王以後講起。這對於顧氏與其他學生來説,都是一種思想震盪。及至日後顧氏憶述起當年胡適之史學方法對他的影響時,仍然悸動不已:

> 他(胡適)有眼光,有膽量,有斷制,確是一個有能力的史學家。他的議論處處合於我的理性,都是我想説而不知道怎樣説纔好的。①

胡適對顧頡剛影響最深的就是方法。顧氏在致胡適的信中曾明確提及胡適的研究"方法"對自己的影響:

> 我自小就喜歡研究,但没有方法,也没有目標。自從遇見了先生,獲得了方法,又確定了目標。為學之心更強烈。②

在《古史辨》第一冊的《自序》中,顧氏又説:

> ……長素(康有為)先生受了西洋歷史家考定的上古史的影響,知道中國古史的不可信,就揭出了戰國諸子和新代經師的作僞的原因,使人讀了不但不信任古史,而且要看出僞史的背景,就從僞史上去研究,實在比較以前的辨者深進了一層。適之先生帶進了西洋的史學方法回來,把傳説中的古史制度

---

① 顧頡剛:《自序》,《古史辨》(上海:上海古籍出版社,1982),第1冊,第36頁。

② 中國社會科學院近代史研究所中華民國史研究室編:《顧頡剛致胡適(1929.8.20)》,《胡適來往書信選》(香港:中華書局,1983),上冊,第533頁。

和小説中的故事，舉了幾個演變的例，使人讀了不但要去辨僞，要去研究僞史的背景，而且要去尋出它的漸漸的演變的綫索，就從演變的綫索上去研究，這比了長素先生的方法又深進了一層了。①

這裏所列舉的章太炎、康有為以及胡適都是清末民初的幾位大學問家，然而對顧氏影響比較大的還是胡適。

在以上這段文字中，我們亦可以得見史學與文學在新文學革命中所扮演的重要角色及作用。正因為胡適對史學方法的重視，方纔開啟了他從"演變"的角度研究文學史，而這種研究的趣味，處處切合了作為同樣歷史癖極重的顧頡剛的要求；而胡適的"演變"方法，更引發了顧氏"辨僞"的興趣，從而開展了他們從"疑古"而走向白話文學史的建構。胡適對於顧頡剛深受自己的影響而在學術上獲取了巨大的成就，感到相當自豪，他在 1926 年 8 月 24 日致傅斯年的信中便曾提到自己的感受：

頡剛在他的《古史辨》自序裏説他從我的《水滸傳考證》裏得著他的治學方法。這是我生平最高興的一件事。②

至於胡適是怎樣影響了顧頡剛，而顧頡剛又是怎樣將胡適的方法發揚光大，許冠三有以下這樣具體的描述説明胡適的方法對顧頡剛的影響：

---

① 顧頡剛：《自序》，《古史辨》(上海：上海古籍出版社，1982)，第 1 册，第 78 頁。

② 轉引自王汎森：《傅斯年對胡適文史觀點的影響》，沈寂主編：《胡適研究》(合肥：安徽教育出版社，2000)，第 203 頁注 3。

> 在中國文化史研究上,他主張以比較從事分門別類的專題斷代研究,鼓吹國人盡量借重東西洋漢學家的探索途徑、工具和研究成果。於遠古史研究,他堅持寧失之於疑勿失之於信的立場,定下了日後以顧頡剛為主幹的疑古派取向。①

許冠三認為顧頡剛翻造了胡適發明的"歷史演進的方法"的觀點,最為重要。②

嚴格來説,"歷史演進的方法"並不是胡適"發明"的,但是因胡適具體地將清代考證的方法與杜威的實驗主義相結合,致令學術界掀起了一場轟轟烈烈的學術革命。③ 可以這樣説,五四的疑古思想乃中國與西方在治學方法上的結合,同時亦是中國以既有的"疑古"態度作為中介與赫胥黎(Thomas Henry Huxley, 1825 –1895)的"存疑主義"相契合。然而,值得指出的是,無論是胡適的"歷史研究法",還是顧頡剛的"層累造成説",兩者不止是一脈相承,同時是一體兩面。胡適的"歷史研究法"與顧頡剛的"層累造成説",雖名目不同,具體的研究步驟亦有所不同,但是其精神本質如出一轍,因為他們的治學基本精神均源自"疑古",他們的研究方法都是疑古思想具體化的兩面刃。

---

① 許冠三:《新史學九十年:1990 – 》(香港:香港中文大學出版社,1986),上冊,第 133 頁。

② 許冠三:《新史學九十年:1900 – 》(香港:香港中文大學出版社,1986),上冊,第 134 頁。

③ 余英時認為胡適的《中國哲學史大綱》的面世乃是"史學革命"的"典範"(paradigm)。詳見余英時:《〈中國哲學史大綱〉與史學革命》,《中國近代思想史上的胡適》(臺北:聯經出版事業公司,1984),第 77 頁。胡適踏入學術界之初確是以一個哲學學者的姿態出現的,然而不久之後卻越來越向文學靠攏。

三、“歷史研究法”的理論淵源及其應用

1.“歷史研究法”的理論淵源

19世紀時,有兩種科學基本觀念的變遷影響了“實驗主義”(Pragmatism)的誕生,那就是科學家對於律例態度上的變遷與達爾文(Charles Robert Darwin,1809－1882)的“進化論”(Evolutionism)的影響。[①] 前者是科學試驗室的態度(the laboratory attitude of mind),後者則是研究歷史的態度(the genetic method)。達爾文與赫胥黎在哲學方法上的貢獻是“存疑主義”,即是“嚴格的不信任一切没有充分證據的東西”,高呼“拿證據來”;不過,這種貢獻偏於消極的破壞面。[②] 美國皮爾士(C. S. Peirce, 1839－1914)提出了實驗主義,即“科學試驗室的態度”。杜威(John Dewey, 1859－1952)承繼皮爾士的方法論,並改稱為“工具主義”、“應用主義”或“器用主義”。[③] 胡適認為無論是“科學試驗室的態度”或是“評判的態度”,都是同一回事,都是同一種態度,即尼采(Friedrich Nietzsche, 1844－1900)所説的“重新估定一切價值”。在這種態度面前,一切舊的觀念、理論,一切現成的東西,都要經過理性的審視和評判。

① 胡適便説過“杜威受了近世生物進化論的影響最大”。見胡適:《實驗主義》,《胡適文存》(臺北:亞東圖書公司,1953),第1集,第318頁。

② 參余英時:《中國近代思想史上的胡適》(臺北:聯經出版事業公司,1984),第43－44頁。

③ 有關胡適本人對“實驗主義”的認識及其對杜威的介紹,可參胡適:《實驗主義》、《杜威先生與中國》,《胡適文存》(臺北:亞東圖書公司,1953),第1集,第291－341、380－382頁。

没有什麽是可以不經懷疑、不經批判就接受的。① 在五四時期特別强調方法論的胡適，比較傾向杜威哲學及其方法論，因為他不止是杜威學説的虔誠信徒，亦是其學生，他自己就曾多次剖白自己的方法論是受了杜威實驗主義所影響，而杜威的實驗主義亦確實是以方法為中心的。② 然而，胡適所應用的方法卻是對杜威的實驗主義進行了"創造性的轉换"(creative transformation)。③

2. 杜威"實驗主義"與"歷史方法"的創造性轉换

杜威哲學方法可分為歷史方法和實驗方法。胡適稱杜威的歷史方法為"祖孫的方法"，並對杜威的方法作了兩方面的重整：一是

---

① 王煒：《胡適及其實用主義哲學》，劉青峰編：《胡適與現代中國文化轉型》(香港：香港中文大學出版社，1994)，第314頁。

② 有關實驗主義的簡明扼要的論述，可參余英時：《中國近代思想史上的胡適》(臺北：聯經出版事業公司，1984)，第54－61頁；有關杜威的個人生平及其思想的發展，可參吴森：《杜威思想與中國文化》，見汪榮祖編：《五四研究論文集》(臺北：聯經出版事業公司，1979)，第125－156頁。

③ "創造性轉化"(creative transformation)乃林毓生在其論文"Radical Iconoclasm in the May Fourth Period and the Future of Chinese Liberalism"(Benjamin I. Schwartz, ed., *Reflections on the May Fourth Movement*, Cambridge, MA: Harvard UP, 1972)中所提出的。林氏這樣闡釋"創造性轉换"的内涵："那是指：使用多元的思想模式將一些(而非全部)中國傳統中的符號、思想、價值與行為模式加以重組/或改造(有的重組以後需要加以改造，有的衹需重組，有的不必重組而需徹底改造)，使經過重組/或改造的符號、思想、價值與行為模式變成有利於變革的資源，同時在變革中得以繼續保持文化的認同。(……這種'重組/或改造'，可以受外來文化影響，但卻不是硬把外面的東西搬過來)。"見林毓生：《什麽是"創造性轉换"?》，《熱烈與冷静》(上海：上海文藝出版社，1998)，第26頁。林毓生關於傳統的"創造性轉换"的方法正好用來説明胡適對杜威"實驗主義"的"轉换"，特別是"這種'重組/或改造'，可以受外來文化影響，但卻不是硬把外面的東西搬過來"之説，亦正是胡適在引進西方學術概念時的考慮，他絶非"學衡派"中人所譏諷的對西方學術的一知半解。

簡化;二是中國化。

(Ⅰ)簡化

胡適將杜威的歷史方法作了如下的簡化:1. 注意具體的境地。2. 將一切學理視為假設。3. 實驗。① 至於杜威"思想五步說"的要點,胡適在《實用主義》一文中簡化如下:

> 1. 疑難的境地。2. 指定疑難究竟在什麼地方。3. 假定種種解決疑難的方法。4. 把每種假定所涵的結果,一一想出來,看那一個假定能夠解決這個困難。5. 證實這種解決使人信用;或證明這種解決的謬誤,使人不信用。②

> 第一步到第二步是偏於歸納法,第三步到第五步是偏於演繹法。綜言之,杜威"思想的真正訓練,是要使人有真切的經驗來作假設的來源,使人有批評判斷種種假設的能力,使人能造出方法來證明假設的是非真假"。"假設",是杜威一派極為重視的環節。③

經過種種簡化,一言以蔽之,"假設"成了實用主義的一個關鍵。我們要問的是,胡適的這種簡化的傾向性是什麼?其簡化的傾向性又與胡適的重估傳統有何關係?這種簡化的傾向性又如何體現在

① 胡適:《杜威先生與中國》,《胡適文存》(臺北:亞東圖書公司,1953),第1集,第381-382頁。

② 胡適:《杜威先生與中國》,《胡適文存》(臺北:亞東圖書公司,1953),第1集,第323頁。

③ 胡適:《杜威先生與中國》,《胡適文存》(臺北:亞東圖書公司,1953),第1集,卷2,第323-329頁。

白話文學史的建構上？

余英時指出：

> 胡適思想中有一種非常明顯的化約論（reductionism）的傾向，他把一切學術思想以至整個文化都化約為方法。①

又說：

> 胡適這種化約論確實決定了他接受西方學術和思想——包括杜威的實驗主義在內——的態度。他所重視的永遠是一家或一派學術、思想背後的方法、態度和精神，而不是其實際內容。同時又由於在進化論（他肯定這是已經證實而毫無可疑的科學真理）和實驗主義方法（他肯定這是科學方法）的巨大影響之下，他認為一切學說的具體內容都包括了"論主"本人的背景、時勢，以至個性，因此不可能具有永久的、普遍的有效性。但是方法，特別是經過長期應用而獲得證驗的科學方法，則具有客觀的獨立性，不是"論主"本人種種主觀的、特殊的因素所能左右的。②

大致而言，余英時認為"杜威哲學所代表的思想型態比較接近中國

① 余英時：《中國近代思想史上的胡適》（臺北：聯經出版事業公司，1984），第 49 頁。另可參王煒：《胡適及其實用主義哲學》，劉青峰編：《胡適與現代中國文化轉型》（香港：香港中文大學出版社，1994），第 312 頁。

② 余英時：《中國近代思想史上的胡適》（臺北：聯經出版事業公司，1984），第 50 頁。有關胡適方法論觀點的剖析，可參余氏此書，第 49 – 54 頁。

傳統思想的基本架構"[1]；而杜威思想之所以能在中國風行一時，都是因為"實驗主義"與中國的儒家思想同樣是"改變世界"的哲學。[2] 然而，儒學在當時已被認為是腐朽不堪的，是導致中國落後的主要原因，是吳虞高呼要打倒的"孔家店"。故此杜威哲學雖在"改變世界"的理念上與儒學有一定的類似，但胡適是利用杜威哲學以改變以儒學為主導的"傳統"。這是胡適在反傳統之餘，又能提出"重整國故"的原因所在。可見他並非一味地反傳統，而是對傳統去蕪存菁，以配合時代的需要。

胡適在文學史上的最根本的治學方法，就是他大肆宣傳而為世人所熟悉的看家本領——"大膽的假設，小心的求證"。在《白話文學史》中，胡適提供了一種寫作文學史的方法。他設想現在佔主導位置的文學現象是文學史發展的必然趨勢，並尋找史料來證明這一設想。這裏所謂的"設想"，就是由"疑古"而作的想像。在《白話文學史》的序言中可看到，他二易提綱，對假設的一次次變動，都是由於發現新的史料，使他不斷推翻以前的假設，同時也擴大了他的研究的視界。例如，他對佛教文學的大量介紹和研究，讓這些材料第一次在文學通史中呈現。而他在每一章後所做的補充説明，都顯示出新史料的發現所引起的假設上的變化。這種種跡象，均是疑古方法的體現。

（Ⅱ）中國化

胡適對杜威"實驗主義"的另一個重要"創造性轉換"即是將其"中國化"。余英時闡明杜威的"實驗主義"之所以能在中國開花結

---

① 余英時:《中國近代思想史上的胡適》(臺北:聯經出版事業公司,1984),第59頁。

② 余英時:《中國近代思想史上的胡適》(臺北:聯經出版事業公司,1984),第60頁。

果,原因在於"實驗主義"與儒學均是一種"改變世界"的哲學。[1]杜威實驗主義通過胡適中國化的詮釋之後,這種"改造世界"的特性表現得更為突出。他把"新思潮的意義"歸結到"再造文明"便是最有力的證據。[2]

胡適關注的僅局限在實驗主義在方法上的意義,而略其内涵。正如余英時在引用了胡適的《杜威先生與中國》一文之後而對胡適在杜威實驗主義的中心興趣及其偏頗作出的如下的一針見血的觀察:

> 在他(胡適)的心中,實驗主義的基本意義僅在其方法論的一面,而不在其是一種"學説"或"哲理"。也許正因為如此,他纔對杜威哲學的本身没有追源溯始的興趣——也就是説,没有運用"歷史的方法"來加以分析。他祇強調實驗主義是達爾文進化論在哲學上的應用,因而使人覺得它是最新的科學方法。他曾不止一次地説過,實驗主義的優越性在於它一方面接受了達爾文的進化觀念,另一方面則拋棄了黑格爾辯證法的影響。他似乎没有注意杜威早年曾經歷過一個黑格爾思想的階段,並且用達爾文的生物學來支援新黑格爾主義。杜威批判英國經驗主義把心和知識的對象機械地劃分為二,正是受了黑格爾的影響。……我指出這一點並不是要説明胡適對杜威哲學瞭解不足。相反地,我正是要藉此顯出胡適對杜威的實驗主義祇求把握它的基本精神、態度和方法,而不墨守

---

① 余英時:《中國近代思想史上的胡適》(臺北:聯經出版事業公司,1984),第60頁。

② 余英時:《中國近代思想史上的胡適》(臺北:聯經出版事業公司,1984),第61頁。

> 其枝節。他是通過中國的背景，特别是他自己在考證學方面的訓練，去接近杜威的思想的。從這個背景出發，他看到實驗主義中的"歷史的方法"及其"假設"和"求證"的一套運作程序，一方面和考證學的方法同屬一類，但另一方面又比考證學高出一個層次，因此可以擴大應用於解決一切具體的社會問題。他深信這便是科學方法的最新和最高的形式。①

而黄進興則在《論"方法"及"方法論"》一文中更直接地説：

> 其實他（胡適）所瞭解的杜威，在科學方面也僅止於方法的層面，至於科學所牽涉的複雜問題在胡適的著作卻無從得見。②

以上談的是杜威在方法上對胡適的影響以及胡適的"創造性轉換"。可是，他這種"創造性轉換"的主要"轉换"何在？這種"轉换"有何意義？或者，這種"創造性的轉换"是否祇是"中學為體，西學為用"的變奏而已？其實，胡適對杜威實驗主義的創造性轉换，一方面結合了其在考證上的學術興趣，另一方面亦切合了當時中國反傳統的時代需要。後世不能説胡適老老實實地將杜威的實驗主義以至於整套杜威哲學搬到中國方纔算是杜威的虔誠信徒。在當時，除了哲學系的學者之外，誰有閒情與興趣去瞭解杜威哲學？當時學衡派中人對胡適引進西方學説的過於膚淺的攻擊，顯然是

---

① 余英時：《中國近代思想史上的胡適》（臺北：聯經出版事業公司，1984），第47－48頁。

② 黄進興：《論"方法"及"方法論"》，見康樂、黄進興主編：《歷史學與社會科學》（臺北：華世出版社，1981），第26頁。

低估了胡適的智慧。[①] 胡適的創造性與貢獻在於他能在杜威的實驗主義與清學的樸學之間看到兩者可以縫合而達至更為嚴密的學術方法。胡適表面上大力鼓吹的是西方的杜威學説,而實際上他卻是西學為體,中學為用。許冠三便這樣剖析胡適在方法論上的中、西結構:

> 胡適一生都在提倡方法學,強調治學方法和材料的重要。他所宣講的"西體中用"方法名目雖多,其實不出兩類:一是以美國實驗主義(Pragmatism)巨子杜威(John Dewey)的思維五步術為綱領,以科學實驗室程序和歷史態度為重點的思想學問方法;二是在演進觀點支配下以版本校勘為裏,以史料鑒定為表的歷史研究門徑。[②]

胡適認為清代"漢學"暗合於西洋的科學方法。他總括清學的方法是"大膽的假設,小心的求證";清學真正精神為"但宜推求,勿為株守",[③]即為歸納、演繹並用的科學方法。歸納的研究法是先觀察一些同類的"例",再提出一個假設的通則來説明這些"例",最後再觀察一些新例,看它們是否和假設的通則相符合。至於比較的研究法,首先積累比較參考的材料,多多益善;其次若遭遇難解的文法問題時,則以別種語言裏同類或大同小異的文法來解決。胡適在

① 梅光迪:《評提倡新文化者》,《學衡》,1922 年第 1 期(1 月)。見孫尚揚、郭蘭芳編:《國故新知論——學衡派文化論著輯要》(北京:中國廣播電視出版社,1995),第 74 頁。

② 許冠三:《新史學九十年:1900 - 》(香港:香港中文大學出版社,1986),上冊,第 133 頁。

③ 胡適:《清代學者的治學方法》,《胡適文存》(臺北:亞東圖書公司,1953),第 1 集,卷二,第 421 頁。

《國語文法概論》一文舉出歸納、比較與歷史的研究法三者之間的關係:

> 歸納法是基本方法;比較法是幫助歸納法的,是供給我們假設的材料的;歷史法是糾正歸納法的,是用時代的變遷一面來限制歸納法,一面又推廣歸納法的效用,使他組成歷史的系統。①

所以三種方法雖名目不同,實則密不可分,而又以歷史研究法為最高統攝。對此,余英時有如下觀察:

> 他(胡適)提倡文學革命,開闢國學研究的新疆域,以至批判中國的舊傳統,都用的是實驗主義的方法。在方法論的層次,他的確不折不扣的杜威的信徒。……胡適在方法論的層次上把杜威的實驗主義和中國考證的傳統匯合了起來,這是他的思想能夠發生重大影響的主要原因之一。……胡適思想在方法論的層次上便恰好同時具備了精嚴性和彈性。這兩種性質有時是互相衝突的,但在胡適的方法論上卻有相反相成之妙。胡適的方法論現在看來似乎太簡單了,但較之清代考據自然是更精密了,更嚴格了,也更系統化了。這對於當時從舊學出身的人是非常具有説服力和吸引力的。有説服力,因為這正是他們所熟悉的東西;有吸引力,則因為其中又涵有新的成分,比傳統的考據提高了一級,成為所謂"科學方法"了。另一方面,由於提高了一級,這個方法的應用範圍便隨之大為

① 胡適:《國語文法概論》,《胡適文存》(臺北:亞東圖書公司,1953),第1集,卷三,第499頁。

擴展,不復限於幾部古經典的研究了;這便是它的彈性之所在。它可以用來研究小說、戲劇、民間傳說、歌謠,可以用來辨古史的真偽,也可以用來批評傳統的制度和習俗。①

雖然他略為簡化科學方法的內涵,但是抽繹出清代學者具備科學態度的說法,令人耳目一新。校勘學為考據學的工具之一,胡適為陳垣《元典章校補釋例》寫成《校勘學方法論》一文,正代表胡適對校勘學的看法。他認為校勘學可分根據、評判兩方面:校勘學工作的成分為發現錯誤、改正與證明所改不誤,與西學實驗主義的科學態度差可比擬。②

(Ⅲ)"歷史研究法"的理論特徵

胡適在民國十年六月卅日的日記中,道出其所理解的"歷史的方法":

歷史的方法——"祖孫的方法"。他從來不把一個制度或學說看作一個孤立的東西,總把它看作一個中段,一頭是它所以發生的原因,一頭是他自己發生的效果;上頭有它的祖父,下面有它的子孫。捉住了這兩頭,他再也逃不出去了。③

胡適又明確地指出,歷史的研究法可分兩層說:

---

① 余英時:《中國近代思想史上的胡適》(臺北:聯經出版事業公司,1984),第 52 – 53 頁。

② 葉憶如:《顧頡剛古史神話觀研究》(高雄:"國立"高雄師範大學國文研究所碩士論文,1993),第 53 頁。

③ 胡頌平:《胡適之先生年譜長編》(臺北:聯經出版事業公司,1984),第 2 冊,第 459 頁。

> 1. 舉例時,當注意每個例發生的時代。2. 先求每個時代的通則,然後把各時代的通則比較。倘若各時代的通則是相同的,我們便可合為一個普通的通則。倘若各時代的通則不同,我們便應進而研究各時代變遷的歷史,尋出沿革的痕跡和所以沿革的原因。①

關於胡適對"歷史研究法"的具體應用,余英時認為他的興趣本在考證,不過他想比清代的考證再進一步,走向歷史,特別是思想史的綜合貫通的途徑。② 胡適"歷史演進的方法"主要應用於國故整理之中,他這樣闡述整理國故的方法:

> 整理國故的方法首重條理系統的整理,含有索引式、結賬式與專史式三種方法。其次是尋出每種學術思想怎樣及發生,發生後有何影響。再來是用科學的方法作精確的考證,把古人的意義弄得明白清楚。最後則綜合以上研究,各家都還他一個本來面目與真價值。③

其實,胡適的具體方法就是考據的方法。他指出這種方法具有五項檢視步驟:1. 證據在何處尋出。2. 證據在何時尋出。3. 證據由何人尋出。4. 依時間、地點來看此人是否具備證人的資格。5. 此

① 胡適:《國語文法概論》,《胡適文存》(臺北:亞東圖書公司,1953),第1集,卷三,第499頁;葉憶如:《顧頡剛古史神話觀研究》(高雄:高雄師範大學國文研究所碩士論文,1993),第65-66頁注56。

② 余英時:《中國近代思想史上的胡適》(臺北:聯經出版事業公司,1984),第62頁。

③ 胡適:《新思潮的意義》,《胡適文存》(臺北:亞東圖書公司,1953),第1集,卷四,第735頁;《國故季刊發刊宣言》,《胡適文存》(臺北:亞東圖書公司,1953),第2集,卷一,第9-18頁。

人雖有證人資格，他説這句話時是否有作偽的可能。①

3. 實踐

胡適在白話文學史上具體而卓有成效的，首推其白話小説的研究，這亦是其"歷史研究法"在建構白話文學史上的具體實踐。其小説考證始於他為汪原放新標點的《水滸傳》而作的序——《水滸傳考證》。在文中，他自稱其"歷史癖"與"考據癖"在不自覺中發作，極想為《水滸傳》做歷史的考據。他認為《水滸傳》是從南宋初年（12 世紀初）到明朝中葉（15 世紀末）這四百年間"梁山泊故事"的結晶，並非"從半空中掉下來的"。考證過後，他整理出南宋到明朝中葉的《水滸》材料淵源表，説明《水滸傳》故事七八百年來的變化，即為"歷史進化的文學觀念"的具體例證。此外，他在《水滸傳後考》一文中提出前文的七項假定的結論，且費心搜羅新版本材料，綜合比對，以其修正先前的《水滸傳》淵源表。胡適做此考證是存著"為真理而求真理"的態度。他認為"發明一個字的古義，與發現一顆恆星"對人類而言都是貢獻。簡而言之，胡適把研究歷史演進的方法，轉用於小説考證尤其是用在具有時代背景的寫實小説上，用意無非是為白話文運動尋根。

胡適運用歷史研究法做小説研究的另一重要成就，體現在其對《紅樓夢》的研究。他自認對《紅樓夢》的貢獻在於"從前用校勘、訓詁考據學來治經學、史學的，也可以用在小説上"，亦即將歷

① 胡適：《介紹我自己的思想》，《胡適文存》（臺北：亞東圖書公司，1953），第 4 集，第 621 頁。有關胡適"國故整理"的相關論述，可參羅志田：《新文化時期關於整理國故的思想論爭》，《國家與學術：清季民初關於"國學"的思想論爭》（北京：三聯書店，2003），第 218 – 265 頁；周質平：《評胡適的提倡科學與整理國故》，《胡適與中國現代思潮》（南京：南京大學出版社，2002），第 206 – 228 頁。

史演進的治史方法轉而研究小説。胡適考據的重要原則是注意可能性的大小。可能性又稱"幾數"、"或然數",亦即事物在一定情境下所能變出的花樣。[①]

胡適的《白話文學史》雖然獨樹一幟,是建構白話文學史的一個重要奠基性論述,然而卻招來頗多非議。其論點值得商榷之處亦不少,而其所列舉的白話文學的例子之牽強,頗招人非議。雖然《白話文學史》具有如此多的不完善、不具體或令人難以信服之處,然而其白話小説的考證卻是扎扎實實。當中對作者、版本及其源流以至於含意都作了極詳盡的考察與剖析。這個過程正是將白話小説"經典化"的過程,而這個過程正是他運用了"歷史的研究"法作為方法論以及作為方法論的示範而面世的。[②]

四、"層累法"的内涵、形成及其應用

1. "層累法"的内涵與形成

事實上,"層累"之説,早在公元前 2 世紀的《淮南子》便有"三代之善,千歲之積譽也,桀紂之謗,千歲之積譭也"[③]的記載。王汎森對此早有所論述,而他又指出"層累"説能在顧頡剛的時代掀起巨浪,而卻未能在崔述的時代有任何回響的原因,實跟時代思潮的

① 胡適:《介紹我自己的思想》,《胡適文存》(臺北:亞東圖書公司,1953),第 4 集,第 57 頁。

② 參陳平原:《中國現代學術之建立——以章太炎、胡適之為中心》(北京:北京大學出版社,1998),第 188 – 239 頁。

③《淮南子》,卷一〇,"繆稱訓"。見劉文典撰,馮逸、喬華點校:《淮南鴻烈集解》(北京:中華書局,1989),上冊,第 340 頁。

限制是息息相關的。①

顧頡剛因為提出"層累説"而譽滿天下，而其理論基礎實源自胡適的"歷史研究法"與"兩階段説"。有學者便認為：

> 在顧頡剛提出"層累説"的同時，胡適提出了"縮短"與"拉長"的"兩階段説"。既然胡適在古史辨派"内部"具有創立此一理論的"資格"，那麼"兩階段説"就應當與"層累説"一樣被視為古史辨派早期的重要概念而與"層累説"平行並舉。②

胡適曾説過顧頡剛的"層累造成的古史"："真是今日史學界的一大貢獻。"③他又具體地對此學説在疑古的歷史傳承與内涵上作出分析：

> 顧先生的這個見解("層累地造成的古史")，我想叫做"剥皮主義"。譬如剥筍，剥進去方纔有筍可吃。這個見解起於崔述；崔述曾説："世益古則其取捨益慎，世益晚則其採擇益雜。故孔子序《書》，斷自唐虞；而司馬遷作《史記》乃始於黄帝。……近世以來……乃始於庖犧氏或天皇氏，甚至有始於開闢之初盤古氏者。……嗟夫，嗟夫，彼古人者誠不料後人之學之博之至如是也！……"崔述剥古史的皮，僅剥到"經"為止，還不算徹底。顧先生還要進一步，不但剥的更深，並且還

---

① 王汎森：《古史辨運動的興起》（臺北：允晨文化實業股份有限公司，1987），第 26 頁。

② 見張京華等：《二十世紀疑古思潮》（北京：學苑出版社，2003），第 267 頁。

③ 胡適：《古史討論的讀後感》，《胡適文存》（臺北：亞東圖書公司，1953），第 2 集，第 100 頁。

要研究那一層一層的皮是怎樣堆砌起來的。……這種見解重在每一種傳説的"經歷"與演進。這是用歷史演進的見解來觀察史上的傳説。①

而顧氏此突破性的理念的提出,其實源自胡適"滾雪球"之説。胡適曾説過:

我們看到這一個故事在九百年中變遷沿革的歷史,可以得出一個很好的教訓。傳説的生長,就同滾雪球一樣,越滾越大,最初是有一個簡單的故事作個中心的"母題"(Motif),你添一枝,他添一葉,便像個樣子了。後來經過衆口的傳説,經過平話家的敷演,經過戲曲家的剪裁結構,經過小説家的修飾,這個故事便一天一天的改變面目:内容更豐富了,情節更精細圓滿了,曲折更多了,人物更有生氣了。②

胡適又進而將此具體例子推之演之説:

李宸妃故事的變遷沿革也就同堯、舜、桀、紂等等古史傳説的變遷沿革一樣……古人説的好,"愛人若將加諸膝,惡人若將墜諸淵。"人情大抵如此。③

① 胡適:《古史討論的讀後感》,《胡適文存》(臺北:亞東圖書公司,1953),第2集,第101頁。

② 胡適:《〈三俠五義〉序》,《胡適文存》(臺北:亞東圖書公司,1953),第3集,卷五,第459頁。

③ 胡適:《〈三俠五義〉序》,《胡適文存》(臺北:亞東圖書公司,1953),第3集,卷五,第459－460頁。

此處衹是略述顧頡剛的"層累說"與胡適"歷史研究法"的傳承關係。[①]其實,顧頡剛研究古史的主要方法便是"歷史演進的方法"[②]。胡適對顧頡剛所用的"歷史演進的方法"進行了概括,具體為下列方式:一、把每一件史事的種種傳説依先後出現的次序排列起來;二、研究這件史事在每一個時代有什麼樣子的傳説;三、研究這件史事的漸漸演進:由簡單變為複雜,由陋野變為雅馴,由地方的(局部的)變為全國的,由神變為人,由神話變為事實;四、遇可能時,解釋每一次演變的原因。[③] 其實,胡適在這裏所表述的正是他自己"歷史演進的方法"的具體步驟。

2."層累説"的應用

顧氏從民國七年到民國十八年潛心研究民俗學,即肇始於北大求學時"嗜好戲劇",對於劇中故事之變化發生興趣。[④] 顧頡剛喜歡看京劇,因其巨細靡遺地觀賞戲劇,對於戲劇材料廣加搜藏,"疑古思想"亦油然而生,故而悟出戲劇本身也會變遷,從史書到小説,從小説到戲劇,甚至寫同一故事的甲戲和乙戲仍有差異現象,這令他驚奇不已,進而深入探究故事的格局。他留意戲劇的基本故事,卻發現許多"亂"、"妄"的現象,深思所得是"故事是會得變遷的"。

---

① 胡明指出顧頡剛所提出的"層累造成的古史"是將胡適最先用在歷史小説考證上的"歷史演進法"移植到古史研究上的結果,而且是具體應用的成功範例。胡明:《胡適"整理國故"的現代評價》,《傳統文化與現代化》,1995 年第 2 期,第 85 頁注 3。

② 顧頡剛等編著:《古史辨》(上海:上海古籍出版社,1982),第 3 冊,第 8 –9 頁。

③ 胡適:《古史討論的讀後感》,《胡適文存》(臺北:亞東圖書公司,1953),第 2 集,第 102 頁。

④ 顧頡剛:《緩齋雜記(三):民俗學之範圍》,《顧頡剛讀書筆記》(臺北:聯經出版事業公司,1990),第 6 冊,第 4366 頁。

顧氏推原編劇把故事遷就於自我想像,劇情常是始欲其危險,終欲其美滿,危險和幸運因個人想像而各有不同。此外造成故事演變的原因尚有無意訛變、形式限制、過分點綴和來歷異統。①

顧頡剛曾這樣説他的疑古精神與看戲的因緣:"老實説,我所以敢大膽懷疑古史,實因從前看了二年戲,聚了一年歌謡,得到一點民俗學的意味的緣故。"②馮友蘭曾這樣提及顧頡剛在古史研究中關於故事性規律的觀點源自看戲的體驗:

> 他發現一個規律:某一齣戲,越是晚出,它演的那個故事就越詳細,枝節越多,内容越豐富。故事就好像滚雪球一樣,越滚越大。由此他想到,古史也有這種情況。故事是人編出來的,經過編的人越多,内容就越豐富。古史可能也有寫歷史的人編造的部分,經過寫歷史的人的手,就有添油加醋的地方,經的手越多,添油加醋的地方也越多。這是他的《古史辨》的基本思想,這個思想,是他從看戲中得來的。③

民國六年,顧氏開始知道:

> 故事會因時、因地、因人而遷流變化,不該用固定的眼光去看;從此更轉到了古史上,懂得許多古史也衹是當時的故事。於是我發了大願,要徹底尋求古史中的故事性。④

---

① 顧頡剛等編著:《古史辨》(上海:上海古籍出版社,1982),第1冊,第22頁。

② 顧頡剛等編著:《古史辨》(上海:上海古籍出版社,1982),第1冊,第214頁。

③ 馮友蘭:《三松堂自序》(北京:三聯書店,1984),第377頁。

④ 顧頡剛:《我和歌謡》,《民間文學》,1962年第6期,第131頁。

民國十年冬,顧氏正研究與《詩經》相關的書籍,著手輯集鄭樵《詩辨妄》,並從鄭樵各著作中輯集詩論時,偶見鄭氏論《琴操》的一段話:虞舜父、杞梁妻本"於經傳所言者不過數十言",卻被稗官之流的唇舌"演成萬千言"。顧氏頓時對孟姜女故事産生極大興趣。①

關於治學的方法論,顧頡剛自述如下:

> 我們懂得了這件故事的情狀,再去看傳統中的古史,便可見出它們的意義和變化是一樣的。孟姜女的生於葫蘆或南瓜中,不即是伊尹的生於空桑中嗎?……讀者不要疑惑我專就神話方面,所以為古史中原沒有神話的意味,神話乃是小説不經之言。須知現在沒有神話意味的古文,卻是從神話的古文中淘汰出來的。……我們若能瞭解這一個意思,就可歷歷看出傳統中的古史的真相,而不致再為學者編定的古史所迷誤。②

> 我自己就性之所近,願意著力的工作,是用了"故事"的眼光,去解釋"古史"構成的原因。③

又説:"我對古史的主要觀點,不在祂的真相,而在祂的變化。"④關於顧頡剛的治學方法,其女兒顧潮有如下見解:

---

① 葉憶如:《顧頡剛古史神話觀研究》(高雄:高雄師範大學國文研究所碩士論文,1993),第 87 頁。

② 顧頡剛:《孟姜女故事研究集》(上海:上海古籍出版社,1984),第 4 册,第 72 – 73 頁。

③ 顧頡剛:《答李玄伯先生》,《古史辨》(上海:上海古籍出版社,1982),第 1 册,第 272 頁。

④ 顧頡剛:《答李玄伯先生》,《古史辨》(上海:上海古籍出版社,1982),第 1 册,第 273 頁。

> "演進法"和"故事的眼光"導致先生把"傳説的經歷"看得比"史跡的整理"還重要……也即是説,他對古史研究的重點不在它的真相而在它的變化,並且要依據了各時代的時勢,來解釋其變化,解釋"各時代的傳説中的古史"。①

治史而不求"真相",這似乎與其常常所説的破僞史的學術理想有所衝突。其實,顧氏的"歷史",正如他所説的一樣,也不過是"史觀的表演"而已,不過他的"表演"側重其"變化",而這種傾向,正是胡適"演進"白話文學史觀的另一版本。顧氏在孟姜女的研究上,正是整理、觀察這民間故事的演變。丁亞傑認為:

> 顧頡剛的研究過程是將各種故事,分期探討,知道故事在各期的變化,也就易於理解故事的真相。就此方法而言,涉及故事縱向流變、横向發展,錯綜複雜,所以最多衹能推論到近於故事原貌,而未能等同於真相;既是扣緊故事變化研究,以求近於真相,於是僅能就故事本身的發展探索,兼以排斥形上學,於是對故事的涵意,不願觸碰,最後停留在故事的字義,對較深刻的解釋,一概斥之為附會。②

顧頡剛"層累法"亦具體應用於《詩經》的研究上,得出《詩經》中的很多作品特别是"國風",都是源於民間的歌謡,後來漸漸為士大夫所吸納、雅化。顧氏有關《詩經》的研究,其實是起源於胡適《〈詩三百篇〉"言"字解》的啟示及其指示的。

---

① 顧潮:《顧頡剛評傳》(南昌:百花洲文藝出版社,1995),第 68 – 69 頁。

② 丁亞傑:《顧頡剛〈詩經〉研究方法論》,《元培學報》,1997 年第 4 期(12 月),第 124 頁。

五、總結

1."歷史研究法"與"層累法"的異同

胡適稱"古史層累說"的論點為"剥皮主義",是肇始於清代崔述。然崔述剥古史的皮僅到"經"為止,①而顧頡剛毫無忌諱地探求古史層累的深層結構,將堯、舜、禹等古帝王"送上封神臺",是繼崔述後的第二次古史學革命。②

除了時代的因素之外,王汎森又指出崔、顧在疑古方面的不同:

> 崔述是在先承認了經書中大部分史事為真的前提下,對上古事提出質疑的,故與經相牴觸的史事始判為偽。但顧頡剛並不如此,他是把經書中的史事與諸子中的史事全盤否定了,以此為基礎來說層累造成。所以,一位是先肯定了一個古史系統的層累說,一位是先否定全部古史系統的層累說,二者相去不能以道里計的。③

畢竟,崔述的疑古思潮還是止於"傳統"中的發現與對傳統的質疑而已,而顧頡剛卻是一舉將傳統扳倒,然後再建構起他心目中的"新傳統",這具體體現於其《詩經》研究,對此我們將在第三章作出

---

① 胡適:《古史討論的讀後感》,顧頡剛等編著:《古史辨》(上海:上海古籍出版社,1982),第 1 冊,第 192 頁。

② 胡適:《介紹幾部新出的史學書》,顧頡剛等編著:《古史辨》(上海:上海古籍出版社,1982),第 2 冊,第 338 頁。

③ 王汎森:《古史辨運動的興起》(臺北:允晨文化實業股份有限公司,1987),第 38 – 39 頁。

詳細的論述。

關於胡適“歷史研究法”與顧頡剛“層累造成説”，許冠三認為有一根本差異：

> 胡以研究歷史的眼光去研究故事、傳説，而顧則以研究故事、傳説的眼光和方法去研究歷史，將三代以前的古史皆看做故事和傳説。再者，胡法的根據在版本源流，而顧法的立點則在故事演變和角色塑造。①

胡適以研究歷史的眼光去研究白話小説，目的是為白話文學史建構出一個傳統脈絡，並以此而進一步確證自己“大膽假設”的理論。而顧氏以研究故事、傳説的眼光和方法去研究歷史，將三代以前的古史皆視作故事和傳説，這似乎與胡適的方向有點背道而馳，然而在白話文學史的建構上，代表胡適理論的建構而落實工作則在於顧頡剛的史料發掘與整理。許冠三又認為，顧頡剛古史學所得力於胡氏的，主要是研究方法，尤其是歷史演進分析法。因為他自覺“有了新方法”，纔敢“放大了膽子而叫喊出來”。② 而無論是“歷史研究法”也好，“層累造成説”也好，顧頡剛則清楚地認為“歷史”在此已不再是一言九鼎、一錘定音的“董狐筆”，亦非“春秋筆法”的崇高，而是一種“史觀”、一種“革命”，甚至是一種“表演”：

> 過去人認為歷史是退步的，愈古的愈好，愈到後世的愈不行；到了新史觀輸入以後，人們纔知道歷史是進步的，後世的

① 許冠三：《新史學九十年：1900 – 》（香港：香港中文大學出版社，1986），上冊，第 134 頁。

② 許冠三：《新史學九十年：1990 – 》（香港：香港中文大學出版社，1986），上冊，第 177 頁。

文明遠過於古代,這整個改變了國人對於歷史的觀念。如古史傳説的懷疑,各種史實的新解釋,都是史觀革命的表演。①

2.“建構邏輯”與“應用邏輯”之別及其他

黄進興指出“方法”有以下兩種不同的類型:

> 書本上所談的“方法”是屬於“重建的邏輯”(reconstructed logic),而非實際研究過程中的“應用邏輯”(logic in use)。②

> 所謂“重建的邏輯”即是從著作中整理出來的邏輯……他衹有從閱讀資料的過程中,或肯定、或否定某些預存的假定,纔會逐漸形成明確的觀念架構。③

根據上述有關“方法”的界定,胡適的方法偏向於“重建的邏輯”,而顧頡則的方法則偏於“應用的邏輯”。以《詩經》的研究為例子,胡適是先提出一套研究的方法,而顧頡剛是從《詩經》的研究中發現其規律;胡適是以“歷史的研究法”來研究文學,而顧頡剛則是從戲劇的規律而至歷史傳説的研究中歸納而提出“層累説”。對此,可以從另一例子作説明。據顧頡剛説,他與胡疏遠是從 1929 年起,

① 顧頡剛:《當代中國史學》(香港:龍門書店,1964),第 3 頁。

② Abraham Kaplan, *The Conduct of Inquiry: Methodology for Behavioral Science* (San Francisco: Chandler Pub. Co., 1964), pp. 5 – 11; 黄進興:《論“方法”及“方法論”》,見康樂、黄進興主編:《歷史學與社會科學》(臺北:華世出版社,1981),第 35 頁。

③ 黄進興:《論“方法”及“方法論”》,見康樂、黄進興主編:《歷史學與社會科學》(臺北:華世出版社,1981),第 35 – 36 頁。

對胡適在"九一八"事變後"無視國家民族生死存亡的麻木不仁的態度"有"極大的反感"。而1932年因顧頡剛寫《從〈吕氏春秋〉推測〈老子〉之成書年代》而彼此產生學術上的分歧。① 胡適由於深受考證學和科學方法的訓練，所以常常要人在證據不足的情形下"展(暫)緩判斷"，例如關於老子年代的問題，他便說：

> 懷疑的態度是值得提倡的。但在證據不充分時肯展緩判斷(suspension of judgement)的氣度更值得提倡的。②

關於胡、顧兩人在方法上以至於學術上的從合作至分離，許冠三有如下見解：

> 根本的差異在於：胡以研究歷史的眼光和方法去研究故事；顧則反其道而行，以研究故事的眼光和方法去研究歷史。其次，便是胡法的根基在版本源流；而顧法的大本在故事演變和角色塑造。這就決定了二人在方法上的形同質異。顧氏既以故事的眼光看古史傳説，焉能不對它生"特殊的瞭解"？③

在方法的層面而言，許冠三之見或許沒錯，然而不同的是，顧氏既

① 顧頡剛：《我是怎樣編寫〈古史辨〉的?》，《古史辨》(上海：上海古籍出版社，1982)，第1冊，第23頁。另可參許冠三：《新史學九十年：1900－》(香港：香港中文大學出版社，1986)，第177頁注18。

② 見胡適著、姜義華編：《胡適學術文集・中國哲學史》(北京：中華書局，1998)，下冊，第767頁。

③ 許冠三：《新史學九十年：1900－》(香港：香港中文大學出版社，1986)，上冊，第178頁。

活用與具體化了前人的方法之外，更將焦點應用於前人所未曾觸及的民俗文學與《詩經》性質的重構，這對於白話文學史的內涵建構，貢獻極大。至於胡適在白話文學史的建構上的角色，其重要性或在於觀念之革命性；其小說考證的深入綿密，當然亦是白話文學作為新典範的經典化過程。

第三章

《古史辨》中的《詩經》論辯與白話文學史的建構

一、《詩經》與新文學革命

在歷代的疑古思潮當中,《詩經》往往乃其中最受爭議的經典之一。毫無例外,在五四期間,顧頡剛(銘堅,1893 – 1980)與胡適及其論敵在《古史辨》中論爭最激烈的經典,亦就是《詩經》。然而,五四期間《古史辨》關於《詩經》的論爭焦點與古代的相關論爭很明顯有了不同。顧、胡兩人對《詩經》的重新解讀,其目的在於文學層面的詮釋,而非往昔的學者為了維護統治的政治閱讀。胡適的《詩經》研究作為新的範式而引發了一個新時代的詩經學。直接受胡適影響而創獲良多者乃顧頡剛,其圍繞《詩經》所作的關於"徒歌"與"樂歌"的研究,結論或未必全然,然而其詮釋方法震撼一世,其觀點更是鞭辟入裏,發前人之所未發。其中,他提出《詩經》乃民間的創作及其演變的結論,實際上正是新文學革命走向"民間"的響應。最為弔詭的是胡、顧的《詩經》研究既推翻了《詩經》的經典地位,而又同時將之扭轉並確立為白話文學的源頭。

何謂"經典"?"經典"是如何形成的?"經典"有何功能?這種種問題,應先作瞭解。哈洛·卜倫(Harold Bloom)指出:"經典(Canon)原本指的是教學機構的選書。"[①]在中國,最早而最為權威的"經典"是"六經",即《詩》、《書》、《禮》、《樂》、《易》及《春秋》。這"六經"亦與教學機構密切相關。"六經"之名最早出於《禮·經解》,亦可見於《莊子·天運》。後來,漢武帝劉徹又設立"五經博士"(因《樂》無經),進一步鞏固了其"經典"的地位。[②]《詩》、《書》、《禮》、《樂》、《易》、《春秋》的排列次序乃經今文學派的意見。經古文派則認為排列次序應為《易》、《書》、《詩》、《禮》、《樂》、《春秋》。兩派在經典的數目上亦持不同意見。此後,唐代又增入《周禮》、《儀禮》、《春秋》三傳,稱"九經"。唐文宗年間於國子監刻石,除了"九經"之外,又再加上《論語》、《爾雅》、《孝經》。五代蜀主孟昶刻"十一經",排除《爾雅》、《孝經》,增入《孟子》。南宋的朱熹又將《禮記》中的《大學》與《中庸》與《論語》、《孟子》並稱為"四書",並獲官方確立。及至清乾隆時,正式將"十三經"鐫刻於石,大儒阮元則刊行《十三經注疏》。"十三經"至此便成為官方確立的"經典"。《詩經》作為"六經"之一,道德倫理以至於文學的規範,均以"六經"為依歸,故而具有崇高無比的地位。

---

① Harold Bloom, *The Western Canon* (New York: Harcourt Brace, 1994), p. 15.

② 關於"五經"的産生及經學的確立過程,可參閱嚴正:《五經哲學及其文化學的闡釋》(濟南:齊魯書社,2001),第 5 – 21 頁;郜積意:《經典的批判——西漢文學思想研究》(北京:東方出版社,2000),第 2 – 8 頁。

這種官方確立的"經典",蘊含著意識形態指導的意味,歷代均有,形形色色,而其共同的特徵就是為統治者服務。與此同時,在官方的"經典"之外,經由時間長河的淘汰而水落石出者,又是另一種"經典"。正如近人南帆所說:"經典體系的代表性來自作品背後某種不斷承傳的價值規範。"①這種"經典",或可與官方的"經典"作區別並稱之為"民間經典"。"民間經典"乃文學家與文學家之間競爭而形成,如南帆所言,乃"一個文學制度共同運作的結果"②;而"官方經典"之形成,則出於統治者利用權力的欽點,其目的在於維護其權力的獨有性與延續性。

有趣的是,這種關於"官方經典"與"民間經典"的不同性質卻具體展現於新文學革命中對《詩經》的重新定位上。五四時期對《詩經》研究積極鼓吹與研究方向的具體倡導者是胡適,而其實踐者則是《古史辨》仝人,特別是顧頡剛的《詩經》研究。前者提出的研究理念啟發了新一代的"詩經學",而後者的研究方法及其創獲則獨領一代之風騷。在《古史辨》的第一冊與第三冊中,收集了很多關於《詩經》的討論;尤其是第三冊,很多學者都圍繞《詩經》作出熱烈、深入而又極具創見的論爭。其討論範圍涉及《詩序》的真偽、《詩經》的成書年代、《詩經》的性質、《詩經》與歌謠的關係,以及《詩經》具體篇章的解讀。

關於《古史辨》在《詩經》研究上的性質,王汎森有如下觀察和結論:

……《古史辨》第三冊下編便圍繞"詩經之性質"進行論

① 南帆:《文學史、經典與現代性》,《隱蔽的成規》(福州:福建教育出版社,1999),第13頁。

② 南帆:《文學史、經典與現代性》,《隱蔽的成規》(福州:福建教育出版社,1999),第13頁。

> 辯……值得注意的是,他們既不要毛序,也不要三家詩,而是要回到詩文的本身來討論,完全超出今古二家的宗派意識。①

由此可見,《古史辨》中人對《詩經》的研究可説是劃時代的,一方面是告别了《詩經》的今、古文宗派之争,同時又擺脱了《詩經》作為政治解讀的傳統,更重要的是彼等的新方向乃將《詩經》作為文本解讀。這意味著《詩經》在彼等手中已從"經"而走向了"文學"。這種轉化,乃歷二千多年疑古思想的結果,具有重大的文化意義,且在文學史上的影響更是深遠至極,堪稱胡適所宣稱的"重新估定一切價值"(transvaluation of values),②即使稱之為中國學術上的一次革命,亦殆不為過。

在此,或許要深入瞭解的是,胡適與顧頡剛以及其他《古史辨》中人為何要選擇作為"經典"的《詩經》?他們又是如何看待在傳統文化中作為"經典"的《詩經》?又怎樣扭轉其原來的地位、性質,而將它確立為白話文學的源頭?這種顛覆《詩經》作為古典文學的"經典"而又同時將之重構為白話文學的源頭的方法,又有何值得我們省思之處?

二、研究方法的提出

首先掀起《詩經》研究者乃胡適,而直接影響顧頡剛作《詩經》研究者,亦是胡適。正如顧氏説:

---

① 王汎森:《古史辨運動的興起》(臺北:允晨文化實業股份有限公司,1987),第 243 – 244 頁。

② 見胡適:《新思潮的意義》,《胡適文存》(臺北:亞東圖書公司,1953),第 1 集,第 728 頁。

> 我受了適之先生的指導,曾費二年左右的功夫專研究《詩經》。①

胡適將《詩經》當成中國古代最早的信史文獻,其《白話文學史》就是以《詩經》作為中國文學特別是白話文學的開端。然而,胡適卻没有在《白話文學史》中對他稱之為白話文學的源頭的《詩經》作任何論述。可是在《古史辨》第三冊中,胡適發表了三篇有關《詩經》研究的文章,包括《論〈野有死麕〉書》②、《〈詩三百篇〉"言"字解》③及《談談〈詩經〉》④。這三篇文章具有不同的性質:《論〈野有死麕〉書》一文是為顧頡剛的《野有死麕》而撰寫的回應,篇幅很短,亦衹是糾正顧氏的一些小錯誤,並指導他參閱相關的西方書籍而已。《〈詩三百篇〉"言"字解》是運用"從經入手,以經解經,參考互證"的歸納理論法,作為"以新文法讀吾國舊籍之起點"。⑤ 至於第三篇《談談〈詩經〉》,雖似閒談散論,然實際上卻是對《詩經》性質的重新定位的重要文章,對於《詩經》研究,具有重要的理論性的指導作用。

胡適更又提出了如下的研究方法:

---

① 顧頡剛:《重刻〈詩疑〉序》,《古史辨》(上海:上海古籍出版社,1982),第3冊,第406頁。

② 胡適:《論〈野有死麕〉書》,顧頡剛等編著:《古史辨》(上海:上海古籍出版社,1982),第3冊,第442-443頁。

③ 胡適:《〈詩三百篇〉"言"字解》,顧頡剛等編著:《古史辨》(上海:上海古籍出版社,1982),第3冊,第573-576頁。

④ 胡適:《談談〈詩經〉》,顧頡剛等編著:《古史辨》(上海:上海古籍出版社,1982),第3冊,第576-587頁。

⑤ 葉憶如:《顧頡剛古史神話觀研究》(高雄:高雄師範大學國文研究所碩士論文,1993),第53頁。

〔第一〕訓詁用小心的精密的科學的方法,來做一種新的訓詁工夫,對於《詩經》的文字和文法上都重新注解。

〔第二〕題解大膽地推翻二千年積下來的附會的見解,完全用社會學的、歷史的、文學的眼光重新給每首詩下個解釋。

所以我們研究《詩經》,關於一字一句,都要用小心的科學方法去研究,關於一首詩的用意,要大膽地推翻前人的附會,自己有一種新的見解。①

胡適將《詩經》視為"文學總集",解讀的方法則是他畢生追求的"科學的方法"。雖然衹是倡議,然而從其提出的觀點,可見他與傳統的解經方式的決裂。然而,周作人卻捉住胡適在《談談〈詩經〉》一文對《野有死麕》、《葛覃》及《嘒彼小星》三篇文章解讀為"男子勾引女子"、"女工人放假急忙要歸"及"妓女星夜求歡"的"大膽懷疑"精神而提出質疑。周作人在該文的最後作出如下的警示:

……"不求甚解"四字,在讀文學作品有時倒很適用的,因為甚解多不免是穿鑿呵!

一人的專制與多數的專制等是一專制。守舊的固然是武斷,過於求新者也容易流為别的武斷。我願引英國民間故事中"狐先生"中"狐先生"(Mr. Fox)榜門的一行文句以警示世人:

---

① 胡適:《談談〈詩經〉》,顧頡剛等編著:《古史辨》(上海:上海古籍出版社,1982),第3冊,第580頁。夏傳纔對胡適提出的這兩項研究《詩經》的方法作出了批判,基本上仍是從政治立場的攻擊多於學術上的商榷。詳見夏傳才:《胡適和古史辨對〈詩經〉的研究》,《詩經研究史概要》(鄭州:中州書畫社,1982),第222頁。

"要大膽,要大膽,但是不可太大膽!"①

周作人在當時算是新文學革命陣營中人,在當時亦曾提倡性解放、裸體美,給予別人一種開明的態度甚至一個開放的形象,而其對胡適的詮釋方法尚有如此質疑,何況他人! 夏傳才曾說:

> 《詩經》……胡適雖然提出了一套研究方法,他自己卻很少進行深入艱苦的具體研究,祇是興之所至,零散地表白了一些觀點。②

然而,縱使胡適《談談〈詩經〉》一文中有值得商榷之處,但這並不代表其重新整理《詩經》的大方向是錯的。

胡適對《詩經》的研究亦並非如上述學者所說的"很少進行深入艱苦的具體研究",因為他曾寫過《〈詩三百篇〉"言"字解》,亦是因為此文而備受蔡元培激賞,因而被聘請到北大任教。③ 然而,正如胡適在其《白話文學史》的《序》中所言,不敢做《詩經》這一段很難做的研究。④ 此話無論是出自謙虛或是其他原因,胡適的《詩經》研究確實不如顧頡剛般系統而深入,這是無可爭辯的事實。

在胡適的指導之下,顧頡剛在《詩經》的研究上先後接觸了歷史上幾位懷疑《詩經》的重要人物,依研究次序分別為姚際恆、崔述及鄭樵。以上三位學者對他的影響是疑古思想的啟蒙。而最直接

---

① 周作人:《談〈談談詩經〉》,顧頡剛等編著:《古史辨》(上海:上海古籍出版社,1982),第3冊,第588－589頁。

② 夏傳才:《詩經研究史概要》(鄭州:中州書畫社,1982),第223頁。

③ 胡頌平:《胡適之先生年譜長編初稿》(臺北:聯經出版事業公司,1984),第1冊,第294頁"編注"。

④ 胡適:《白話文學史》(北京:東方出版社,1996),第8頁。

且具體的影響，他自言是來自他的老師胡適與錢玄同。當然，錢玄同給予他的大多是刺激性的思維，而胡適給予他的是實際的思想與方法學方面的指導，其影響力當然更為深遠。

顧頡剛發表了不少有關《詩經》的研究，我們可以根據《古史辨》中輯録的文章性質而作出如下的分類：

討論性質	論文	發表日期及出處
1.《詩序》的真偽	《〈毛詩序〉之背景與旨趣》	1930年2月16日發表於中山大學語言歷史研究所《周刊》第10集第12期；收入《古史辨》，第3冊，第402－403頁。
	《論〈詩序〉附會史事的方法書》	1922年3月13日致胡適書；收入《古史辨》，第3冊，第404－406頁。
2.《詩經》的成書年代	《論〈詩經〉經歷及〈老子〉與道家書》	1923年2月25日致錢玄同書；收入《古史辨》，第1冊，第53－57頁。
	《讀〈詩〉隨筆》	1923年1月至3月10日發表於《小說月報》第14卷1－3號；收入《古史辨》，第3冊，第372－374頁。
3.《詩經》的性質	《〈詩經〉在春秋戰國間的地位》	1923年3月10日至5月10日發表於《小説月報》第14卷3－5號，原題《〈詩經〉的厄運與幸運》；收入《古史辨》，第3冊，第309－367頁。
4.《詩經》與歌謡的關係	《論〈詩經〉歌詞轉變書》	1922年2月19日致錢玄同書；收入《古史辨》，第1冊，第45－46頁。
	《從〈詩經〉中整理出歌謡的意見》	1921年12月30日發表於《歌謡周刊》第39號；收入《古史辨》，第3冊，第589－592頁。
	《論〈詩經〉所録全為樂歌》	1925年12月16日至30日發表於北京大學研究所國學門《周刊》第10－12期；收入《古史辨》，第3冊，第608－657頁。
	《起興》	1925年6月7日發表於《歌謡周刊》第94號；收入《古史辨》，第3冊，第672－677頁。

(續表)

討論性質	論文	發表日期及出處
5. 具體篇章的解讀	《〈碩人〉是閔莊姜美而無子嗎？》	1923 年 4 月 10 日發表於《小說月報》第 14 卷第 4 號;收入《古史辨》,第 3 冊,第 367 – 369 頁。
	《答書》(朱鴻壽:《詢〈野有蔓草〉的賦詩義書》)	1923 年 11 月 10 日發表於《小說月報》第 14 卷第 11 號;收入《古史辨》,第 3 冊,第 370 頁。
	《野有死麕》	1925 年 5 月 17 日發表於《歌謠周刊》第 91 號;又在 1925 年 6 月 15 日轉載於《語絲》第 31 期;收入《古史辨》,第 3 冊,第 439 – 441 頁。
	《跋適之先生書》	1925 年 6 月 7 日發表於《歌謠周刊》第 94 號;又在 1925 年 6 月 15 日轉載於《語絲》第 31 期;收入《古史辨》,第 3 冊,第 443 – 444 頁。
	《跋平伯先生書》	1925 年 8 月 1 日發表於《吴歌甲集》;收入《古史辨》,第 3 冊,第 447 – 448 頁。
	《跋玄同先生書》	1925 年 8 月 1 日發表於《吴歌甲集》;收入《古史辨》,第 3 冊,第 449 頁。
	《褰裳》	1925 年 5 月 17 日發表於《歌謠周刊》第 91 號;收入《古史辨》,第 3 冊,第 449 – 451 頁。
	《瞎子斷扁的一例——〈静女〉》	1926 年 2 月 20 日發表於《現代評論》第 3 卷第 63 期;收入《古史辨》,第 3 冊,第 510 – 518 頁。
	《答書》(覆劉大白:《關於〈瞎子斷扁的一例——静女〉的異議》)	1926 年 4 月 12 日發表於《語絲》第 74 期;收入《古史辨》,第 3 冊,第 524 – 525 頁。
6. 其他	《重刻〈詩疑〉序》	1930 年 10 月 1 日發表於《睿湖》第 2 期;收入《古史辨》,第 3 冊,第 406 – 419 頁。

從以上的分類可清楚察見顧氏《詩經》研究的傾向。其中最為重要的,首推顧氏在《詩經》與歌謠關係上的研究。顧氏指出歌謠在“風”、“雅”、“頌”中的分佈;又指出《詩經》中的歌謠已非本相,而是已成為樂章的歌謠。《詩經》中的歌謠本相雖然難以指出,但可以找出哪些是由歌謠做底子的。顧氏在此方面的研究引發了魏建功、張天廬、鍾敬文等學者對於《詩經》與歌謠及音樂的關係的激烈論爭。同樣的,其關於《瞎子斷扁的一例——〈静女〉》也引發了很多學者參予討論。關於《静女》的論爭,其實是一種實際批評,既具有傳統的考證、訓詁,亦有接近西方新批評(New Criticism)般的“細讀”(close reading)。因此,《古史辨》第三冊的“下編”可謂是一部典型的文學批評專著,有理論的辯難,亦有實際批評上的較量。

三、《詩經》性質的重構

《古史辨》中關於《詩經》的討論,最為統一的觀點就是視《詩經》為一部文學總集。胡適在《談談〈詩經〉》一文中論及《詩經》的性質,亦有如下的見解:

> (1)《詩經》不是一部經典。……《詩經》並不是一部聖經,確實是一部古代歌謠的總集,可以做社會史的材料,可以做政治史的材料,可以做文化史的材料。(2)孔子並没有刪《詩》……(3)《詩經》不是一個時代輯成的。《詩經》裏面的詩是慢慢的收集起來,成現在這麼樣的一本集子。……(4)《詩經》的解釋。《詩經》到了漢朝真的變成了一部經典。《詩經》裏面描寫的那些男女戀愛的事體,在那般道學先生看起來,似乎不大雅觀,於是對於這些自然的有生命的文學不得不另加

> 種種附會的解釋。……①

在胡適眼中,《詩經》不但不是一部"神聖"的"經典",亦非孔子所刪定的,而是慢慢收集起來的。這種觀點既顛覆了《詩經》自古代以來的崇高地位,亦一舉將歷代囿於政治閱讀的注家打倒。其所提出的從文學的角度"解釋"《詩經》的觀點,正是將《詩經》從"聖經"扭轉至"文學"的重要觀念,亦是為建構白話文學史而作出的奠基性舉措。胡適進一步提出如下兩個觀點:一、《詩經》不是一時代輯成的;二、《詩經》中的《大雅》、《小雅》是文人創作,而《國風》則是歌謠。②

顧頡剛這樣具體地回答了例如關於《詩經》的年代的問題:

> 觀《論語》所引《詩》並不多,而"素以為絢兮"之句已不存,"唐棣之華"全首已不載。"唐棣之華"尚可以說是孔子不以為然,所以刪去;至於"素以為絢兮",正是"繪事後素"的好證據,子夏因此悟於"禮後"之說,而孔子極口稱道之,這為什麼要刪去呢?《論語》輯集已在孔子後多時,而與今《詩經》尚不同,可見今《詩經》之輯集必更在《論語》之後了。孟子引詩,與今本無異同,則《詩經》輯集必在孟子之前。③

他認為《詩經》的輯集必在孔子之後,因為《論語》中曾有孔子所讚

---

① 胡適:《談談〈詩經〉》,顧頡剛等編著:《古史辨》(上海:上海古籍出版社,1982),第3冊,第577-579頁。

② 胡適:《談談〈詩經〉》,顧頡剛等編著:《古史辨》(上海:上海古籍出版社,1982),第3冊,第578頁。

③ 顧頡剛:《〈詩經〉輯集時代》,《顧頡剛讀書筆記》(臺北:聯經出版事業公司,1990),第1冊,第381頁。

美的詩句卻不見於《詩經》之中，而《論語》則乃孔子歿後由其弟子所輯録的。顧氏推斷《詩經》的輯録必在孟子之前，因為《孟子》中的引詩與《詩經》並無不同。此見糾正了錢玄同所說的孔子看過《詩經》之見。對於《詩經》的産生年代，顧氏又作出如下的推斷：

> ……周代輯詩，他們並没有歷史觀念，則雜亂亦無庸諱。所以《詩經》大部分是東周詩，偶有幾首是西周流傳下來的，也説不定。①

故此，顧頡剛認為孔子所謂的"詩三百"並不是指他刪經為三百篇，而有可能是指當時口頭傳誦的衹有三百篇而已，如輯於清乾隆年間的《唐詩三百首》一樣。②

他又認為《詩經》既然是一部文學書，就應該用文學的眼光、文學的慣例去作詮釋。③ 他甚至一語中的地指出《古史辨》第三冊的根本意義，就是打破漢人的經説，辨明齊、魯、韓、毛、鄭諸家詩説及《詩序》的不合於《詩經》。④

---

① 顧頡剛：《〈詩三百篇〉著作時代》，《顧頡剛讀書筆記》（臺北：聯經出版事業公司，1990），第 1 冊，第 381 頁。

② 顧頡剛：《〈詩〉三百》，《顧頡剛讀書筆記》（臺北：聯經出版事業公司，1990），第 1 冊，第 385 頁。有關顧頡剛對刪詩之説的其他筆記可參：《刪〈詩〉説之非》、《朱彝尊辨刪〈詩〉》、《〈詩經〉中之情詩與孔子刪定説之矛盾：〈詩序〉之附會》、《趙坦論刪〈詩〉》，分別見《顧頡剛讀書筆記》（臺北：聯經出版事業公司，1990），第 4 冊，第 2409 頁；第 1 冊，第 416 頁；第 1 冊，第 319 頁；第 1 冊，第 436 頁。

③ 顧頡剛：《〈詩經〉在春秋戰國間的地位》，《古史辨》（上海：上海古籍出版社，1982），第 3 冊，第 309 頁。

④ 顧頡剛等編著：《古史辨》（上海：上海古籍出版社，1982），第 3 冊，第 2 頁。

由以上的論述可見,胡、顧兩人及古史辨中人在根本的性質上顛覆了作為"聖經"的《詩經》,並同時將之重構為文學的總集。《詩經》一下子一百八十度從"聖經"的這一端滑至"文學"的另一端。"聖經"之所以是"聖經","六經"之所以是"六經",是因為作為"經典"的"六經""包含了一個文化傳統最基本的宗教信條、哲學思想、倫理觀念、價值標準和行為準則"①,具有指導人倫日用的權威性,為中華民族千多年以來所傳承與遵循。而"文學總集",可以是文學的經典。然而文學的經典,頂多亦就在文學創作上具有示範的作用而已。這裏必須指出的是,祇有在疑古思潮達到頂點的五四時期,《詩經》的性質方能有如此極端的轉變。

然而,古史辨中人對《詩經》的討論並不止於此。上述的"顛覆"與"重構"祇是性質上的扭轉而已,而具體方面的論證,實際上更為重要。唯有實際的論證,方能昭示世人,特別是傳統的學者:《詩經》不是"聖經",而是文學總集,而且是民間文學、白話文學的源頭。這項艱巨的工作,為天生歷史感特別重的顧頡剛所完成。他這樣談及《詩經》與"歷史"的關係:

> 戰國時詩失其樂,大家没有歷史的知識,而強要把《詩經》亂講到歷史上去,使得《詩經》的外部蒙著一部不自然的歷史。②

就是這種強烈的歷史感,令他更深入研究《詩經》的內涵,全方位地

① 見張隆溪:《經典在闡釋學上的意義》,《中國文哲研究通訊》,1999 年第 3 期(9 月),第 59 頁。

② 顧頡剛:《論〈詩經〉經歷及〈老子〉與道家書》,《古史辨》(上海:上海古籍出版社,1982),第 1 冊,第 53 頁。

對《詩經》進行了具體而具開創性的研究,實際地將《詩經》從"聖經"轉化為文學總集,革命性地顛覆了《詩經》作為古典文學的典範,並同時巧妙地將之重構為白話文學的源頭。[①]

四、重構《詩經》作為民間文學

《詩經》中有歌謠的存在並不是顧頡剛的個人創見,自南宋朱熹以降,許多學者均有類似的觀點。然而顧頡剛在《詩經》與歌謠上的研究最為重要的是對《詩經》中的歌謠作了深入的考察,而且得出了深具時代烙印的結論。

顧頡剛《從〈詩經〉中整理出歌謠的意見》指出《風》、《雅》、《頌》的分類,就是歌謠與非歌謠的區分。他認為《風》是歌謠,《雅》、《頌》不是歌謠。[②] 然而,他亦指出《國風》中固然有不少歌謠,而非歌謠的亦不少,《小雅》亦復如是。[③] 他在考察的過程中發現了《詩經》中有"徒歌"與"樂歌"之別。前者是隨口而唱,並沒有音樂輔助;[④]《詩經》中有一半是隨口而唱,並沒有音樂輔助的"徒歌",給人隨口唱出來的。樂工聽到了,替它們製了譜,便變成"樂

---

① 趙毅衡認為:"五四時期的知識分子,實際上並非文化批判者,而是革命家,是主流文化的顛覆者與佔領者一身兼二任。"見趙毅衡:《走向邊緣——中國知識分子終於到位》,《必要的孤獨》(香港:天地圖書有限公司,1995),第317頁。

② 顧頡剛:《從〈詩經〉中整理出歌謠的意見》,《古史辨》(上海:上海古籍出版社,1982),第3冊,第589頁。

③ 顧頡剛:《從〈詩經〉中整理出歌謠的意見》,《古史辨》(上海:上海古籍出版社,1982),第3冊,第589–590頁。

④ 顧頡剛:《〈詩經〉在春秋戰國間的地位》,《古史辨》(上海:上海古籍出版社,1982),第3冊,第314頁。

歌”,可以複奏,纔會傳到各處去,成為風行一時的詩歌。①

顧氏套用胡適《白話文學史》中“平民”與“貴族”的對立觀念,指出《詩經》中“平民”與“貴族”在做詩方面的不同:

1. 平民唱出來的,衹要自己發洩自己的感情,不管牠的用處;貴族做出來,是為了各方面的應用。②

2.《國風》的大部分,都是採取平民的歌謠。如《召南·行露》乃平民受了損害而說出的氣憤之語;至於為樂工或士大夫定做出來的頌辭,則可見於《周南·桃夭》。③

3. 在“大〔雅〕”、“小雅”裏採的民謠是少數(如《我行其野》、《谷風》),而為了應用而去做的佔多數(如《鹿鳴》、《文王》等)。④

4.“頌”裏便没有民謠了。民謠的作者隨著心中要説的話去,並不希望牠的作品入樂;樂工替牠譜了樂章,原意也衹是

① 顧頡剛:《〈詩經〉在春秋戰國間的地位》,《古史辨》(上海:上海古籍出版社,1982),第3冊,第314頁。如陸侃如、馮沅君亦受了顧頡剛的這種觀點的影響,在《中國詩史》中説《詩經》乃民間男女所歌,公卿列士所獻,而經魯國師工譜為樂章的總集。見陸侃如、馮沅君:《中國詩史》(天津:百花文藝出版社,1999),第9頁。

② 顧頡剛:《〈詩經〉在春秋戰國間的地位》,《古史辨》(上海:上海古籍出版社,1982),第3冊,第320頁。

③ 顧頡剛:《〈詩經〉在春秋戰國間的地位》,《古史辨》(上海:上海古籍出版社,1982),第3冊,第320頁。

④ 顧頡剛:《〈詩經〉在春秋戰國間的地位》,《古史辨》(上海:上海古籍出版社,1982),第3冊,第321頁。

> 希望貴族聽了得到一點民衆的味兒,並没有專門的應用;但貴族聽得長久了,自然也會把牠使用了。凡是做出來的,都由於應用上的需要而來。①

顧氏認為詩的應用有四大方向:典禮(祭祀、宴會)、諷諫、賦詩(交換情意)以及言語(引用)。② 他又認為凡是《詩經》裏的歌謠,都是已經成為樂章的歌謠,不是歌謠本相,歌謠的本相即"徒歌"③。簡而言之,"貴族"做詩是為了"應用",而"平民"做詩則為了"抒情"。"平民"唱出的是真情實感,當然言外之意就是"平民"所唱的"徒歌"乃當時的"民間文學",而這種"民間文學"亦有很多被貴族編收、改造而成為"樂歌"。所以,《詩經》的源頭基本上就是民間文學。因此《詩經》作為白話文學史源頭的論證,為白話文學史建構了一個令人信服的傳統。這是對白話文學史的建構起到很關鍵作用的論證過程。

可是顧頡剛是如何從"重章複沓"的形式中論證《詩經》與歌謠的關係的呢?④ 就歌謠的形式而言,顧頡剛認為《詩經》裏的歌謠已經樂師改寫,非其原貌,因為:

> 凡是歌謠,祇要唱完就算,無取乎往復重沓。惟樂師則因

---

① 顧頡剛:《〈詩經〉在春秋戰國間的地位》,《古史辨》(上海:上海古籍出版社,1982),第3冊,第320頁。

② 顧頡剛:《〈詩經〉在春秋戰國間的地位》,《古史辨》(上海:上海古籍出版社,1982),第3冊,第320-345頁。

③ 顧頡剛:《從〈詩經〉中整理出歌謠的意見》,《古史辨》(上海:上海古籍出版社,1982),第3冊,第591頁。

④ 相關論述可參洪國樑:《"重章互足"與〈詩〉義詮釋——兼評顧頡剛"重章複沓為樂師申述"說》,《清華學報》,1998年第2期(6月),第97-141頁。

> 奏樂的關係,太短了覺得無味,一定要往復重沓的好幾遍。《詩經》中的詩,往往一篇中有好幾章都是意義一樣的,章數的不同祇是換去了幾個字……可以假定其中的一章是原來的歌謡,其它數章是樂師申述的樂章。如:
>
> 月出皎兮。佼人僚兮。舒窈糾兮,勞心悄兮。
> 月出皓兮。佼人懰兮。舒懮受兮,勞心慅兮。
> 月出照兮。佼人燎兮。舒夭紹兮,勞心慘兮。
>
> 這裏的"皎,皓,照""僚,懰,燎""窈糾,懮受,夭紹""悄,慅,慘"完全是聲音的不同,借來多做出幾章,並没有意義上的關係(文義上即有不同,亦非譜曲者所重)。在這篇詩中,在任何一章都可獨立成為一首歌謡,但聯合了三章則便是樂章的面目而不是歌謡的面目了。①

顧氏指出要從樂章中實指某一章是原始的歌謡不可能,但要知道哪一篇樂章是以歌謡做底子的,這便不妨從意義上著眼而加以推敲。雖則有了歌謡的成分的未必即為歌謡,也許是樂師模倣歌謡而做出來的。②

在《論〈詩經〉所録全為樂歌》中,顧氏又指出《詩經》中大部分是為奏樂而創作的樂歌,一小部分是由徒歌變成樂歌的,當改變時,樂工為之編製若干複沓的章節:

> 徒歌是民衆為了發洩内心的情緒而作的,他並不為聽衆計,所以没有一定的形式。他如因情緒的不得已而再三詠嘆,

① 顧頡剛:《從〈詩經〉中整理出歌謡的意見》,《古史辨》(上海:上海古籍出版社,1982),第3冊,第591頁。

② 顧頡剛:《從〈詩經〉中整理出歌謡的意見》,《古史辨》(上海:上海古籍出版社,1982),第3冊,第591–592頁。

> 以至有複沓的章句時,也没有極整齊的格調。樂歌是樂工為了職業而編製的,他看樂譜的規律比内心的情緒更重要。他為聽者計,所以需要整齊的歌詞而奏複沓的樂調。他的複沓並不是他的内心情緒必要他再三詠嘆,乃是出於奏樂時的不得已。①

其言下之意,即是研究者大致上可以按詩的形式而對其是"徒歌"或"樂歌"作出推斷。顧氏從而認為,可以從《詩經》中整理出古代的歌謡。②

無論是顧頡剛,還是胡適,或是錢玄同、俞平伯、鄭振鐸以至於古史辨中人與胡、顧辯難者,均没有人反對《詩經》乃文學總集,亦没人反對《詩經》中有歌謡。《詩經》的作品基本上是來自民間,而非全由文人士大夫的創作,至此大致達成一個共識。而胡、顧之將《詩經》之論證為古代民間文學,意義重大,不止是打破了千多年的解經傳統,更為重要的是為白話文學史的建構走出堅實而關鍵的一步。

五、"詩經學"的解構

從《古史辨》中有關《詩經》的論辯可見,無論是對孔子删詩的質疑、《詩經》的性質的扭轉、《詩序》的攻擊、《詩經》與歌謡的關係,還是具體解讀的方法,在在可見胡適與顧頡剛是全方位地解構傳統的"詩經學"。

---

① 顧頡剛:《論〈詩經〉所録全為樂歌》,《古史辨》(上海:上海古籍出版社,1982),第3冊,第624-625頁。

② 顧頡剛:《論〈詩經〉所録全為樂歌》,《古史辨》(上海:上海古籍出版社,1982),第3冊,第608-657頁。

自漢代以降的經師,絶大多數均先驗地接受了《詩經》本身已具有微言大義在其中,他們的工作不是釋放意義,而是找出已存在的真理。這種觀念歷千年而不衰。縱使間有少數人如歐陽修(永叔,1007 - 1072)、蘇轍(子由,1039 - 1112)、鄭樵(漁仲,1104 - 1162)以及朱熹(元晦,1130 - 1200)等稍作質疑,然而彼等質疑的不是大傳統,而是大傳統中一些具體文獻的真偽而已。不是説他們没有質疑傳統的能力,而是他們信奉傳統的權威性遠遠大於質疑。即使偶有"異端"的存在,亦早被鏟除,因為傳統不止是文化的傳統,還往往涉及權力的穩定。一個傳統的經師衹能在傳統的脈絡中存在,因為若想在傳統的詮釋方法中繼續下去,就必得自歷史找源頭;然而胡適與顧頡剛卻是完全與傳統的解經傳統決裂,這是一種向前超越,而從胡適所提倡研究《詩經》的方法更可見,他肯定的亦就是意義的自由活動。而且,胡、顧的針對性很明確,就是決意建立一種新的詮釋範式,打倒漢人的解經傳統。要打倒漢人的解經傳統,最好的靶子就是《詩序》與孟子的"以言逆志"。

1. 反《詩序》

在傳統的詩經學中,《詩序》極富争議性。《詩序》一向被視作解讀《詩經》的綱領,然而歷代質疑其為偽作者,多不勝數,而且大多是鼎鼎大名的名家大師。質疑、挑戰《詩序》的可信性的思潮始於北宋,歐陽修、蘇轍乃其代表人物。及至南宋,鄭樵作《詩辨妄》,影響及朱熹的《詩集傳》,而令朱子對《詩序》亦抱有不同程度的質疑。[1] 朱熹認為:

---

① 參殷光熹:《宋代疑古惑經思潮與〈詩經〉研究——兼論朱熹對〈詩經〉學的貢獻》,《中國古代、近代文學研究》,1997 年第 1 期(1 月),第 125 - 129 頁。

> 《詩序》實不足信。向見鄭漁仲有《詩辨妄》力詆《詩序》。其間言語太甚,以為皆是村野妄人所作。始亦疑之;後來仔細看一兩篇,因質之《史記》,《國語》,然後知《詩序》之果不足信。……大率古人作詩,與今人作詩一般。其間亦自有感物道情,吟詠情性。幾時盡是譏刺他人。衹緣序者立例,篇篇要作美刺説,將詩人意思盡穿鑿壞了。且如今人見人纔做事,便作一詩歌美之或刺之,是甚麼道理!①

朱熹這種言論在當時已算是相當激烈的了,再加上其理學宗師的地位,纔敢放言挑戰儒家的傳統與經典。

關於《詩序》,顧頡剛系統、深入地提出以下觀點:

> 1.《詩序》者,確定《詩三百篇》之時代,使其可合於史事者也。以詩證史,本無不可;特如《詩序》之以詩證史之方法,則大不可耳。②

> 2.《詩序》之方法如何?曰,彼以"政治盛衰","道德優劣","時代早晚","篇第先後"之四事納之於一軌。凡詩篇之在先者,其時代必早,其道德必優,其政治必盛。反是,則一切皆反。在善人之朝,不許有一夫之愁苦;在惡人之世,亦不容

---

① 朱熹:《朱子語類》,卷八〇。轉引自鄭振鐸:《讀〈毛詩序〉》,顧頡剛等編著:《古史辨》(上海:上海古籍出版社,1982),第 3 冊,第 389 頁。朱熹花了差不多二十二年的時間治《詩經》,用功極勤,卓然成一家之言。關於朱熹對《詩序》的態度及其觀點,可參莫礪鋒:《論朱熹對〈詩序〉的態度》,《文獻季刊》,2000 年 1 月第 1 期(1 月),第 112 – 129 頁。

② 顧頡剛:《〈毛詩序〉之背景與旨趣》,《古史辨》(上海:上海古籍出版社,1982),第 3 冊,第 462 頁。

有一人之歡樂。善與惡之界畫若是乎明且清也![1]

為什麼他會說以詩證史本無不可,而“《詩序》之以詩證史之方法,則大不可”呢? 他在第二點用了“層累法”,點破了人為的、主觀的美化三王的黃金盛世,指斥以上的歷代解經之穿鑿附會乃“指鹿為馬”、“掩耳盜鈴”。

清初的姚際恆,則既反漢學的毛、鄭,亦反宋學代表的朱熹。姚際恆對《詩序》的質疑包括作者的問題與《詩大序》的可信性。例如《詩序》對於《關雎》有如下評價:

> 后妃之德也……樂得淑女以配君子,憂在進賢,不淫其色。哀窈窕,思賢才,而無傷善之心焉。

姚氏別有見解,認為:

> 此詩衹是當時詩人美世子娶妃初昏之作,以見嘉耦之合初非偶然,為周家發祥之兆,自此可以正邦國,風天下。[2]

姚氏將“后妃之德”改為“美世子娶妃初昏之作”。然而,顧氏卻嫌他不夠徹底,批評他仍落入《詩序》的圈套,亦見其獨立思考之不徹底。[3] 至於《詩序》在《周南·桃夭》一詩中云:

---

① 顧頡剛:《〈毛詩序〉之背景與旨趣》,《古史辨》(上海:上海古籍出版社,1982),第3冊,第462頁。

② 姚際恆撰、顧頡剛標點:《詩經通論》(北京:中華書局,1958),卷一,第15頁。

③ 顧頡剛:《湯山小記(七):〈左傳〉說〈卷耳〉》,《顧頡剛讀書筆記》(臺北:聯經出版事業公司,1990),第7冊(上),第4939頁。

> 后妃之所致也,不妒忌,則男女以正,昏姻以時,國無鰥民也。

姚氏對此作出反駁,其中有一句是:“每篇必屬后妃,竟成習套。”顧氏批道:“此駁極明快。”[①]這種歷來的“習套”,正是顧氏所指出的《詩序》以詩證史之不可靠,其實亦即是説《詩序》與歷代的經師、學者均非誠實地反映歷史的真相,而是因循地為政治服務。其反《詩序》的探討深入而具體,[②]在此衹拈其要者作説明而已。

2. “以言逆志”的質疑

孟子“以言逆志”乃儒家詮釋學上的權威方法。然而,顧頡剛卻對孟子“以言逆志”作出如下的批駁:

> 春秋時人説“賦詩言志”,是主觀的態度;他改為“以意〔言〕逆志”,是客觀的態度。有了客觀的態度,纔可以做學問。所以他這句話是詩學的發端。要是他在詩學發端的時候

---

① 顧頡剛:《湯山小記(七):后妃成習套》,《顧頡剛讀書筆記》(臺北:聯經出版事業公司,1990),第 7 冊(上),第 4933 – 4934 頁。

② 有關顧頡剛對《詩序》的具體質疑以及《詩經》研究史上相關學者的商榷,其主要者可分別見《顧頡剛讀書筆記》中的如下記錄:《詩序》、《〈詩序〉深文周納》、《〈序〉與〈詩〉相反》、《〈詩序〉作法》、《〈詩序〉不可信》、《〈韓詩〉序》、〈魯詩序〉與〈毛詩序〉》、《〈毛詩序〉之謬》、《〈毛詩序〉與〈韓詩序〉之矛盾》、《韓愈疑〈詩序〉》、《程頤論〈詩序〉》、《宋曹粹中辨〈詩序〉出〈毛傳〉後》、《〈詩序〉雜湊〈左傳〉、〈樂記〉説〈桑中〉》、《〈詩序〉據莊姜後事説其初嫁之非》、《〈詩序〉謂〈有杕之杜〉為“勞還役”亦取〈左傳〉》,分別見《顧頡剛讀書筆記》(臺北:聯經出版事業公司,1990),第 1 冊,第 391、318、353、360、417、425、346 頁;第 4 冊,第 2029、2591 頁;第 1 冊,第 393、424 頁;第 7 冊,第 4941、4942、4900 頁。

> 就立了一個很好的基礎,是何等可喜的事!不幸他雖會立出這個好題目,卻不能達到這個好願望。他雖說用自己的意去“逆”詩人之志,但看得這件事太便當了,做的時候太鹵莽,到底衹會用自己的意去“亂斷”詩人的志,以至《閟宫》的時代還没弄清楚,周公膺戎狄的志倒輕易地斷出來了;《緜》詩上衹説公亶父娶了美女而公亶父好色的志就被他斷出來了,“内無怨女,外無曠男”的社會情形也看出來了。試問這種事實和心理是如何的“逆”出來的?他能答覆嗎?……他一個人胡亂説不要緊,影響到後來的學者,一一照了他的路走,遺毒可就不小。二千年來大家做詩學,遵循的是經典上的詩説,經典上的詩説可分為二種;第一種是春秋時人的用詩,第二種是孟子的亂斷詩。這一班後學者,不管得用詩與亂斷詩,以為載在經典的詩説都是“以意逆志”的先正典型。①

以上是顧氏對孟子的“以言逆志”一針見血的批判。然而,無論是“亂斷詩”還是“喜妄説”,孟子的閲讀方法往往壓抑了其他意義的可能性,無論是美是刺,不外就是政教的閲讀。雖説是以文本之“言”以“逆”作者之意,然而詮釋的活動中心卻是讀者,但這讀者不是一個可以自由想像的讀者,而是思維能力被限定的讀者,而其基本的解讀前提就是“詩無邪”。這種詮釋模式是一條死胡同,一旦走進去,就得在胡同中做有限的活動。而這詮釋的模式,大概亦可引伸至整個中國的經學傳統,這就是一種失去活力的傳統。

---

① 顧頡剛:《〈詩經〉在春秋戰國間的地位》,《古史辨》(上海:上海古籍出版社,1982),第3冊,第362－365頁。

六、總結

胡、顧他們將背景、意圖排斥於寫作之外，和傳統經師著重這兩大要素的立場恰好是兩大極端。後者則先將"作者的意圖"意義定為"作品本身"的意義，而不知這種種界定法是循環論證，將"意義"與"意圖"認同，但馬上又將它們分開，再去相互印證，更誤延伸"定義"為"方法"。這豈不是説意圖早已存在，詮釋的工作僅是提供有關那意圖的訊息，而不是指明意圖本身。①

顧頡剛非常清楚自己的時代使命，故而纔能跳出"道統"與"學派"的束縛，作書本以外的馳想。② 他所謂的"書本以外的東西"與"新天地"，其實與其具有強烈"時代"意識有密切的關係，故而《詩經》在他手中衹是衆多的古史材料中的一種，而非"聖經"。然而，顧頡剛本人亦深知打破傳統與建設新傳統的難處，③特別是圍繞《静女》之辯難，令他明白破壞容易建設難。④

他們解構的是自古以來傳統的解經方式對《詩經》的壓抑，將《詩經》其他可能的意義釋放出來。假如這種工作是"破壞"的話，

---

① 廖炳惠:《解構主義與詮釋成規》,《中外文學》,1982 年第 6 期(11 月),第 35 頁。另可參張隆溪:《經典在闡釋學上的意義》,《中國文哲研究通訊》,1999 年第 3 期(9 月),第 59 - 67 頁;張鼎國:《"較好地"還是"不同地"理解?——從詮釋學論争看經典詮疏中的詮釋定位與取向問題》,《中國文哲研究通訊》,1999 年第 3 期(9 月),第 87 - 109 頁。

② 顧頡剛等編著:《古史辨》(上海:上海古籍出版社,1982),第 3 冊,第 1 頁。

③ 顧頡剛等編著:《古史辨》(上海:上海古籍出版社,1982),第 3 冊,第 2 頁。

④ 顧頡剛等編著:《古史辨》(上海:上海古籍出版社,1982),第 3 冊,第 2 頁。

那麼他們的“破壞”恰好就是對《詩經》的一種具有現代意義的“建設”——將《詩經》從“經典”導向文學,從殿堂而走進民間,從而獲得了活潑的生機。

顧氏以“史料”為武器,以歌謠之變遷為方法,轉化了兩千多年來《詩經》一直附庸於政治的局面,而更重要的是這種“轉化”將《詩經》從政治解讀引進文學的領域,顛覆了《詩經》在古典文學與政教上的“聖經”地位,並將之重構為白話文學的源頭,為白話文學史的建構作出了奠基性的論證,並獲得了普遍的響應與認同。①

① 我們在很多文學史中《詩經》的部分,均可見胡適、顧頡剛及古史辨中人視《詩經》為文學總集與文學作品。見游國恩等主編:《中國文學史》(北京:人民出版社,1989),第1冊,第30頁;裴斐主編:《中國古代文學史》(北京:中央民族大學出版社,1996),上冊,第16頁;劉大傑:《中國文學發展史》(香港:學林書店,1987),上卷,第31頁;柳存仁等著:《中國大文學史》(上海:上海書店出版社,2001),第29頁。特別值得一提的是游國恩主編的《中國文學史》,此書在《雅》、《頌》與《國風》的性質的説明上,幾乎完全照搬顧頡剛的見解。見游國恩主編:《中國文學史》(北京:人民出版社,1989),第1冊,第33－50頁。

第四章

走向“民間”:白話文學史的理念及其實踐

一、前言

關於文學是否該走向“民間”的論爭並非始自五四,亦非胡適首倡,其實遠在明代便有大量的相關討論。公安派的袁氏三兄弟[袁宗道(伯修,1560－1600)、袁宏道(中郎,1568－1610)、袁中道(小修,1570－1626)]為攻擊復古詩派①的文學史觀而提倡的民間

① 在明代紛紜的詩學流派中,復古詩派的主要倡導者乃所謂的“前、後七子”。李夢陽是前七子的領袖人物,其他的還包括何景明(仲默,1483－1521)、徐禎卿(昌穀,1479－1511)、邊貢(廷實,1476－1532)、康海(德涵,1475－1540)、王九思(敬夫,1468－1551)、王廷相(子衡,1474－1544);後七子乃以李攀龍(于鱗,1514－1570)與王世貞(元美,1526－1590)為主,此外尚有謝榛(茂秦,1495－1575)、宗臣(子相,1525－1560)、梁有譽(公實,1519－1554)、徐中行(子輿,1517－1578)與吳國倫(明卿,1524－1593)。因為彼等提倡“文必秦漢,詩必盛唐”的復古文學觀念,故此一般文學史與文學批評史對這一流派也以“復古詩派”視之。

文學,自五四以來為文學史所稱道。因此之故,文學史上一般均認為,胡適等人在五四期間的"民間文學"的追求,其實乃明代公安派未竟事業的延續。

1919 年中國開始有一場"到民間去"的運動。自 1910 年後期至 20 世紀 20 年代期間,許多知識分子接受了 19 世紀 70 年代俄國民粹派的理論,開始倡導"到民間去"。[①] 胡適在建構白話文學史的過程中,提出"民間文學"這個至關重要的理念,亦是當時"到民間去"的一種產物,並得到了巨大的反響,其主要論敵梅光迪(覲莊,1890 – 1945)的批評可作為佐證:

> 吾國近年以來,所謂"新文化"領袖人物,一切主張,皆以平民主義為準則。[②]

所謂的"領袖",從其整篇文章所嘲諷的人物特徵而言,指的就是胡適。胡適以及新文學陣營猛烈攻擊、打倒的是古典文學,大肆鼓吹的是民間的白話文學。胡適在《文學改良芻議》中列出八項主張:一、須言之有物;二、不摹倣古人;三、須講求文法;四、不作無病之

---

① 詳參洪長泰著、董曉萍譯:《到民間去:1918 – 1937 年的中國知識分子與民間文學運動》(上海:上海文藝出版社,1993),第 19 – 22 頁。而彭明輝則認為:"民俗研究包含知識分子走向民間,以及學者們從事民俗的實體研究兩方面。知識分子走向民間,有的從社會改造方面入手,有的從事民歌採集、禮俗研究等等,不可一概而論。"見彭明輝:《疑古思想與現代中國史學的發展》(臺北:商務印書館,1991),第 129 頁。

② 梅光迪:《評今人提倡學術之方法》,見孫尚揚、郭蘭芳編:《國故新知論:學衡派文化論著輯要》(北京:中國廣播電視出版社,1995),第 134 頁。

呻吟；五、務去爛調套語；六、不用典；七、不講對仗；八、不避俗字俗語。[①] 他推崇的文學正宗是施耐庵（肇端，1296－1370?）、曹雪芹（夢阮，約1715－1763）及吴趼人（小允，1866－1910），因為他們“不避俗字俗語”。他推崇的白話文學作品是翻譯的佛經，尤其是後來的語録，因語言多用白話。明代的小説如《水滸傳》、《西遊記》以及《三國演義》，都是他眼中的“通俗行遠之文學”[②]。他最推崇的文學盛世是元代，原因是當時的文學“言文合一”、“白話幾成文學的語言”；[③]而元代的關漢卿等劇作家，則是他所大力推崇的白話文學正宗。

白話文學史的核心當然是民間文學，然而洪長泰的博士論文 *Going to the People: Chinese Intellectuals and Folk Literature*, 1918－1937 中有專節討論的民間文學研究者，包括劉復（1891－1934）、周作人（星杓，1885－1967）及顧頡剛，至於著有《白話文學史》、宣稱“一切新文學的來源都在民間”的胡適卻未得一席位。[④] 從文學史的角度而言，對於顧頡剛在民間文學上的發掘與梳理的貢獻，更應給予重視，而胡適的倡導之功及其實踐同樣亦不能忽視。故此，本章乃以胡適與顧頡剛兩人為論述中心，以展開對五四時期“民間文

---

① 胡適：《文學改良芻議》，見北京師範大學中文系現代文學教學改革小組編：《中國現代文學史參考資料》（北京：高等教育出版社，1959），第1卷，上册，第44頁。

② 胡適：《文學改良芻議》，見北京師範大學中文系現代文學教學改革小組編：《中國現代文學史參考資料》（北京：高等教育出版社，1959），第1卷，上册，第50頁。

③ 胡適：《文學改良芻議》，見北京師範大學中文系現代文學教學改革小組編：《中國現代文學史參考資料》（北京：高等教育出版社，1959），第1卷，上册，第50頁。

④ Hung Chang－tai, *Going to the People: Chinese Intellectuals and Folk Literature*, 1918－1937 (Cambridge and London: The Council of East Asian Studies, 1985).

學"的理念以及白話文學史的建構的重新估價。

二、"走向民間"的論爭

現在所謂的"民間文學",或現代中國文學史上所提及的白話文學典範,不外就是胡適所大力推崇的明、清小説。這些明、清小説雖有"民間"的參予成分,而主要還是由文人將這些流傳於民間的故事潤飾、擴展,整理成書,例如《三國演義》與《水滸傳》便是此中典範。文學史中推崇的作品很多均是文人創作,從《三國演義》、《水滸傳》、《西遊記》、《紅樓夢》、《儒林外史》,以至於晚清的小説,越來越傾向文人創作。至於五四的文學創作,更是全為學院派所主導,並非真的"走向民間"。當時的著名學者錢基博(子泉,1887－1957)便曾嚴厲地批評胡適所鼓吹的白話文學基本上還是文人創作,根本不夠"民間",又對當時的新文學作家的創作作出如下批評:

> ……胡適之創白話文也,所持以號於天下者,曰:"平民文學也,非士夫階級文學也。"……樹人善寫實,志摩喜玄想,取徑不同,而皆揭"平民文學"四字以自張大。後生小子始讀之而喜,繼而疑,終而詆曰:"此資產階級文學也,非真正民衆也。樹人頹廢,不適於奮鬥。志摩華靡,何當於民衆。志摩沉溺小己之享樂,漠視民之慘沮,唯心而非唯物者也。至樹人所著,祇有過去回憶,而不知建設將來;祇抒小己憤慨,而不圖福利民衆。若而人者,彼其心目中,何嘗有民衆耶!"①

① 錢基博:《現代中國文學史》(長沙:岳麓書社,1986),第504頁。

除了對個別作家的作品或有所"誤讀"之外，錢氏針對新文學的創作絕大多數均仍為士大夫文學而非真正地走向民間的批評基本上是沒錯的。故而差不多大半個世紀之後，趙毅衡就批評說：

> "五四"作家開拓了許多新文類，就是在把這些新文類文人化。"五四"作家和思想家用白話取代文言作為文學語言，理由之一說是讓文學能接近"引車賣漿者流"，他們可能真誠地相信新文學的"大衆化"目標。但實際上，他們反使原先接近大衆的白話小說脱離了大衆。"五四"文學用白話，並沒有使詩歌小說易懂了，相反，是難懂了。……"五四"文學的確脱離大衆。①

趙毅衡更明確地指出"五四"文學因為是"文人創作"，故而"現實性"亦不強。②

對於"走向民間"這種名不符實的現象，胡適他自己亦並非不知道。他曾憶述他的朋友李辛白指出他辦報是辦給大學、中學的學生看的，一般老百姓都看不懂報上的文章。③ 其實，胡適等人所倡導的白話文學的開始並不輝煌，魯迅（周樹人，豫才，1881－1936）便曾這樣描述當時的文學創作的狀況：

> 凡是關心現代中國文學的人，誰都知道《新青年》是提倡

---

① 趙毅衡：《先鋒文學——文化轉型期的純文學》，《必要的孤獨》（香港：天地圖書有限公司，1995），第333頁。

② 趙毅衡：《先鋒文學——文化轉型期的純文學》，《必要的孤獨》（香港：天地圖書有限公司，1995），第334頁。

③ 胡適：《大衆語在那兒》，《胡適文存》（臺北：亞東圖書公司，1953），第4集，第531頁。

> “文學改良”，後來更進一步而號召“文學革命”的發難者。但當一九一五年九月中在上海開始出版的時候，卻全部是文言的。蘇曼殊的創作小說，陳嘏和劉半農的翻譯小說，都是文言。到第二年，胡適的《文學改良芻議》發表了，作品也祇有胡適的詩文和小說是白話。後來白話作者逐漸多了起來，但又因為《新青年》其實是一個論議的刊物，所以創作並不怎樣著重……①

由此可見，白話文學的開始是多麼的匆促與孤立！這批剛從文言文世界中覺醒過來的文人，如何能一下子寫出“白話”？故此，我們有必要重新理解胡適以及新文學陣營中人對“民間文學”的看法。

胡適認為“民間文學”一直是在與“正統文學”相角力的：

> 現在還有許多守舊的人，對於正統文學的推翻和小說戲劇的推崇，總有點懷疑。不過這是因為他們囿於成見，不肯睜開眼睛去研究文學史的事實。他們若肯平心靜氣地研究二千多年的文學史，定可以知道文學史上儘管多這樣的先例；定可以知道他們所公認的正統文學也往往是從草野田間爬上來的。三百篇中的國風，楚辭中的九歌，自然是最明顯的例。②

他又把“平民的文學”與“貴族的文學”對立起來：

> 這二千年之中，貴族的文學儘管得勢，平民的文學也在那

① 魯迅：《〈小說二集〉導言》，趙家璧主編：《中國新文學大系》（香港：香港文學研究社，1972），第4冊，第1475頁。

② 胡適：《〈中古文學概論〉序》，《胡適文存》（臺北：亞東圖書公司，1953），第2集，第496頁。

裏不聲不響的繼續發展。①

由此可見,胡適眼中的"民間文學"即是"草野田間"的戲劇、小説,甚至包括已經成為經典的《詩經》中的《國風》與《楚辭》中的《九歌》。胡適又認為"民間文學"在語言上仍不成熟,若要成為"國語",還得靠吸收"方言的文學":

> 國語的文學從方言的文學裏出來,仍須要向方言的文學去尋他的新材料,新血液,新生命。②

這裏所謂的"方言的文學",其實就是他在其他文章中所提及的"民間文學"。

現在我們再來看看顧頡剛又是如何看待"民間文學"的。在其筆記中,顧氏這樣論及宋代的"平民文學":

> 《齊東野語》云:"蜀妓多能詩。"《桯史》(王國維引)云:"蜀伶多能文。"可見宋代蜀中平民文學的發達。亦以南渡以後中原世家遷蜀者多耳。③

他的另一則論及"民間"的文字可見於其讀書筆記中之《王夫之鄙視民間文藝》,他因王夫之(而農,1619－1692)之鄙視杜甫的《哀江

---

① 胡適:《五十年來中國之文學》,《胡適文存》(臺北:亞東圖書公司,1953),第1集,第243頁。

② 胡適:《序(一)》,見顧頡剛等輯、王煦華整理:《吴歌·吴歌小史》(南京:江蘇古籍出版社,1999),第9頁。

③ 顧頡剛:《宋代蜀中平民文學》,《顧頡剛讀書筆記》(臺北:聯經出版事業公司,1990),第1册,第387頁。

頭》、白居易(樂天,772－846)的《長恨歌》這些帶有民間氣息的詩人以及《孔雀東南飛》、《廬江小吏》、《何文秀》、《玉堂春》等民間文學,而作出如下的抨擊:

> 其封建思想之濃厚可知,蓋專擁護統治者之利益,不顧人民之生死者也。[①]

顧氏又在論及宋僧文瑩《湘山野録》中記錢鏐被梁太祖封為吴越王,衣錦榮歸時對著鄉人唱起典雅的《還鄉歌》,然而鄉人皆不知所云;有見及此,錢鏐唯有唱起吴語的山歌,唱畢"叫笑振席,歡感閭里"[②]。在此,他將"平民文學"與"貴族文學"對立起來。錢鏐第一次所唱的就是典雅的唱詞,屬於"貴族文學";而後來為了讓鄉人明白其心意者,則乃"平民文學"。

大致而言,顧頡剛在"民間文學"的定義上與胡適大致相同,兩人均將"民間文學"與"貴族的文學"對立起來。相對來說,胡適對"民間文學"的内涵的説明要比顧頡剛更為具體,然而亦突顯了其内在的矛盾。

他批評作為民間文學的北方評話小説如《兒女英雄傳》、《七俠五義》、《小五義》、《續小五義》没有深刻的見解、没有濃摯的情感、没有學問、没有"我"等等的缺憾,是一種平民的消閒文學(南方也有消閒的小説,如《九尾龜》等);而他則稱賞文人創作的南方諷刺小説如《官場現形記》、《老殘遊記》、《二十年目睹之怪現狀》、《恨海》、《廣陵潮》。南方諷刺小説除了在語言方面不如北方的評話小

---

① 顧頡剛:《顧頡剛讀書筆記》(臺北:聯經出版事業公司,1990),第9冊(上),第6913頁。

② 顧頡剛:《平民文學與貴族文學之鬥争》,《顧頡剛讀書筆記》(臺北:聯經出版事業公司,1990),第1冊,第450頁。

說之外,其他各方面都深為他所欣賞。[①] 南、北民間小說之高下,判然立顯。由此可見,胡適重視的是"深刻的見解"與"學問",這兩種條件恰恰是"民間文學"所缺,再加上"没有我",故而衹能成為"平民的消閒文學"。可是,作為"平民的消閒文學",又有何不可?然而,胡適就是不喜歡"平民的消閒文學"。他所看重的是"文人"所著的"南方的諷刺小說",因為他們是"有思想有經驗的文人"。這樣說來,胡適豈不是自打嘴巴?因為整個中國的正統文學,即他所大力排斥的古典文學,恰恰就是"有思想有經驗的文人"所作。[②] 而他一直所提倡的民間文學,在此卻又因為没有"深刻的見解"與"學問",而被"始亂終棄"。

胡適雖然大力倡導民間文學,然卻對民間文學有很多的不滿。除了上述的一段文字之外,他又在《中國文學的過去與來路》一文中這樣抨擊"民間文學"的"缺陷":

> 第一缺陷,來路不高明,詞曲、小說,不免為小道,皆為其出身微賤的緣故;第二缺陷,因為這些是民間細微的故事,如家庭糾紛,没多大變化;第三缺陷為傳染如民間淺薄的荒唐的迷信的思想;第四缺陷是無意的傳染與摹仿,並非有意的描寫。[③]

---

① 胡適:《五十年來中國之文學》,《胡適學術文集·新文學運動》(北京:中華書局,1993),第 134－135 頁。

② 周作人亦曾指出要寫中國文學史,就没有理由遺漏中國文學史上真正主宰了文壇的文人文學。參陳改玲:《胡適與文學史學科——評〈白話文學史〉》,《胡適研究》,2000 年第 4 期,第 176 頁。

③ 陳改玲:《胡適與文學史學科——評〈白話文學史〉》,《胡適研究》,2000 年第 4 期,第 186 頁。

由此可見,胡適心目中的“民間”,是雅化的,而他推崇的“民間文學”亦是經過文人提煉而具有思想、具有啟蒙性質的作品。

胡適等新文學陣營中人的“走向民間”的理念,強調的是文學必須從文人的書齋走向廣闊的民間。胡適就是朝向這個目標邁進而建構起白話文學史的,他指出一切新文學的來源都在民間,如《詩經》中的《國風》、《楚辭》中的《九歌》是,漢魏六朝的樂府歌辭、宋詞與元曲也是起於歌妓舞女的,小説起於街上説書講史的,再而斷定中國三千年的文學史上的新文學,均源自民間。① 必須注意的是,他所一再標榜的“民間”並非維持文學的主要力量,而衹是文學的起源;雖然他並沒指出,亦沒否認,維持文學的真正主流力量是文人學士。胡適曾在 1926 年 9 月 30 日為《詞選》寫的《序》中説一切新文學均出自民間,而將新文學發揚光大並維持下去的卻是文人學士,然而最終將文學敗壞的亦是文人學者。② 雖則如此,在其眼中,“民間文學”卻有“幼稚”、“淺薄”及“平凡”之不足,甚至可以説沒有文人學士的參予,民間文學根本進不了藝術的殿堂。故此,“文人學士”在文學的發展上是有絶對決定性的作用,甚至可以説,任何文學的輝煌時期均是文人學士淋灕盡致的發揮。

在顧頡剛的《孟姜女故事資料集目録》初稿中便有一條是關於分類的,赫然可見的就是甲部為“文人著録”,乙部為“民間流傳”,以及丙部的“學者考辨”。③ 很明顯,“文人”與“民間”雖稱不上是二元對立,然而在其心目中肯定是不同的類型。所謂“古典”文學,顧氏指向乃自古以來的文人創作;而所謂的“平易”、“寫實”、“通

---

① 胡適:《白話文學史》(北京:東方出版社,1996),第 12 頁。

② 胡適:《序》,《胡適選唐宋詞三百首》(北京:東方出版社,1995),第 5 - 6 頁。

③ 王煦華:《序》,顧頡剛編著:《孟姜女故事研究集》(上海:上海古籍出版社,1984),第 4 冊,第 1 頁。

俗”的文學,他指的就是關漢卿、施耐庵、曹雪芹等民間文人所創作的民間文學。

一般來說,將詩歌發揚光大並維持其主導強勢近二千年的文人,不是有功名,亦定是朝廷中人,即使是李白與杜甫,亦曾在政治圈子打轉,而非一如後來元、明、清各代寫戲曲、寫小說的白衣“文人”。那些在民間過活的元、明、清“文人”遠離了政治中心,真正的邊緣化,是淪落勾欄、浪跡江湖的民間文人。可是試問上述提及的關漢卿、羅貫中(1330? –1400?)、施耐庵、曹雪芹……甚至是從屈原(靈均,約前340–約前278)、宋玉、王維(摩詰,701–761)、李白(太白,701–762)、杜甫(子美,712 – 770)、韓愈(退之,768–824)、柳宗元(子厚,773–819)、歐陽修(永叔,1007–1072)、蘇軾(子瞻,1037–1101)以至於以“民間”為標榜的白話文學的作家,有哪一位是真正來自民間的? 彼等的作品又在多大的程度上與民間文學有直接或間接的傳承關係? 又在多大程度上反映了民間的訴求? 至於胡適所謂的天才的文人學士與劣等的文人學士之分,乃將文學的輝煌歸功於天才文人學士的創造,將文學的墮落歸咎於劣等文人學士的模倣的論點,根本說明不了文學史的複雜性。如他攻擊甚力的明代復古詩派,他們提倡“文必秦漢,詩必盛唐”①,努力模倣古人,然卻全都是當時最有才華的文人學士。復古詩派的

① 見張廷玉等撰:《明史》(北京:中華書局,1974),卷二八六,第7348頁。前七子的領袖李夢陽(獻吉,1472–1530)自己曾這樣說:“西京之後,作者勿聞矣。”李夢陽:《空同集》(上海:上海古籍出版社,1991),卷六六,第602頁。前七子中人的另一領袖何景明(大復,1483–1521)在《海叟詩序》中亦說:“學歌行近體,有取於二家(李白、杜甫),旁及初盛唐諸人,而古作者必從漢、魏求之。”見蔡景康編選:《明代文論選》(北京:人民文學出版社,1993),第117頁。同為前七子之一的康海(德涵,1475–1540)在《渼陂先生集序》中說他們七子中人:“言文與詩者,先秦兩漢魏晉盛唐,彬彬然盈乎域中矣。”見康海:《對山集》(臺北:商務印書館,1972),第1冊,卷三,第40頁。

文學理念與時代氛圍有密切的相關性，前、後七子的文學理念的影響之大，幾近一百年，他們的復古文學理念亦不無創新的成分在其中。嚴格來説，傳承與創新的結合方是彼等的真正文學理念，如何景明、徐禎卿以及後期的王世貞均持此文學理念。因此，"文人"亦不是一個單一純淨的集團，其演變及複雜性亦不能輕輕帶過。這種關於"文人"的複雜性正是胡適論文學史發展時將"文人"與"民間"作二元對立時所沒想到的。

在"民間文學"的問題上，新文學陣營中的另一主要人物周作人則提出有别於胡適的見解，值得我們參考。他説："'民間'這意義，本是指多數不文的民衆。"①他所指的民間的"不文"，就是胡適所排斥的出身微賤、故事淺薄。周氏又説：

> 文字的形式上，是不能定出區别，現在再從内容上説。……平民文學應該著重，與貴族文學相反的地方，是内容充實，就是普遍與真摯兩件事。第一，平民文學應以普通的文體，寫普遍的思想與事實。……第二，平民文學應以真摯的文體，記真摯的思想與事實。……既是文學作品，自然應有藝術的美。祇須以真為主，美即在其中，這便是人生的藝術派的主張，與以美為主的純藝術派，所以有别。②
>
> 平民文學決不單是通俗文學。白話的平民文學比古文原是更為通俗，但並非單以通俗為唯一之目的。因為平民文學，不是專做給平民看，乃是研究平民生活——人的生活——的

① 見周作人：《中國民歌的價值》，見顧頡剛等輯、王煦華整理：《吴歌·吴歌小史》（南京：江蘇古籍出版社，1999），第399頁。

② 周作人：《平民的文學》，《藝術與生活》（上海：上海文藝出版社，1999），第2-3頁。

> 文學。他的目的,並非想將人類的思想趣味,竭力按下,同平民一樣,乃是想將平民的生活提高,得到適當的一個地位。凡是先知或引路的人的話,本非全數的人盡能懂得,所以平民的文學,現在也不必個個"田夫野老"都可領會。……正因為他們不懂,所以要費心力,去啟發他。①

在"平民文學"之外,周作人又另有"民俗文學"與"民間文學"之分。"民俗文學"與"民間文學"在性質上有所不同:"民俗文學"乃文人學者的創作,包括"才子佳人"和武俠故事兩種類型,如《紅樓夢》、《水滸傳》和《七俠五義》;而"民間文學"則為民衆所創作,處於社會文化的最低層,因適應他們的娛樂需要而存在。不同之處是,後者是民衆為了娛樂而創造,而前者卻是文人為了牟利而創作。若依周作人關於"民俗文學"與"民間文學"之分,胡適所極力推崇的白話文學作品如《紅樓夢》、《水滸傳》和《七俠五義》根本就不是"平民文學",亦非為民衆所創造的"民間文學",而是文人學者所創作的"民俗文學";而"民俗文學"所包括的"才子佳人"和武俠故事兩種類型,又怎會如胡適所說的"有我"、"有思想"呢?可見胡適與周作人這兩位新文學陣營的主要人物在"民間文學"的定義上非常不同。

另一位對民間文學相當關注的鄭振鐸(警民,1898 - 1958)則認為:

> "俗文學"就是通俗的文學,就是民間的文學,也就是大衆的文學。換一句話,所謂俗文學就是不登大雅之堂,不為學士

① 周作人:《平民的文學》,《藝術與生活》(上海:上海文藝出版社,1999),第3 - 4頁。

> 大夫所重視，而流行於民間，成為大衆所嗜好，所喜悦的東西。[①]

由此可見，周作人與鄭振鐸似乎在“民間文學”的觀點上與傳統的決裂比胡適走得更遠。然而由此亦可見，在當時的新文學陣營中，雖有走向“民間”的理想，然而其主要的領導人物，對於“民間”的理解已非常不同。可惜的是，胡適以及其他的新文學陣營中人並没有像周作人在“民間文學”與“民俗文學”上作區分，或作更深的思索。據洪長泰的研究，中國現代民間文學家對於“民間文學”一詞似無嚴格統一的定義，他們把“民間文學”或稱作“民衆文學”，或稱作“平民文學”。[②] 這是一個很重要的資料，至少本章的研究獲得了一個有力的支持，原來新文學革命陣營在彼等所鼓吹的走向“民間文學”的方向與內涵上竟没有一致的共識。路向一開始已不一致，接著下去的發展當然紛紜繁雜，亦就難怪日後偏向側重文人創作而忽略真正的民間文學了。

下面要探討的是胡適如何為其“白話文學史”開闢一部延綿不絕的歷史，以及其本人在開拓民間文學上的不足。

三、睽離“民間”的《白話文學史》

1.“旁行斜出”的白話文學史

從“文學史”而加上“白話”而言，亦即有“非白話”的文學史。這究竟是怎麼一回事？胡適有如下説明：

---

① 鄭振鐸：《中國俗文學史》（臺北：商務印書館，1981），上册，第10頁。

② 洪長泰著、董曉萍譯：《到民間去：1918－1937年的中國知識分子與民間文學運動》（上海：上海文藝出版社，1993），第5頁。

> 中國這二千年何以没有真價值真有生命的文言的文學？……這都是因為這二千年的文人所做的文學都是死的，都是用已經死了的語言文字做的。死文字決不能産生活文學。……簡單説來，自從三百篇到於今，中國的文學凡是有一些價值有一些兒生命的，都是白話的，或是近於白話的。其餘的都是没有生氣的古董，都是博物院中的陳列品。①

依其言而論，即是説中國的文人一直都是用“死了的語言文字”創作，但這種文字死了二千年一直還没斷氣。奇怪的是，這活的語言卻一直活不起來。最重要的是，他認為自《詩經》至五四時期有價值的文學創作，都是白話或近於白話的。究竟什麼是“白話”呢？胡適為“白話”作出如下的三個定義：

> 一是戲臺上説白的“白”，就是説得出，聽得懂的話；二是清白的“白”，就是不加粉飾的話；三是明白的“白”，就是明白曉暢的話。依這三個標準，我認定《史記》、《漢書》裏有許多白話，古樂府歌辭大部分是白話的，佛書譯本的文字也是當時的白話或很近於白話，唐人的詩歌——尤其是樂府絶句——也有很多的白話作品。這樣寬大的範圍之下，還有不及格而被排斥的，那真是僵死的文學了。②

若説古樂府與佛經譯本接近白話文也就罷了，怎麼連《史記》、《漢書》及樂府、絶句也説是有許多白話呢？就在如此寬鬆的白話文定

---

① 胡適：《建設的文學革命論》，《胡適文存》（臺北：亞東圖書公司，1953），第1集，第57頁。

② 胡適：《白話文學史》（北京：東方出版社，1996），第8頁。

義底下，胡適在其《白話文學史》中羅列了許多他自己認為是白話文學的作品，例如：唐代的詩歌則以杜甫、元稹(微之，779－831)及白居易為主，又有對大量的佛學翻譯、古詩十九首的重新理解，而王粲(仲宣，177－217)詩歌中的故事、劉邦(季，前256－前195)及其妃嬪所留下來的一兩句詩句，則均被挪用作白話文學史的材料。

從胡適的《白話文學史》一書看來，傳統的重要文學家及文學思潮的影響可謂蕩然無存，其白話文學史的建立是出於對傳統文學的霸權式的扼殺與重整。這種為"重整"而刻意反古的態度可見於《白話文學史·序》：

> 中國文學史上何嘗没有代表時代的文學？但我們不應向那"古文傳統史"裏去尋，應該向那旁行斜出的"不肖"文學裏去尋，因為不肖古人，所以能代表當世。①

既是"古文傳統史"中的"不肖"，又何足以代表那一時代的文學呢？既然説白話文學較古文能代表當世，又何需"向那旁行斜出的'不肖'文學裏去尋"呢？既是"旁行斜出"，在當時便非主流。主流文學不能代表當世，而不為人熟知的佛典、帝王及其妃嬪的詩句卻成為典範？這一切的截然不同於傳統以來的文學史書寫與勉強的論證，均為胡適的白話文學史建構烙上話語霸權的色彩。對此，他亦曾坦白承認：

> 胡適當時承認文學革命還在討論的時期……故自取集名

① 胡適：《白話文學史》(北京：東方出版社，1996)，第3頁。

> 為《嘗試集》，這種態度太和平了。若照他這個態度做去，文學革命至少還須經過十年的討論與嘗試。但陳獨秀的勇氣恰好補救這個太持重的缺點。……當日若沒有陳獨秀"必不容反對者有討論之餘地"的精神，文學革命的運動決不能引起那樣大的注意。[①]

胡適的態度其實一點也不"和平"。至於陳獨秀"必不容反對者有討論之餘地"的言論，則更是"專橫"。胡、陳的這種態度，並非尋找代表時代的文學真相，明顯流露出為推翻"傳統"而產生的叛逆態度，正如宇文所安(Stephen Owen)所指出：

> 在中國文化的進程裏，"五四"學者和批評家們對傳統的判斷代表了一個新的正統傳統的產生，而這正統傳統的規模是前所未有的宏大。它和古典傳統的結束及其蓋棺論定緊密相關。古典傳統現在已經成為中國文化的"遺產"，不再是中國文化的媒介了。學校系統將要教授大的意義上的文學，而不是少數幾個經過選擇的高雅文學體裁。老師們會告訴學生什麼是好的、進步的，什麼是壞的、落後的。既然學生們將是"五四"的肖子——還有肖女，那麼在這場革命的基礎上，一個新的正統經典傳統就此誕生。[②]

① 胡適:《胡適文存》(臺北:亞東圖書公司,1953),第2集,第249－250頁。

② 宇文所安(Stephen Owen)著、田曉菲譯:《過去的終結:民國初年對文學史的重寫》,《他山的石頭記》(南京:江蘇人民出版社,2003),第318頁。

胡適的《白話文學史》及其白話文學史觀之所以能產生巨大的影響，[①]就是他建構了一個"旁行斜出"的白話文學史傳統。其實，胡適的這個由"革命"而建構起來的"新的經典傳統"當然與激烈的疑古思潮有緊密的關係，而這問題亦牽涉自五四以降的文學史書寫以及近百年以來的文學發展路向等等的大問題。

胡適強調的白話文學史與古典文學（正統文學）的不同之處就是它是源自民間，而民間的作用就是為正統文學提供"資源"，其典範乃以明、清小說為核心。在白話文學史的建構過程中，明、清以來的白話小說還是被胡適捧上了白話"正宗"的地位。此舉可謂前無古人，後無來者。正如王瑶在一篇文章中引用魯迅曾説過的話：

> 在中國，小説是向來不算文學的。[②]

> 小説家的侵入文壇，僅是開始"文學革命"運動，即一九一七年以來的事。[③]

王瑶則指出胡適與魯迅等人的扶立白話小説為正宗的目的在於提

---

① 儘管《白話文學史》存在種種争議性的問題，但是它不失為書寫文學史的一種典範，故此"大中學校的文學史課程中採此書為參考書或課本者，不計其數"；而胡適此書實際上也影響了後來的文學史書寫，如鄭振鐸的《俗文學史》、《插圖本文學史》與陸侃如、馮沅君的《中國詩史》都是在不同的層面上受了胡適的《白話文學史》的影響。參陳改玲：《胡適與文學史學科——評〈白話文學史〉》，《胡適研究》，2000 年第 4 期，第 175、182－184 頁。

② 王瑶：《"五四"時期對中國傳統文學的價值重估》，《中國現代文學史論集》（北京：北京大學出版社，1998），第 346 頁。

③ 王瑶：《"五四"時期對中國傳統文學的價值重估》，《中國現代文學史論集》（北京：北京大學出版社，1998），第 345 頁。

高白話文學、民間文學的地位，確立新的文學觀念。① 而更為重要的是，因為胡適的白話文學史觀念的提出，古代歌謠、《詩經》中的《國風》、《楚辭》中的《九歌》、樂府詩、六朝民歌，甚至後來的俗文學，或被重新發掘，或給以新的闡釋和評價，都成為當時文學研究的“熱點”。唐德剛則認為胡適和魯迅等人在抬高小說地位方面的努力，目的在於將小說與傳統的經學、史學平起平坐。②

胡適甚至將其對白話文學史觀作為一種嶄新的文學史的提出，以及將白話小說捧為白話文學的正宗稱之為文學史上的“哥白尼的天文革命”。③ 然而實際上，胡適在其《白話文學史》一書中所列出的具體民間文學作品可謂寥若晨星，而且那些作品亦難以令人信服，④亦反映不了五四的精神。為了進一步深化其白話文學史的影響力，胡適作了大量的小說考證，其小說考證乃從《水滸傳》開始。最初，他祇是為上海亞東圖書館用新式標點分段點讀出版的《水滸傳》寫序言，即《〈水滸傳〉考》。不料該書一出版即暢銷，兩年之間即發行了八版，共一萬一千餘冊。因此之故，亞東圖書館又在胡適的指導下陸續出版了一系列新式標點的傳統小說，包括《儒

---

① 王瑶：《“五四”時期對中國傳統文學的價值重估》，《中國現代文學史論集》（北京：北京大學出版社，1998），第 345 頁。

② 唐德剛：《胡適口述自傳》（上海：華東師範大學出版社，1993），第 230 頁。另可參孫遜、回達強：《五四新文化運動和中國古代小說專學的建立》，《文學評論》，2001 年第 3 期(5 月)，第 70－74 頁。

③ 胡適：《中國新文學大系建設理論集導言》，趙家璧主編：《中國新文學大系》（香港：香港文學研究社，1972），第 1 集，第 21 頁。

④ 在當時，嚴既澄便曾多番對胡適的白話文學史觀作出質疑，而其質疑亦促使胡適覺察其理論上的不周之處，從而一再修訂其白話文學史觀。相關論述，可參羅志田：《整理國故與文學史研究——跋胡適的一封信》，《中國社會歷史評論》，2002 年第 4 卷，第 465－472 頁。

林外史》、《紅樓夢》、《三國演義》、《西遊記》、《鏡花緣》、《水滸續集》、《老殘遊記》、《海上花》、《兒女英雄傳》、《三俠五義》、《官場現形記》、《宋人話本八種》、《醒世姻緣傳》、《今古奇觀》以及《十二樓》,再加上之前出版的《水滸傳》,一共出了十六種。其中前十四種均有胡適的考證、序言或引論。胡適大量的白話小説考證工作,其過程實際上就是一個白話文學作為新典範的經典化(canonization)過程,其貢獻值得充分肯定。

至於新文學作家的創作,如趙家璧在1935年所主編的《中國新文學大系》中所編收的文學作品,實際上仍然是士大夫的作品,仍未算是真正地走向民間。故而方有上述論者批評五四文學雖是亟須走向民間,而實際上卻是脱離了群衆的矛盾現象。

以下我們要討論的是顧頡剛所挖掘、整理的民間文學與由這些資源所體現的"民間"色彩,以及當中所體現的"民間"精神與疑古思潮所帶來的反傳統的關係。

四、文學史所忽略的"民間文學":民間故事與歌謡

要為顧頡剛所從事的相關工作的内涵作界定,就必須先討論鍾敬文關於"民俗學"與"民間文學"的定義。鍾氏這樣界定"民間文學"與"民俗學"的關係:

> 民間文學作品及民間文學理論,是民俗誌和民俗學的重要構成部分。前者(民間文學作品等)是後者(民俗學等)這個學術"國家"裏的一部分"公民",這在學術"國家"裏佔據著一

定的疆土。①

又說：

> 再從民俗學這種學問發展的歷史考察，可以發現民俗學的產生或進展，往往從民間文學方面開始，就是說，從民間歌謠、民間故事等的搜集、研究開始。②

依鍾敬文的定義，顧頡剛幾十年以來所從事的有關孟姜女故事與歌謠資料的搜集與演變，就是對民間文學的挖掘與整理。而他這兩項持續幾十年的關於民間文學的研究工作，都是朝著胡適等所號召的白話文學史的民間文學理念進發。胡適在為《中國新文學大系》的"建設理論集"導言中便曾經說過：

> 一個文學運動的歷史的估價，必須包括它的出產品的估價。單有理論的接受，一般影響的普遍，都不夠證實那個文學運動的成功。所以在今日新文學的各方面都還不曾有大數量的作品可以供史家的評量的時候，這部歷史是寫不成的。③

事實上，正是顧頡剛所搜集的民間故事與歌謠充實了白話文學史。沈兼士(1887－1947)在為《吳歌甲集》寫的《序》中亦說：

---

① 鍾敬文：《民俗學與民間文學》，《鍾敬文民間文學論集》(上海：上海文藝出版社，1982)，上冊，第187頁。

② 鍾敬文：《民俗學與民間文學》，《鍾敬文民間文學論集》(上海：上海文藝出版社，1982)，上冊，第187－188頁。

③ 胡適：《中國新文學大系建設理論集導言》，趙家璧主編：《中國新文學大系》(香港：香港文學研究社，1972)，第1集，第1頁。

"國語的文學"和"文學的國語",固然是我們大家熱心要提倡的,但這個決不能單靠著少數新文學家做幾首白話詩文可以奏凱,也不是國語統一會規定幾句標準語就算成功的。我以為最需要的參考材料,就是有歷史性和民族性而與文學和國語本身都有關係的歌謡。①

由此可見,他們清楚地認識到白話文學資源的挖掘的迫切性。然而,從關於"民間"文學的討論及至小説作為文學正宗的被確立,白話文學史的基礎就在不太激烈的論辯中匆促地被模模糊糊地確立了。真正的民間文學的發掘者是顧頡剛,可是他在白話文學史上的貢獻,稱譽者寥若晨星。顧頡剛的學生楊向奎這樣描述顧氏在民間文學上的成就:

頡剛先生的成就不僅表現在中國古史上,在經學的整理上,在民間文學的研究上都作過光輝的成就,這是大家有目共睹的。②

他的另一位學生王煦華亦指出:

五四運動以後,顧頡剛師所作的孟姜女故事研究,開創了我國民間文學研究的新道路,在這個領域中作出了劃時代的卓越貢獻,並取得了國際的聲譽。從此以後,我國民間文學出

① 沈兼士:《序(二)》,見顧頡剛等輯、王煦華整理:《吴歌·吴歌小史》(南京:江蘇古籍出版社,1999),第14頁。

② 楊向奎:《論"古史辨"》,陳其泰、張京華主編:《古史辨學説評價討論集》(北京:京華出版社,2001),第99頁。

現了新面貌。①

若没有顧頡剛對民間文學的發掘,胡適與沈兼士所擔憂的寫不成真正的白話文學史可能便會成為事實。

胡適曾説過新文學有兩條來路:

> 一、就是民間文學,如今大規模的蒐集民間歌謡故事等;幫助新文學的開拓,實非淺鮮。
>
> 二、除印度外,即為歐洲文學,我們的新文學,受歐洲影響極大,歐洲文學,最近兩三百年如詩歌、小説等皆來自民間……②

第二條來路的工作當然是留美的胡適等人所能做的,至於第一條來路關於中國本土的民間文學,則有賴顧頡剛數十年持之以恆的挖掘與整理。對於顧頡剛在發掘歌謡方面的成績,胡適便曾作出如下的高度評價:

> 近十年内,自從北京大學歌謡研究會發起收集歌謡以來,出版的歌謡至少在一萬首以上。在這一方面,常惠,白啟明,鍾敬文,顧頡剛,董作賓……諸先生的努力最不可磨没。這些歌謡的出現使我們知道真正平民文學是個什麼樣子。③

---

① 王煦華:《序》,顧頡剛編著:《孟姜女故事研究集》(上海:上海古籍出版社,1984),第4册,第1頁。

② 胡適:《中國文學的過去與來路》,《胡適學術文集·新文學運動》(北京:中華書局,1993),第187頁。

③ 胡適:《自序》,《白話文學史》(北京:東方出版社,1996),第5-6頁。

胡適指出歌謠的出現使他們知道真正的"平民文學"。然而非常遺憾的是,無論是顧頡剛,還是上述提及的常惠、白啟明、鍾敬文、董作賓(彥堂,1895－1963),他們的名字若不是早淹没於歷史的洪流之中,就是被當為歷史學家或民俗學家,彼等在民間文學上曾經作出的貢獻,則不曾被正確地承認過。其中貢獻最為卓著的顧頡剛,其名字亦一直不見於文學史上。以下將從顧氏整理孟姜女的故事、歌謠的編收與研究以及其對戲劇的關注,論述顧頡剛所搜集的民間文學的特色及其在建構白話文學史上的貢獻。

1. 孟姜女故事

發起大規模地搜集民間歌謠故事者就是顧頡剛,這項工作,他孜孜不倦地持續達數十年之久。顧頡剛常常將平時的消遣娛樂與其學術研究聯繫在一起,他最大的嗜好就是聽戲,除了從聽戲悟出"演變"之説而提出古史的"層累法"外,[①]聽戲亦是搜集民間故事的一個最佳途徑,其中他最念玆在玆的就是孟姜女故事。[②] 當他開始這項工作的時候,卻遇上了一些不為别人所理解甚至嘲笑的困難。在《孟姜女故事研究集》的《自序》中,他寫道:

> 前數年,我們在北京大學發表這類的文字,常聽到他人的責備,或者笑我們不去研究好好的學問而偏弄些不登大雅之堂的東西,或者嘆息我們的"可憐無益費精神"!現在我們發刊這類集子,少不得又惹起正統學者的鄙薄。……我們立志

① 顧頡剛等編著:《古史辨》(上海:上海古籍出版社,1982),第 1 册,第 22、214 頁。

② 顧頡剛:《魏含英説〈孟姜女〉》、《孟姜山志》,《顧頡剛讀書筆記》(臺北:聯經出版事業公司,1990),第 5 册(上),第 2937、2938 頁。

打倒這種學者的假史實,表彰民衆的真傳説……①

他在論及孟姜女的傳説時亦慨嘆地説:

……可惜一班學者祗注意於朝章國故而絶不注意於民間的傳説,以至於失去了許多好材料。但材料雖失去了許多,至於古今傳説的系統卻尚未泯滅,我們還可以在斷編殘簡之中把它的系統搜尋出來。②

他所謂不注意民間的傳説的學者,其實並不止於所謂的守舊派,即使胡適或新文學陣營中人,也有或不太熱衷,或不能持之以恆。顧氏從搜集歌謠開始,越走越深,真正地走向了民間的核心。他在《孟姜女故事的轉變》一文中説:

我為要搜集歌謠,並明瞭它的意義,自然地把範圍擴張得很大:方言、諺語、唱本、風俗、宗教各種材料都著手搜集起來。我對於民衆的東西,除了戲劇之外,向來没有注意過,總以為是極簡單的;竟愈弄愈覺得裏面有複雜的情狀,非經過長期的研究不易知道得清楚了。這種的搜集和研究,差不多全是開創的事業,無論哪條路都是新路,使我在寂寞獨征之中更激起拓地萬里的雄心。③

① 顧頡剛:《自序》,《孟姜女故事研究集》(上海:上海古籍出版社,1984),第4冊,第4頁。

② 顧頡剛:《自序》,《孟姜女故事研究集》(上海:上海古籍出版社,1984),第4冊,第4頁。

③ 轉引自王煦華:《前言》,見顧頡剛等輯、王煦華整理:《吴歌·吴歌小史》(南京:江蘇古籍出版社,1999),第12頁。

方言、諺語、唱本、風俗、宗教這些元素都是走向民間的文學理念的核心，對壯大白話文學傳統是不可或缺的。顧氏又説：

> ……像觀音、關帝、龍王、八仙、祝英臺、諸葛亮……等等大故事，若去收集起來，真不知有多少的新發見。即如尖酸刻薄的故事，自從《徐文長故事》一書出版以來大家纔想起，這類的故事是各處都有而人名各不同的。所以浙江的徐文長，四川便是楊狀元，南陽便是龐振坤，蘇州便是諸福保，東莞便是古人中，海豐便是黃漢宗……這類故事如果都有人去專門研究，分工合作，就可畫出許多圖表，勘定故事的流通區域，指出故事的演變法則，成就故事的大系統。①

上述大篇幅引録了顧氏關於其要整理、挖掘的民間文學的範疇，為的是更全面地展示他所注意的民間文學範圍相當廣泛，而這方向其實正是民間文學的寶貴而豐富的資源所在。

顧頡剛對於民間文學與文學史的關係是相當清楚的：

> 我久欲做一部《故事轉變録》，祇是得不到時間，不知何時纔可動筆。……如果有人先我為之，把幾百樁流行的故事一一考出它的來源與結果，那最是有功中國文學史的了。②

由此可見，他是相當有意識地進行這項為新文學陣營中人所忽略的建構白話文學史的實際工作。

---

① 顧頡剛:《自序》,《孟姜女故事研究集》(上海:上海古籍出版社,1984),第4冊,第5頁。

② 顧頡剛:《跋》,《孟姜女故事研究集》(上海:上海古籍出版社,1984),第4冊,第88頁。

民國十年(1921)冬，顧氏正研究與《詩經》相關的書籍，尤其是著手輯集鄭樵《詩辨妄》，連帶從鄭樵各著作中輯集詩論。他偶見鄭氏論《琴操》提及虞舜父、杞梁妻本"於經傳所言者不過數十言"，卻被稗官之流的唇舌"演成萬千言"。顧氏頓時對孟姜女故事產生興趣：

> 杞梁之妻即孟姜女，這是我一向知道的；但我卻没有想到"初未嘗有是事，而為稗官之流所演成"。經他一提示，纔知道裏邊原有一段很複雜的因緣。這是我對於她的故事注意的第一回。①

1923 年春天，顧氏又讀到姚際恆《詩經通論》在《鄭風》的《有女同車》篇一段有關"孟姜"的注釋，他"驚訝其歷年的久遠，引動了蒐輯這件故事的好奇心"。自此之後，他就立心收集與發掘有關孟姜女故事的資料。1924 年，顧氏所作的《孟姜女故事的轉變》登於《歌謠周刊》第 69 期；1926 年，顧氏又寫了《孟姜女故事研究》。然而，顧頡剛花了數十年之功，搜集了《孟姜女故事資料集》，幾近百萬字，卻在"文化大革命"時毀於一旦，因此未能完成《孟姜女故事考》，現僅留下《孟姜女故事資料集目録》的初稿，②殊為可惜，令人遺憾。

整體而言，顧頡剛在孟姜女研究上有開山之功，撰寫了很多徵集孟姜女故事的啟事與各文集的序言。而在研究方面則主要注重

---

① 顧頡剛：《孟姜女故事研究的第二次開頭》，《孟姜女故事研究集》(上海：上海古籍出版社，1984)，第 2 冊，第 3 頁。

② 有關顧頡剛孟姜女研究的崎嶇曲折的過程，可參見《孟姜女故事研究集》(上海：上海古籍出版社，1984)，第 2 冊，第 1－6 頁。

孟姜女故事的演變[①]、傳説與考證[②]、孟姜女故事與歌謡[③]以及相關資料與圖畫的整理。[④] 如此艱巨的工作得以完成,實有賴其由疑古精神而培養出來的深厚與嚴謹的治學態度。

2. 歌謡

周作人在為《吴歌戊集》寫的《序》中便曾説過:"民歌在一方面原是民族的文學的初基。"[⑤]這確是睿見。中國文學之源,《詩經》不亦來自民歌? 顧頡剛在歌謡方面的貢獻主要是集中於"吴歌"[⑥]的搜集。他曾編輯、出版了《吴歌甲集》以及撰寫了《吴歌小史》等等重要文章。歌謡之搜集,實始於魯迅與周作人之提倡,但

---

① 顧頡剛:《孟姜女故事的轉變》、《孟姜女故事研究》,《孟姜女故事研究集》(上海:上海古籍出版社,1984),第 1 册,第 1 – 23、24 – 73 頁。

② 顧頡剛:《杞梁妻哭崩的城》、《杞梁妻的哭崩梁山》、《唐代的孟姜女故事的傳説》,《孟姜女故事研究集》(上海:上海古籍出版社,1984),第 2 册,第 99 – 107、108 – 116 頁;第 4 册,第 275 – 284 頁。

③ 顧頡剛:《孟姜女十二月歌與放羊調》、《孟姜女故事的歌曲甲集弁言》,《孟姜女故事研究集》(上海:上海古籍出版社,1984),第 2 册,第 117 – 122 頁;第 4 册,第 285 頁。

④ 顧頡剛:《圖畫》、《孟姜女故事材料目録説明》,《孟姜女故事研究集》(上海:上海古籍出版社,1984),第 3 册,第 152 – 159 頁;第 4 册,第 288 – 297 頁。此外還可參考其有關孟姜女故事的筆記,見顧頡剛:《顧頡剛讀書筆記 · 篇目分類索引》(臺北:聯經出版事業公司,1990),第 1 册,第 335 – 336 頁。

⑤ 見周作人:《中國民歌的價值》,見顧頡剛等輯、王煦華整理:《吴歌 · 吴歌小史》(南京:江蘇古籍出版社,1999),第 399 頁。

⑥ 顧頡剛這樣為"吴歌"的地域作界定:"吴的區域包括很廣,差不多現在説江、浙的區域都是。……我們現在所説的三吴,大致有江以南,自浙以西,都包括在内;所謂吴歌,便是流轉於這一帶小兒口中的民間歌曲。"見顧頡剛:《吴歌小史》,顧頡剛等輯、王煦華整理:《吴歌 · 吴歌小史》(南京:江蘇古籍出版社,1999),第 603 頁。

因為當時風氣未開,成績不理想。及至劉復[①]與沈尹默(中,1883－1971)之鼓吹,復得北大校長蔡元培(鶴卿,1868－1940)之鼎力支持,由劉氏擬定《北京大學徵集全國近世歌謠簡章》,並成立《歌謠周刊》,徵集歌謠的工作於焉展開,並得到廣泛的響應。三個月内,共徵集了一千多首歌謠。此舉在當時的衛道之士看來,不啻於"離經叛道"[②]。

顧頡剛當時因妻子病故而休學在家,看到北大徵集歌謠的消息,故而亦從家中開始了吴歌的搜集。他認為歌謠這樣的民間文學在當時是一個新潮流:

> 那時的我,已經看了五年的戲,對於一切的民間文藝有了比較平等的眼光,自己想道:《小放牛》劇中,不是一個牧童跟一個女孩唱對山歌嗎?《孟姜女》劇中,不是過關時唱"十二月花名"嗎?為什麼要反對?所以也就很樂意地接受了這個新潮流。[③]

這個"新潮流"其實就是明代文人從公安派到馮夢龍(猶龍,1574－

① 其實,劉復亦是當時發起搜集歌謠的領導人物與實踐者,他曾在1919年8月編收《江陰船歌》,並曾模擬江陰民歌,創作了《揚鞭集》,其中有的新詩便是用江陰的方言創作的。參王煦華:《前言》,見顧頡剛等輯、王煦華整理:《吴歌·吴歌小史》(南京:江蘇古籍出版社,1999),第5頁。

② 王煦華:《前言》,見顧頡剛等輯、王煦華整理:《吴歌·吴歌小史》(南京:江蘇古籍出版社,1999),第4頁。周作人亦指出紹興"秧歌"的扮演曾列入禁令,而江、浙通行的印本"山歌"亦遭排斥。見周作人:《中國民歌的價值》,見顧頡剛等輯、王煦華整理:《吴歌·吴歌小史》(南京:江蘇古籍出版社,1999),第400頁。

③ 顧頡剛:《我和歌謠》,《民間文學》,1962年第6期。此處乃轉引自王煦華:《前言》,見顧頡剛等輯、王照華整理:《吴歌·吴歌小史》(南京:江蘇古籍出版社,1999),第5頁。

1646年)等人對"民間"追求的一個延續,亦是千多年以來的疑古思潮的叛逆精神在五四的徹底呈現。前人的疑古精神與對民間文學的倡導,導引顧頡剛為白話文學史的建構作出了最具體而又最堅實的奠基性貢獻。

關於顧頡剛在編收吴歌、各集的不同編輯者及其過程,可從其學生王煦華的記載中得悉:

> 《吴歌甲集》出版後,顧先生原想繼續出下去……可是,顧先生以後没有閒暇去編《乙集》,正好他的友人王翼之搜集蘇州歌謡百餘首,編為《吴歌乙集》,他見到後甚為歡喜,就將它先在《民間文藝》上陸續發表,並推薦給民俗學會,列入《民俗學會叢書》,由中山大學語言歷史研究所於一九二八年六月出版。王翼之的《乙集》在《民間文藝》發表後,顧先生又想把七八年前搜集之稿未付印的,寫清後,在《民間文藝》上登載,題為《吴歌丙集》(據《吴歌丙集·前記》),可是,除了在《民間文藝》第十一、十二期合刊(一九二七年一月出版)上登載過六首外,以後就没有繼續下去,可見他的《丙集》没有編成。而一九二一年王君綱已編成了《吴歌丙集》,刊載於《禮俗》第八、九期(一九三一年出版)……①

王氏的敘述,清晰地記録了顧氏在編收、出版民謡上的經過和工作,更突顯其持之以恆的治學,對民間文學傾注的心血,以及對白話文學的開拓,尤其是他在民間文學方面的努力。

顧氏在《吴歌甲集》中將吴歌分為五類:一、兒歌;二、鄉村婦女

---

① 王煦華:《前言》,見顧頡剛等輯、王煦華整理:《吴歌·吴歌小史》(南京:江蘇古籍出版社,1999),第10頁。

的歌；三、閨閣婦女的歌；四、農工、流氓的歌；五、雜歌。對此書搜集的內容，胡適有如下的具體評價：

> 我讀第二卷的感想是嫌他收集的閨閣婦女的歌——彈詞式的長歌——太多，而第二和第四類真正民歌太少。這也難怪，頡剛生長在蘇州城裏，那幾位幫他搜集的朋友也都是城裏人，他們都不大接近鄉村的婦女和農、工、流氓，所以這一集裏就不免有偏重閨閣歌詞的缺點。這些閨閣歌詞雖然也很能代表一部分人的心理習慣，卻因為沿襲的部分太多，創造的部分太少，剪裁不嚴，言語不新鮮，他們的文學價值是不很高的。①

因為胡適的批評，後來幾集的《吴歌》便逐漸偏向採集農、工、流氓方面的歌謡，以豐富這方面的資源。

顧頡剛在歌謡的搜集與研究上的工作和成就得到當時很多人的稱譽，沈兼士便這樣評價顧氏搜集吴歌在文學上的意義：

> 頡剛搜集的吴歌，雖不能説盡是有精彩的技巧和思想，但是那種旖旎温柔情文兼至的風調，總不能不推它為南方歌謡中的巨擘。這一點就足以值得研究文學和國語的人的注意。②

王煦華更指出顧氏對吴歌的研究屬開創性的系統研究，影響深遠：

> 吴歌的歷史，前人從未作過系統的研究，顧先生的《吴歌

---

① 胡適：《序（一）》，見顧頡剛等輯、王煦華整理：《吴歌·吴歌小史》（南京：江蘇古籍出版社，1999），第13頁。

② 沈兼士：《序（二）》，見顧頡剛等輯、王煦華整理：《吴歌·吴歌小史》（南京：江蘇古籍出版社，1999），第15頁。

> 小史》從戰國的吴歈越吟，一直敘述到現代鋪陳景致的民歌，源源本本，實是吴歌史的開創之作。①

其中一位歌謠搜集者甚至希望"吴歌成為勢力最大的民間文學和方言文學"②。

上面提及北大發起徵集歌謠後惹來衛道之士的攻擊。那麼顧氏所收編、發現、刊行的歌謠又是如何離經叛道的呢？從所謂的離經叛道而言，"吴歌"中大致有兩類：一、情慾；二、滑稽。這些都是傳統學者忽視或否定的民間作品，認為俗套、下流，不能亦不應登大雅之堂，然而顧氏卻認為這些歌謠接近社會實況，接近民間生活面貌，不容忽視。在情慾的歌謠中，《吴歌甲集》收有《結識私情東海東》(第75頁)、《結識私情恩對恩》(第75頁)、《結識私情隔條濱》(第76頁)，《吴歌乙集》中有《姐妮生來白奶白胸膛》(第292頁)、《姐妮生來白愛愛》(第292頁)、《姐妮生來骨頭輕》(第292頁)、《約郎約到月上時》(第296頁)。以下數首富有代表性的歌謠可以驗證其"離經叛道"之所在：

楊柳那得青青

楊柳那得青青，
青青那得早起，
失落了個女美珍。
在家的公子失了奴的貞，

① 王煦華：《前言》，見顧頡剛等輯、王煦華整理：《吴歌・吴歌小史》(南京：江蘇古籍出版社，1999)，第13頁。

② 《〈吴歌乙集〉代序》，見顧頡剛等輯、王煦華整理：《吴歌・吴歌小史》(南京：江蘇古籍出版社，1999)，第252頁。

害了奴的貞。
十三歲,要偷情;
偷到如今,終弗能稱心;
剛剛稱心,終弗能稱心;
剛剛稱心,夫家知道,一定要退婚;
叫肩小轎,抬進庵門;
先拜彌陀,慢拜尼僧。
削落兩根頭髮,做個尼僧。
"月亮裏點燈,掛搶名!"
從今以後,終弗偷情。(《吴歌甲集》,第 101 頁)

結識私情隔條濱

結識私情隔條濱,
繞濱走過二三更。
"走到唔篤場上狗要叫;
走到唔篤窩裏雞要啼;
走到唔篤房裏三歲孩童覺轉來。"
"倷來末哉!
我麻骨門閂笤帚撐,
輕輕到我房裏來!
三歲孩童娘做主,
兩隻奶奶塞子嘴,
輕輕到我裏床來!"(《吴歌甲集》,第 76 頁)

顧氏就是用這首歌謠來説明《詩經》中的《野有死麕》是首吉士誘懷春少女。其中的關鍵就是以下三句:

舒而脱脱兮,
無感我帨兮,
無使尨也吠!

很明顯,從歌謠《結識私情隔條濱》的露骨描寫可以突顯《野有死麕》所要表達的意思,不是經學家所説的貞女抗暴,而是懷春少女吩咐情郎動作要輕點,以免私情為人發現的狀況。

滑稽的歌謠,旨在呈現民間文學中常見的童心、童趣:

康鈴康鈴馬來哉

康鈴康鈴馬來哉,隔壁大姐轉來哉!
啥個小菜?茭白炒蝦。
——田雞踏殺老鴉。
老鴉告狀,告撥文王。
文王賣布,賣著姐夫。
姐夫關門,關著蒼蠅。
蒼蠅扒灰,扒著烏龜。
烏龜撒尿,撒得滿地!(《吴歌甲集》,第43頁)

螢火蟲

……千金小姐嫁秀才。
秀才秀,修隻狗。
狗會咬人,嫁個道人。
道人會念經,胡里胡里念經。(《吴歌甲集》,第47頁)

這些兒歌中,充滿了童稚,亦蘊含著蔑視禮教的民間活力。歌謠所體現的大膽與活潑,均非衛道之士所能想像,亦非五四時期的文學家所能比擬,但顧氏卻獨排議,努力在這方面下功夫,收集並整理出版這些資料,並不曾因當時守舊派的批評而放棄。這不僅顯示了他對白話文學史應包括的資源以及應走的方向有獨特的見解,而且他更堅定不移地在民間故事及歌謠方面著手,整理出一個頭緒,留下一個研究的典範,以供後人參考,實在貢獻良多。

除了"吴歌"的搜集、刊行、研究之外,顧氏及其友人又發現了古代的民歌。原來,早在明末便已有歌謠的收編、刊刻。1934 年抱經堂主人朱遂翔告訴顧氏,他的弟弟朱瑞軒在徽州發現了馮夢龍收編的《山歌》,有萬曆的刻本。[①] 馮氏又收編有《掛枝兒》一書,1929 年(民國十八年)上海華通書局出版的《掛枝兒》乃浮白主人的選本,衹存四十一首,遠不及《山歌》豐富。[②] 而在清初,又有吴淇(1615 – 1675)收編的《粵風續九》,此書後來為清末的李調元(羹堂,1734 – 1802)收編在其《函海》,名為《粵風》。[③]

《山歌》中的山歌連附載五首共有三百四十五首。此書所收録的全是情歌,而範圍之廣、形式之多、内容之複雜,顧氏自言"皆非《吴歌》甲、乙集或其他歌謠輯本所能及"[④]。在《山歌》的篇幅方面,最短的衹有七言四句,而"雜詠長歌"中的《燒香娘娘》(卷九)竟長達一千六百四十多字。如此長篇巨著,顧氏指出唯有東莞民

---

① 顧頡剛:《〈山歌〉序》,見顧頡剛等輯、王煦華整理:《吴歌・吴歌小史》(南京:江蘇古籍出版社,1999),第 707 頁。

② 顧頡剛:《〈山歌〉序》,見顧頡剛等輯、王煦華整理:《吴歌・吴歌小史》(南京:江蘇古籍出版社,1999),第 708 頁。

③ 顧頡剛:《〈山歌〉序》,見顧頡剛等輯、王煦華整理:《吴歌・吴歌小史》(南京:江蘇古籍出版社,1999),第 707 頁。

④ 顧頡剛:《〈山歌〉序》,見顧頡剛等輯、王煦華整理:《吴歌・吴歌小史》(南京:江蘇古籍出版社,1999),第 710 頁。

歌《撒帳歌》差可比擬。[①]

更為震撼的是《山歌》所收錄的作品全是"私情歌"(即偷情歌)。其中三分之一還直接、間接、或隱、或顯地涉及性事。顧氏曾打趣地警告讀者中若有衛道之士:"則最好請趁早掩卷合十,收視返聽……"[②]他認為重新刊行並關注《山歌》乃出於學術立場,藉此以知道明季的社會情形是何等的黑暗凌亂,又可見當時禮教束縛之嚴,一般民衆没有絲毫戀愛的自由,婚姻多不滿意,唯有另求滿足。他的結論是這些山歌反映了:"有勇氣的就實行反抗,毅然的為自己打出一條血路。"[③]這樣的思想,不正是五四時期提倡的反抗封建、爭取婚姻自主的回應嗎?而更為珍貴的是,《山歌》、《吴歌》等歌謠選本的出現,足證古代中國民間生活的活力,這種活力正是當時黑暗中國的希望,同時亦説服了許多猶豫中的青年男女,説明反抗封建與爭取婚姻自主並不是空穴來風的革命,亦非文學創作的虛構,而是源於個人本能的需要和期盼,歷代均是如此。正視其中的義涵並推動國民對婚姻與性觀念的改變,正是五四精神的體現。

值得注意的是胡適曾説過希望《吴歌乙集》的出版是一部純粹吴歌的平民文學的專集。若是這樣的話,他認為"這部書的出世真可説是給中國文學史開一新紀元了"[④]。胡適在此使用了"平民文學"的字眼,並預示《吴歌乙集》的出版將為"中國文學史開一新紀

① 顧頡剛:《〈山歌〉序》,見顧頡剛等輯、王煦華整理:《吴歌·吴歌小史》(南京:江蘇古籍出版社,1999),第710頁。

② 顧頡剛:《〈山歌〉序》,見顧頡剛等輯、王煦華整理:《吴歌·吴歌小史》(南京:江蘇古籍出版社,1999),第712頁。

③ 顧頡剛:《〈山歌〉序》,見顧頡剛等輯、王煦華整理:《吴歌·吴歌小史》(南京:江蘇古籍出版社,1999),第712頁。

④ 胡適:《序一》,見顧頡剛等輯、王煦華整理:《吴歌·吴歌小史》(南京:江蘇古籍出版社,1999),第12–13頁。

元"。這都是當時新文學陣營中人走向民間的理想,而民歌作為"平民文學"與白話文學史的一個重要組成部分都是宣之於口、見諸文字的事實,卻一直以來為文學史所忽略而得不到應有的地位。這或許是因為白話文學在五四以來未能真正地走向民間的原因。

五、總結

"走向民間"是白話文學史的建構中的一個關鍵,新文學陣營中人雖沒有深入地為"民間文學"作界定,然而卻都將反傳統的精神寄託於斯。故此可說,"走向民間"是五四知識分子有意識地與傳統決裂的革命精神的追求,同時亦是疑古思潮在五四叛逆傳統文學史中書寫的一個具體而精彩的呈現。

從以上論述,我們可以作出如下的結論:一、胡適心目中的"民間文學"是經過文人提煉的雅化的民間文學,而顧頡剛則直接收録民間流傳的故事與民歌,是原始、活潑、狂放的民間。二、顧頡剛在民間文學的資料搜集與研究方面持久而卓有成就,默默地為轟轟烈烈而又不無失之匆促的新文學理想作了實際內容的充實。三、無論是《詩經》與歌謠的關係的研究,還是孟姜女故事演變、吴歌的搜集,顧頡剛的工作均是從疑古思潮出發,立足於反傳統、反封建,真真正正地走向民間,貼近孟姜女的多情與執著,展現活潑與叛逆的"民間文學"是"旁行斜出"的疑古精神。四、胡適"走向民間"的理念結合顧頡剛的對民間文學的挖掘與整理,兩人在白話文學史上的建構恰有互補的作用,①這亦就是胡適與顧頡剛兩人分別在白話文學史上的角色與位置。

---

① 季維龍亦認為:"胡適和顧頡剛在收集、整理和研究民間歌謠方面,就整體而言,雖没有統一的步調,但在客觀上收到相互呼應的效果。"見季維龍:《胡適與顧頡剛的師生關係和學術情誼》,《胡適研究》,2000 年第 4 期,第 246 頁。

第五章

傳統的再發明與白話文學史的建構

一、"被發明的傳統"與民族主義

現在一般對五四運動的基本評價就是:一場激烈反傳統的運動,甚至"全盤的反傳統"。[①] 由此可見,"傳統"在五四運動中是一個非常重要的議題,在白話文學史的建構過程中亦然。當時絕大多數的知識分子都相信"傳統"是導致民族衰落的最主要原因之一,亦是阻礙國家進步的一大負累,故而疑古與反傳統之聲此起彼落,形式各異,從康有為的託古改制以至於胡適與顧頡剛等建構的白話文學史,其實都是疑古思潮底下的不同表現而已。疑古思潮之出現,其實亦就是源自漢、宋以來的對傳統"經典"的質疑,這股疑古思潮始於涓滴之水,隨著中國歷代的民族危機而逐漸壯大,及

① Lin Yusheng, *The Crisis of Chinese Consciousness*: *Radical Antitraditionalism in the May Fourth Era*, pp. 85, 89, 91 – 92.

至清末民初,在民族的生死存亡之秋,終於匯聚成洶湧的激流,其衝擊無所不在,其力量亙古未見。

傳統既然無所不在,除了反對或批判其糟粕之外,胡、顧以及其他的新文學陣營中人,又是如何直面傳統的精髓呢?從胡、顧在《古史辨》中對作為傳統中的重要構成部分的《詩經》的重構過程中,我們可以看到,屬於"過去"的"傳統"卻變為他們當時面對時代危機的"資源"。傳統是可以"挪移"的。而他們之所以引發了那麼多的守舊或擁護傳統者的攻擊的原因,亦不外是大家的立場不一樣:前者認為傳統可變,而後者則認為傳統不可變。甚至是昨天說可以變,而今天又反過來攻擊主變者。康有為的從託古改制而轉為被胡、顧等人視為守舊者,就是最佳例子。

傳統從何而來?傳統就是從"被發明"而來的。從三王、五帝到周公、孔子的制禮作樂,規劃人倫綱常,都是"發明"。然而,每個不同時代都在不斷地對這些傳統有所更改,唯有其核心價值的持續性較為穩定。霍布鮑姆(Eric Hobsbawm)所說的"傳統的發明"一般均發生於社會的轉型時代,①是帶有強烈目的性的。胡、顧等人的反傳統,實為"傳統的再發明",為的就是再造傳統以符合時代的需求,而民族主義(nationalism)乃其中一種主要驅動力。② 葛爾納(Ernest Gellner)說過民族主義時而利用文化傳統作為凝聚民族的手段,時而因應成立新民族的需要而將文化傳統加以革新,甚至造成傳統文化的失調,這是不可否認的歷史事實。③ 李文森(Joseph

① 見E. 霍布斯鮑姆(Eric Hobsbawm)等著,顧杭、龐冠群譯:《傳統的發明》(南京:譯林出版社,2004),第5頁。

② 見E. 霍布斯鮑姆(Eric Hobsbawm)等著,顧杭、龐冠群譯:《傳統的發明》(南京:譯林出版社,2004),第13-14頁。

③ Ernest Gellner, *Nations and Nationalism* (Ithaca: Cornell University Press, 1983), pp.44-49.

R. Levenson)指出民族主義深深地植根於文化傳統,例如對共同的過去或經典的認同等;而發明傳統並不是目的本身,其目的是走向民族主義。[①] 因此我們也可以說,"傳統的再發明"的目的就是為了要凝聚對民族共同體的鞏固與合理化。胡適與顧頡剛所建構的白話文學史其實就是"文化重構"(cultural reconstruction)。要對白話文學史的建構與傳統的關係作進一步的思考,就需要從白話文與文言文的衝突以及關於"國故整理"的論争說起,從而深入論述胡適與顧頡剛是如何在"傳統的再發明"下建構白話文學史,以及此中所蘊含的民族主義。

二、白話文學與傳統文化之崩潰

白話文學運動招來舊派文人的強烈攻擊,除了林紓(群玉,1852-1924)等守舊文人學者的零星攻擊之外,錢基博甚至認為白話文學造成傳統崩潰,文化破產。錢氏所著的《現代中國文學史》一書便是為了捍衛傳統中國文化而對新文學革命作出具體而深入的抗衡論述。

錢基博《現代中國文學史》的初版(1933)與增訂版(1936),對新文學革命特别是關於胡適,前後有截然不同的評價,基本上乃從肯定而轉為攻擊。具體原因相當複雜,在此不贅。[②] 現在我們依據其《現代中國文學史》增訂版,看他如何論述白話文之不足及對新文化陣營作出的攻擊。此書最惹人注目的是錢氏對胡適《嘗試集》所作的挖苦

---

① Joseph R. Levenson, *The Past and Future of Nationalism in China* (Berkeley: Center for Chinese Studies, 1968), p. 92.

② 有關此書的版本研究,可參陳岸峰:《發憤以抒情:論錢基博的〈現代中國文學史〉》,《漢學研究》(Chinese Studies),2004年第1期(6月),第333-334頁。

與批評。[①] 錢基博於《嘗試集》中"録一二篇以見一斑",並非隨意引録,而是引録胡適的《病中得冬秀書》與《新婚》這兩首"由有韻而無韻"、"長短隨意"的作品,以便其嘲弄與揶揄,以證以白話寫詩難以成功。至於胡適的《嘗試集》中有否值得肯定的作品,則隻字不提。錢氏又借章士釗(行嚴,1881-1973)之言攻擊新文學運動,其出發點其實也就是林紓的"古文不當廢"的觀點。錢氏具體地論證了古文之簡潔,白話之繁蕪,進而引申至文言文與白話文在創作思維上的優劣。至於白話文學作品,在章氏以至於錢氏眼中,不外"淫情濫緒"[②]而已。更重要的是他指出,以白話文創作乃導致"文化瀕於破產,中國人且失其所以為中國人而不自知"[③],而造成此厄運的罪魁禍首者,便是康有為、梁啟超(卓如,1873-1929)等疑古派的狂言惑世、敗壞國運,導致傳統崩潰,文化破產。

其實,求變的意識,非始於康、梁,而白話文的提倡,胡適亦非始作俑者,這種急於求變以拯救家國的強烈民族主義,這種亟希望以白話文代替文言文的呼聲,在清末民初是很普遍的。[④]

---

① 錢基博:《現代中國文學史》(長沙:岳麓書社,1986),第485-486頁。

② 錢基博:《現代中國文學史》(長沙:岳麓書社,1986),第474頁。

③ 錢基博:《現代中國文學史》(長沙:岳麓書社,1986),第475-476頁。

④ 有關胡適對傳統的批判的論述極多,在此祇略舉一二。例如周策縱:《胡適對中國文化的批判與貢獻》,見周策縱等:《胡適與近代中國》(臺北:時報文化出版企業有限公司,1991),第319-324頁;羅志田:《新舊文明過渡之使命:胡適反傳統思想的民族主義關懷》,《傳統文化與現代化》,1995年第6期,第72-79頁;Chou Min-chih, *Hu Shih and Intellectual Choice in Modern China*(Ann Arbor: U of Michigan P, 1984), pp. 166-187. 至於有關梁啟超的啟蒙思想及其鼓吹革命的動機,可參閱張朋園:《梁啟超與清季革命》(臺北:"中央研究院"近代史研究所,1999),第59-86頁。有關梁啟超個人的政治與對待傳統的態度以及其新民說的論述,可參閱Chang Hao, *Liang Chi-chao and Intellectual Transition in China*, 1890-1907 (Cambridge: Harvard UP, 1971), pp. 220-237,272-295.

三、作為啟蒙工具的白話文

白話文學史之作為一種傳統的再發明,其作為啟蒙工具的目的性非常明顯。一篇發表於 1901 年題為《論白話為維新之本》的文章,精簡地道出文言文之過:

> 有文字有智民,而中國獨為有文字而無智民。何也?文言文之過也。①

1907 年一位署名"民"的作者於《新世紀》第 24 期上發表一篇題為《"好古"》的文章,直接將革命與文言對立起來,因為革命的第一步就在於破除"好古之成見"②。文、白之爭,最終的矛頭還是指向傳統。積極響應白話文運動的錢玄同(中季,1887 – 1939)這樣藉文字而攻擊傳統,特別是作為傳統的中心的孔學:

> ……中國文字,自來即專拘於發揮孔門學説,及道教妖言故……此種文字,斷斷不能適用於二十世紀之新時代。……欲使中國不亡,欲使中國民族為二十世紀文明之民族,必以廢孔學,滅道教為根本之解決,而廢記載孔門學説及道教妖言之漢文,尤為根本解決之根本解決。③

① 《辛亥革命前十年間時論選集》(北京:三聯書店,1979),第 1 卷,上冊。轉引自馬欽忠:《白話文運動的文化針對性與崇古情結》,《二十一世紀》,1997 年總第 44 期(12 月),第 66 頁。

② 轉引自馬欽忠:《白話文運動的文化針對性與崇古情結》,《二十一世紀》,1997 年總第 44 期(12 月),第 66 頁。

③ 錢玄同:《中國今後之文字問題》,趙家璧主編:《中國新文學大系》(香港:香港文學研究社,1972),第 1 冊,第 170 – 172 頁。

錢氏所謂的"漢文"即文言文,在此他將語言、孔學、道教並列為腐朽的傳統,而這一切在其眼中均是可能導致中國滅亡的因素。其種種激烈言論,其實均為強烈民族主義的極端體現。白話文學建構過程中的另一重要人物傅斯年(孟真,1896 – 1950)則説中國文字的缺點"就是野蠻根性太深了"①。野蠻的時代,野蠻的文字,亟需的就是傅氏他們這種身處"現代"的新派學者的改造,以配合現代社會的需求。將"過去"轉化為"現在"的關鍵元素就是新文學陣營中人所起的作用。錢、傅兩人以上的言論則不無偏激之處,故而有論者認為:

> ……世紀初的那些早期文化革命者,把文言文的罪責提到無以復加的程度未免顯得幼稚,有些主張(如廢除漢字)也表現了很大程度的烏托邦性質。②

亦有學者指出當時的文、白之争根本不存在,就語音、語構及語意三個層次而言,文言與白話没有本質上的差異,即使有區别也僅在語用層次,故而指出文、白之争乃"語言的二元論神話"③。這些都是學理上的論辯。然而,在革命的年代,矯枉往往必須過正,不然難以産生激盪人心的效果。與其説他們反中國文字、反傳統,不如直接地説他們最終的目的都是為了"傳統的再發明",以實現他們

① 傅斯年:《漢語改用拼音文字的初步談》,趙家璧主編:《中國新文學大系》(香港:香港文學研究社,1972),第 1 冊,第 177 頁。

② 轉引自馬欽忠:《白話文運動的文化針對性與崇古情結》,《二十一世紀》,1997 年總第 44 期(12 月),第 73 頁。

③ 張漢良:《白話文與白話文學》,《比較文學理論與實踐》(臺北:東大圖書股份有限公司,1986),第 121 頁;另可參龔鵬程:《傳統與反傳統——以章太炎為綫索論晚清到五四的文化變遷》,中國古典文學研究會主編:《五四文學與文化變遷》(臺北:學生書局,1990),第 23 頁。

心目中的“烏托邦”。

在“傳統的再發明”的過程中,最為矚目的,非胡適的將白話文與白話文學從傳統的邊緣位置而推至中心莫屬。胡適有以下論述提及“白話”與“文言”的關係:

> 中國這二千年何以没有真價值真有生命的文言的文學?……這都是因為這二千年的文人所做的文學都是死的,都是用已經死了的語言文字做的。……自從三百篇到於今,中國的文學凡是有一些價值有一些兒生命的,都是白話的,或是近於白話的。其餘的都是没有生氣的古董,都是博物院中的陳列品。①

他雖説過去的文言文學是死的,但並没有説傳統是死的,故此他便再發明了一個新的傳統——白話文的傳統。在1921年9月21日的讀書筆記中,顧頡剛將胡適比喻為唐代力斥駢文的韓愈之外,又指出若没有胡適對白話文的鼓吹,文言文的壽命肯定還要維持一段頗長的時間。更為重要的是,胡適有具體的實踐作為追隨者的典範,故能一鼓作氣而成功。②

雖則如此,胡適還是承認白話文的傳統畢竟是“旁行斜出”③,發展資源有待後天的補充,故而胡適在為顧頡剛所編的《吴歌甲集》寫的《序》中指出,“國語”的成熟還得靠吸收“方言的文學”。④

---

① 胡適:《建設的文學革命論》,《胡適文存》(臺北:亞東圖書公司,1953),第1集,第57頁。

② 顧頡剛:《文言改為白話》,《顧頡剛讀書筆記》(臺北:聯經出版事業公司,1990),第1冊,第257－258頁。

③ 胡適:《白話文學史》(北京:東方出版社,1996),第3頁。

④ 胡適:《〈吴歌甲集〉序》,《胡適文存》(臺北:亞東圖書公司,1953),第3集,第659－660頁。

他亦坦白地指出他所發明的白話文乃邊緣的"方言",並非原來作為中心的"國語",但"中心"已腐朽,而"邊緣"正是活力所在。由此,一個"被發明"的白話傳統便這樣取替了原有以文言文為中心的傳統。白話文代表文明與進步,文言文則是腐朽與落後,前者迅速取締後者,成為建構白話文學史的過程至關重要的一環。

在胡適等人眼中,白話文的推行、白話文學的創作及白話文學史的建構,其實正是傳統的再發明建構與嶄新的中華民族的誕生。因此,古代白話文學的歷史成了導向現代文學史敘事的一部分。[①]白話文學之從邊緣走進中心的意義,在於將傳統以來屬於一小撮人的文人集團所享有的知識權力下放到普羅大衆。知識分子以通俗、易懂的白話文以進行他們的"啟蒙運動"。民族主義在此扮演了歷來為研究者所忽略的重要位置,紀爾茲(Clifford Geertz)説過:

> 民族主義不僅僅是社會變遷的附產物,而是其實質內容;民族主義不是社會變遷的反映、原因、表達,甚而其動力,它就是社會變遷本身。[②]

這句話對於五四時期的中國而言,是最為貼切不過的了。杜威便認為五四運動的意義相當於"民族/國家的誕生"[③]。余英時亦曾指

① 宇文所安(Stephen Owen)著、田曉菲譯:《他山的石頭記》(南京:江蘇人民出版社,2003),第310頁。

② Clifford Geertz, "After the Revolution: The Fate of Nationalism in the New States", *The Interpretation of Culture* : *Selected Essays*(New York : Basic Books, 1973), pp. 251 -252.

③ "John Dewey from Peking", June 1, 1919, in John Dewey and Alice Chipman Dewey, Evelyn Dewey ed. , *Letters from China and Japan* (New York: E. P. Dutton , 1920), p. 209.

出民族主義是百年來中國一個最大的動力。[1] 對於民族主義,胡適是如此理解的:

> 民族主義有三方面:最淺的是排外;其次是擁護本國固有的文化;最高又最難的是努力建設一個民族的國家。因為最後一步是最難的,所以一切民族主義運動往往最容易先走上前面的兩步。[2]

義和團的排外是淺的民族主義,然卻曾招來當時國人最熱烈的讚美,當然這亦是中國人在飽受列強淩辱後的自然反應。至於第二點的擁護本國固有的文化與第三點的建設一個民族的國家,便是錢基博、林紓等傳統文人學者與胡適、顧頡剛等現代學者的分野所在。其實,無論是胡適,還是顧頡剛,均為愛國者,彼等之反傳統是出於民族主義的關懷,建構白話文學史亦是來自對民族發展的關懷,[3]而非錢基博在《現代中國文學史》增訂版中所指斥的"鶩外"、攻擊傳統而導致文化破產。[4]

胡適與顧頡剛以及當時絕大多數的知識分子所面對的就是同樣

---

① 余英時:《中國近代思想史中的激進與保守》,《歷史月刊》,1990 年第 28 期(6 月),第 144 頁。

② 胡適:《個人自由與社會進步》,《獨立評論》,1935 年第 150 期。轉引自羅志田:《序論》,《民族主義與近代中國》(臺北:東大圖書股份有限公司,1998),第 17 頁。

③ 羅志田:《序論》,《民族主義與近代中國》(臺北:東大圖書股份有限公司,1998),第 17 頁。胡適雖曾對友人說過整理國故與"發揚民族精神"無關[見胡適:《胡適致胡樸安》,《胡適來往書信選》(香港:中華書局,1983),上冊,第 499 頁],事實並非如此,相關論述可參胡明:《胡適"整理國故"的現代評價》,《傳統文化與現代化》,1995 年第 2 期,第 84 - 85 頁。

④ 錢基博:《現代中國文學史》(長沙:岳麓書社,1986),第 8 - 9 頁。

一個國族危機,那就是注意到在外強的衝擊底下所呈現的衰頹的"現在",而他們亦同樣地站在批判傳統——"過去"的陣營。在這種批判"過去"、傳統以洗滌失敗的"現在",為的就是諦造一個輝煌未來。

四、白話文學史的再造文明

一直以來,學術界對五四運動持有迥然不同的判價,莫衷一是。因為在這一場運動中,既有新文學革命,亦有新文化運動在其中,而且這種定義之難於一錘定音,因為還有複雜政治的因素混在其中。[①] 大致而言,對五四的界定,既有狹義的追源至1919年的學生示威運動,亦有廣義的指向胡適與新潮社的"中國文藝復興"工作;[②]或稱之為"啟蒙與救亡的雙重變奏"[③]。至於稱之為"啟蒙運動"者,[④]則更為廣泛。其中,費正清(John K. Fairbank, 1907－1991)與余英時均認為胡適在思想上提倡的"科學方法"與鼓吹民

---

① 如可參見余英時:《文藝復興乎? 啟蒙運動乎? ——一個史學家對五四運動的反思》,《五四新論——既非文藝復興,亦非啟蒙運動》(臺北:聯經出版事業公司,1999),第6頁。

② 相關的論述可參唐德剛:《胡適與"中國文藝復興運動"》,《胡適研究叢刊》,1995年第1輯(5月),第16－24頁;高大鵬:《傳遞白話的聖火——少年胡適與中國文藝復興運動》(板橋:駱駝出版社,1996)。

③ 李澤厚:《啟蒙與救亡的雙重變奏》,《中國思想史論》(合肥:安徽文藝出版社,1999),下冊,第823－866頁。

④ 錢理群等便指出新文學革命"表現出濃厚的思想啟蒙的功利色彩"。見錢理群、温儒敏、吴福輝:《中國現代文學三十年(修訂本)》(北京:北京大學出版社,1998),第7頁。另可參 Vera Schwarcz, *The Chinese Englishtenment: Intellectuals and the Legacy of the May Fourth Movement of* 1919 (Berkeley: University of California Press, 1986); 胡成:《啟蒙:胡適的憂慮和他的困境》,劉青峰編:《胡適與現代中國文化轉型》(香港:香港中文大學出版社,1994),第353－368頁。

主自由具有“啟蒙”作用，費正清甚至將胡適視作“現代的伏爾泰”；[①]《劍橋中國史》中亦認為顧頡剛所從事的民間文學研究乃屬於“啟蒙”的工作；[②]鍾敬文（1903 – 2002）則稱由顧頡剛發起的孟姜女研究為“啟蒙的民俗運動”[③]。

但余英時指出，五四既非胡適所説的“文藝復興”運動，亦非學者所宣稱的“啟蒙運動”，而是複雜而多元的思想場域。[④] 此中關鍵乃“文藝復興在根本意義上是一種寓開來於繼往之中的復古運動”[⑤]，最根本的是由語言方面而引起的誤解。[⑥] 這難道是説新文學革命是一場“文藝復興”？甚至著有《中國的文藝復興》（*The Chinese Renaissance*）[⑦]一

---

① John K. Fairbank, *Chinabound: A Fifty Year Memoir* (New York: Harper & Row, 1982), p. 46. 此處轉引自余英時：《中國近代思想史上的胡適》（臺北：聯經出版事業公司，1984），第 62 頁。另可參閱胡成：《啟蒙：胡適的憂慮和他的困境》，見劉青峰編：《胡適與現代中國文化轉型》（香港：香港中文大學出版社，1994），第 353 頁。

② 顧潮：《顧頡剛評傳》（南昌：百花洲文藝出版社，1995），第 109 頁。

③ 鍾敬文：《〈孟姜女故事研究集第一冊〉校後附寫》，顧頡剛編著：《孟姜女故事研究集》（上海：上海古籍出版社，1984），第 74 頁。

④ 參余英時：《五四新論——既非文藝復興，亦非啟蒙運動》（臺北：聯經出版事業公司，1999），第 26 頁。有關五四以來對“文藝復興”的錯誤認識以及關於“文藝復興”的闡述，可參余英時：《文藝復興與人文思潮》，《歷史與思想》（臺北：聯經出版事業公司，1976），第 305 – 308、308 – 315 頁。

⑤ 余英時：《文藝復興與人文思潮》，《歷史與思想》（臺北：聯經出版事業公司，1976），第 306 頁。

⑥ 余英時：《文藝復興與人文思潮》，《歷史與思想》（臺北：聯經出版事業公司，1976），第 307 頁。

⑦ Hu Shih, *The Chinese Renaissance: The Haskell lectures* 1933 (Chicago: University of Chicago Press, 1934). 當時美國便視胡適為“中國的文藝復興之父”。詳見余英時：《五四新論——既非文藝復興，亦非啟蒙運動》（臺北：聯經出版事業公司，1999），第 2 頁。在最近出版的何炳棣的回憶錄中，胡適曾在美國的公開場合中相當自豪地自稱為“中國二十世紀文藝復興之父”。見何炳棣：《讀史閱世六十年》（香港：商務印書館，2004），第 325 頁。

書的胡適,其畢生努力均在於打倒"復古運動",卻對"文藝復興"有所誤解嗎?其實,作為五四遺產一部分的白話文學史建構,明顯地帶有余英時所指出的矛盾的結合,即是既帶有"啟蒙"的目的,同時亦蘊含胡適所寄予的"文藝復興"①的色彩。因為胡適認為他自己及新文學陣營中人一直的努力就是在"復興"一個在傳統中已存在的白話文學傳統。

1919 年左右的中國,無論在文壇或思想界上均可謂人才濟濟,中堅一輩如嚴復、康有為、章炳麟(枚叔,1869－1936)以及梁啟超,均曾在政治、社會以及思想乃至於文學上產生了巨大而深遠的影響。例如,康有為寫《孔子改制考》(1896 年)與《新學偽經考》(1891 年),便是離經叛道,重新詮釋儒家經典以推動其領導的"戊戌變法"。其學生梁啟超則藉教學而傳播改革思想,更在報紙上以其"新文體"召喚沉睡的國民,號召同志。嚴復則以翻譯《天演論》、《原富》、《群己權界論》、《法意》、《群學肄言》等西方思潮而聞名,達爾文的"進化"、"物競天擇,適者生存"等觀念便是在這個民族的生死存亡之秋登陸中國。

由此可見,這時期的知識分子的入世與著述均具有高度的目的性與自覺性,而彼等的努力都徘徊在"傳統的再發明"與"啟蒙"之間。"傳統的再發明"是為"啟蒙"定下新的文化與民族想像,而"啟蒙"就是為了拯救國家民族於危難,因此這兩項工作是互動而密切相關的。而且,為了"傳統的再發明"與擴大"啟蒙"的影響力,就不得不簡化龐大而複雜的傳統,並突出新、舊之間的緊張對立。羅志田便認為新文學陣營中人所認知的傳統的壓迫,既是有意為

---

① 羅志田對從清末至民國的所謂"文藝復興"的曲折過程有深入詳細的探討。見羅志田:《中國文藝復興之夢:從清季的古學復興到民國的新潮》,《漢學研究》,2002 年第 1 期(6 月),第 277－307 頁。

之,或恐怕更多是一種假想(imaginary)。[①] 這種“有意為之”的成分,正是上述霍布斯鮑姆(Eric Hobsbawm)所指出的“發明傳統”的必要手段。

民族想像總是要從紛亂的“過去”提煉出來,回應“現在”並導向無盡的“未來”。[②] 五四運動正好標示著現代中國文化的“誕生”(過去)、“失敗”(現在)、“使命”(未來)。胡適與顧頡剛以疑古的方法與精神,建構白話文學史,發掘民間的文學資源,其實既是一種“文化更新”或“文化再造”,亦是“文化再現”(cultural representation)。這些對立概念,其目的均在顛覆古典,為的是走向民間,走向一個被他們發明了的新“傳統”。正如余英時所說:

> 杜威實驗主義通過胡適的中國化的詮釋之後,這種“改造世界”的性格表現得更為突出。他把“新思潮的意義”歸結到“再造文明”便是最有力的證據。[③]

杜威實驗主義這種“改造”的特徵到胡適與顧頡剛以至於新文學陣營中人手中,得到了淋灕盡致的發揮。胡適與顧頡剛便是“新思潮”底下“再造文明”[④]的倡導者與實踐者。胡、顧的“傳統的再發明”不止在觀念作出論述,而且亦戮力於具體而實際的工作。大致

---

① 羅志田:《林紓的認同危機與民初的新舊之争》,《權勢轉移:近代中國的思想、社會與學術》(武漢:湖北人民出版社,1999),第 284 頁。

② E. 霍布斯鮑姆(Eric Hobsbawm)等著,顧杭、龐冠群譯:《傳統的發明》(南京:譯林出版社,2004),第 2 頁。

③ 余英時:《中國近代思想史上的胡適》(臺北:聯經出版事業公司,1984),第 61 頁。

④ 相關論述可參洪峻峰:《從“反傳統”到“再造文明”——“五四”現代性方案再認識》,《廈門大學學報(哲學社會科學版)》,2001 年第 3 期(7 月),第 47 – 54 頁。

而言,顧頡剛在整理民間文學史料而帶出的"傳統的再發明"有以下幾方面:一、打破民族出於一元的觀念;二、打破地域向來一統的觀念;三、打破古史人化的觀念;四、打破古代為黄金世界的觀念。[①]而導致其"傳統的再發明"的背景,是五四那開放自由以及求變的風氣。顧氏又說:"我們為了反封建,就應當徹底地反對漢學。"[②]很明顯,他的反漢學或疑古,其實從一開始就並不是純學術的研究,而是帶有强烈"傳統的再發明"的目的。有論者如此評論顧氏的主張:

> 顧頡剛認為:一旦新的歷史觀取代了傳統的看法,諸如演進、歷史關聯和進步的觀念當可使中國人進入另一心態,永可適應變化中的環境。此外,中國過去的真相長久以來一直隱晦不彰且受到曲解,如今終於可以開始顯露了。對過去有了確切的知識,真實的中國本體——過去、現在和未來——當可確定無疑了。[③]

所謂"新的歷史觀"取代"傳統的看法",所謂"過去的真相長久以來一直隱晦"而如今纔得彰顯,就是因為這是"被發明的傳統"。"演進"和"進步"等觀念就是傳統的再發明的重要觀念,而"歷史關聯"正是將"現在"與"過去"聯繫起來。其目的,就在於改造人心。唯有人心接受"演進"與"進步"這種"變"的觀念,中國方纔能擺脱傳統的

---

① 顧頡剛:《答劉胡兩先生書》,《古史辨》(上海:上海古籍出版社,1982),第1冊,第96-102頁。

② 顧頡剛:《古史雜記(一):漢學》,《顧頡剛讀書筆記》(臺北:聯經出版事業公司,1990),第10冊,第7600頁。

③ 施耐德(Laurence A. Schneider)著、梅寅生譯:《顧頡剛與中國新史學》(臺北:華世出版社,1984),第9頁。

負累,進入"被發明的傳統",進入未來,重建民族自信。[①]

在胡適這方面,他在反傳統之餘,倒過頭來又提倡"整理國故",在當時確實令很多人相當疑惑。如錢基博便就此而指責此舉與其倡導文學革命乃言行不一致的表現。[②] 其實,胡、顧他們的進入"傳統",其實亦在於向舊學中人證明他們不忘傳統,並且擁有熟諳舊學的實力;更重要的是他倆反傳統、反封建衹是一個空洞的概念,衹有在切實地進入"傳統"的內部,並對其作出"整理"後方纔展開具體而深入的"傳統的再發明"的進程。這種構想,其實胡適早已表達得很清楚,衹不過不為舊派所理解而已。胡適早已說得很明確,"整理國故"就是"重新估定一切價值"。

胡適在《新思潮的意義》一文中提出了"整理國故":

> 我們對於舊有的學術思想,積極的衹有一個主張,——就是"整理國故"。整理就是從亂七八糟裏面尋出一個條理脈絡來;從無頭無腦裏面尋出一個前因後果來;從胡說謬解裏面尋出一個真意義來;從武斷迷信裏面尋出一個真價值來。[③]

在胡適眼中的"國故"原來是"亂七八糟"、"無頭無腦"、"胡說謬解"、"武斷迷信",正如他所說的:"國故"包含"國粹",但它又包含"國渣"。[④] 經過整理,"國粹"與"國渣",判然立現。而其最終的目

① 許冠三:《新史學九十年:1900 - 》(香港:香港中文大學出版社,1986),上冊,第134頁。

② 錢基博:《現代中國文學史》(長沙:岳麓書社,1986),第475、492頁。

③ 胡適:《新思潮的意義》,《胡適文存》(臺北:亞東圖書公司,1953),第1集,第735頁。

④ 胡適:《〈國學季刊〉發刊宣言》,《胡適文存》(臺北:亞東圖書公司,1953),第2集,第7頁。

的在於“再造文明”①。這種再造的文明其實又早已存在,便是他們設定的目標,故而他說:

> 在歷史的眼光裏,今日民間小兒女唱的歌謠,和詩三百篇有同等的位置;民間流傳的小說,和高文典冊有同等的位置;吴敬梓、曹霑和關漢卿、馬東籬和杜甫、韓愈有同等的位置。②

因為胡適、顧頡剛的“整理國故”的關係,顧炎武(寧人,1613－1682)、顏元(易直,1635－1704)、戴震(東原,1724－1777)、吴敬恒(稚暉,1865－1953)這些被他們視為反理學的思想家紛紛出土,③而代表白話小説典範的如《水滸傳》、《紅樓夢》、《西遊記》等亦有衆多的考證。同時,因為顧頡剛的“整理國故”,姚際恆、崔述、鄭樵以及王柏(會之,1197－1274)這些敢於疑經的學者及其著述纔得以重新面世,而《詩經》之作為民間文學的源頭、孟姜女的故事流變以及吴歌的精彩内容,方纔得以展示人前,進入世人的視野。

顧頡剛又認為“整理國故”的意義在於“知道過去”。④顧氏的“要知道過去”,其實就是引申胡適的説法。胡適在指出清代學者在古學研究上的許多缺點中的其中三項缺點是:一、研究的範圍太

① 胡適:《新思潮的意義》,《胡適文存》(臺北:亞東圖書公司,1953),第1集,第736頁。

② 胡適:《〈國學季刊〉發刊宣言》,《胡適文存》(臺北:亞東圖書公司,1953),第2集,第8頁。

③ 胡適:《幾個反理學的思想家》,《胡適文存》(臺北:亞東圖書公司,1953),第3集,第53－108頁。

④ 顧頡剛:《我們對於國故應用的態度》,見張若英編:《中國新文學運動史料》(上海:光明書局,1936),第212頁。

狹窄；二、太注重功力而忽略了理解；三、缺乏參考比較的材料。[①]可是要知道，清代學者並沒有像胡、顧兩位一樣要整理整個傳統的企圖，他們大部分是純為學術性的訓詁、考證，故而範圍是必然的“狹窄”。此外，考證、訓詁與詮釋性的“理解”絶對是兩碼事，亦正是漢、宋學之别，而胡、顧他們所著重的就是重新“理解”、“知道”傳統。再者，何謂參考比較？實可借用霍布斯鮑姆（Eric Hobsbawm）上述所説的“採取參照舊形勢的方式來回應新形勢”[②]。而文學史上，小説、戲曲以至於民間俗歌這些現代文學的文類，都是他們在“西洋文學”的“參考比較”之下而建構起來的。[③]

五、總結

夏志清説現代文學乃“感時憂國”（obsession with China）的文學，[④]一語道出現代中國文學與國家民族命運的密切關係以及作為啟蒙工具的事實。這種啟蒙的意圖不止體現於文學創作上，同樣亦體現於白話文學史的建構上。新文學革命提出的白話文書寫，其根本就是為了啟蒙，為了掙脱文言文及其“封建”意識形態的羈絆。從以上有關白話文與文言文以至於“整理國故”的一系列的白話文學史的建構過程的論述可見，胡適與顧頡剛所念兹在兹的既是啟蒙民衆，亦心繫當時的民族危機，故彼等所建構的白話文學史就是“傳統的再發明”。

---

① 胡適：《〈國故季刊〉發刊宣言》，《胡適文存》（臺北：亞東圖書公司，1953），第2集，第3－6頁。

② E. 霍布斯鮑姆（Eric Hobsbawm）等著，顧杭、龐冠群譯：《傳統的發明》（南京：譯林出版社，2004），第2頁。

③ E. 霍布斯鮑姆（Eric Hobsbawm）等著，顧杭、龐冠群譯：《傳統的發明》（南京：譯林出版社，2004），第15－17頁。

④ 夏志清著、劉紹銘等譯：《現代中國文學感時憂國的精神》，《中國現代小説史》（香港：友聯出版社，1979），第459－477頁。

第六章

總 結

一、疑古思潮與白話文學史的建構及其意義

疑古思潮在"五四"期間達至前所未有的高潮並非偶然,白話文學史的建構亦非胡適、陳獨秀的無端發難而一夜造成。我們拋開現有的論述框架,選擇以疑古思潮作為理解建構白話文學史的切入點,以胡適與顧頡剛為論述中心,是較為符合實際的歷史背景的。

曾經有一段日子,因為政治的干擾,胡適幾乎從新文學革命的領導者的位置上被剔除出去;亦因為學科分科之見,我們不見其在疑古思潮上之位置,而他卻切切實實地是錢基博在《現代中國文學史》中所痛詆的晚清疑古脈絡中的殿軍人物,而且亦是引導顧頡剛走上疑古之途的導師。同樣地,學術界又將顧頡剛置放於史學的範疇,而對其在文學史上的貢獻,卻視若無睹。如此一來,學術界依循的就是前人的敘述,而不重新進入歷史,跡近真相。因此之故,前人敘述中的政治動機亦就在後人的依循陋習中傳承下去。這不是真正學術應有的態度。

從疑古思潮的脈絡進入白話文學史的建構時空,我們拋開了作為首舉革命旗幟的陳獨秀以及其他人物,不是說他們不重要,而是顧頡剛與胡適在疑古思想上乃一脈相承,並且相互呼應,將疑古思潮落實在白話文學史的建構上,從而將疑古思潮推至高峰。我們之所以選擇曾經說過自己的興趣在歷史而非文學的顧頡剛作為一位與胡適共同建構白話文學史的關鍵人物,在於其在五四期間的實際工作。我們發現偏重於"歷史"的他,並沒有將《詩經》視為歷史文獻,而是強調其文學性。同樣的,在孟姜女故事、歌謠這些民間文學的挖掘、整理過程中,我們可以看到他是以歷史的方法將這些真正的民間文學的脈絡整理出來,並在文學的價值上予以宣揚。這便是顧頡剛在建構白話文學史上的貢獻。

胡適與顧頡剛在疑古思潮上具有傳承的關係之外,又是建構白話文學史的實際伙伴。胡、顧兩人以疑古思想為指導思想而建構的白話文學史具有如下兩個意義:一、將疑古思想從康有為等的政治上導引至學術上,是中國學術史上的一種突破;二、以疑古為手段,將傳統的經典轉化為新的學術資源,並發明了一個白話文學的新傳統,從而達到了以啟蒙民衆與文藝復興的目的。

二、方法論的不同與胡、顧在文學史上的定位

從方法論的分析中,我們可見胡適的方法論偏向於"重建的邏輯",而顧頡剛的方法論則偏於"應用的邏輯"。前者偏向於概念,後者偏向於實踐。以《詩經》的研究為例子,胡適主要是提出一套研究的方法,而顧頡剛則從《詩經》的研究中發現其規律。胡、顧兩人在白話文學史的建構上所扮演的角色,便是前者往往是理念的提出者,而後者則乃此理念的真正實踐者。胡適在白話文學史上是一個革命者,亦是一個開山祖師:所謂"革命",就是勇於打破傳

統;所謂“開山祖宗”,就是一切都是嘗試。其“革命”是前無古人,故而一切都是嘗試,無既定成規可循。胡適的《白話文學史》以及大量的明、清白話小說的考證無疑為白話文學史的建構提出了一個大方向。而當我們具體進入其中時,我們發現其實踐與理念並不配合,無論是其白話文學史理論還是白話小說考證,雖亟力建構白話文學史的新典範,然而始終都是暌離或違背其走向“民間”的文學史理想。相對而言,顧頡剛在民間文學的資料搜集與研究方面則綽有成就,而其方向恰恰正是胡適原初標舉的“走向民間”的理念。顧頡剛在孟姜女與歌謠的搜集、整理以及出版方面,真正地充實了白話文學史的內涵,並為民間文學的發展找到了正確的方向。由此可見,胡、顧兩人在白話文學史的建構過程中恰有從理念而至實踐的互補作用,這亦是他們兩人分別在建構白話文學史上的角色與位置。

三、發明的傳統與白話文學史的建構

在論述的過程中,有一條貫穿整篇文章的綫索,那就是關於“傳統”的思考。從第一章有關林毓生提出的“全盤反傳統主義”(Totalistic antitraditionalism, totalistic iconoclasm)的反思開始,及至第三章中有關胡、顧將《詩經》從經典轉化至民間文學的源頭,以及第四章“走向民間”中有關白話文學傳統的建構、第五章“發明的傳統”與白話文學史的關係這條脈絡的討論中,我們發現“傳統”的力量與複雜性,並非三言兩言可以下結論。在胡、顧的建構策略中,反傳統祇是一種姿態,他們更側重的是將“傳統”轉化為一種新的學術資源。這種“轉化”,就是“發明傳統”。“發明傳統”並不等於反傳統,自古以來,“發明傳統”的工作一直在進行當中。傳統並非一成不變,根據我們的分析,“傳統”中有變的動能在其中。要求傳統"不變"者,或對傳統有所不見;至於認為傳統凝固而招致"全盤反傳統主義"者,亦未免是以偏概全之論。

激烈反傳統的時代予以他們破壞的熱情,而破壞在於他們來說,就是建設的前提。没有反《詩序》、反漢人的説《詩》,根本没辦法展開"發明傳統"的工作。解除了道統、學派的束縛,融合疑古思想與西方杜威"實驗主義"的方法,胡適與顧頡剛以中、西結合的方法論,整理中國的學術傳統,展開對傳統的發明。故而顧頡剛亦曾有意識地説過各種史實的新解釋,都是史觀革命的表演。這不是一種單純的學術研究,而是帶有"改變世界"的強烈目的性。"改變世界"這一傳統恰如余英時所説乃儒學的基本類型,亦是程、朱以降的儒學總綱領,其用意即在於此。從乾嘉時代、晚清的經世運動以至於康有為的《孔子改制考》,知識分子"改變世界"之企圖,日益激烈。這是時代使然。時代與學術脈搏相通,唯有從這樣的歷史語境理解胡、顧在建構白話文學史上的工作,方能有同情、體貼的理解,而非嘲諷彼等在純學理上的荒謬。

在彼等"發明的傳統"下,昔日的經典如《詩經》轉為民間文學的源頭,而民間文學則從邊緣走向中心。顧頡剛在《詩經》與歌謡的研究上堪稱最為具體而相當富有説服力,為白話文學史的建構過程中最為綿密的論證,為白話文學理念的提出找到了最為堅實的依據,其巨大的影響力至今仍在。顧頡剛在建構白話文學史上的另一具體而宏大的拓荒工作,即為孟姜女故事與歌謡的搜集、整理及出版。顧氏花了數十年所從事的孟姜女故事的挖掘與整理,如此的恆心與貢獻,遠非胡適所能比擬,更莫提其他的新文學陣營中人了。而更為震撼的是吴歌的搜集。從搜集吴歌看,我們發現原來從明末的馮夢龍已開始了對民間文學的關注。其輯録的《山歌》中的作品全是"私情歌"(即偷情歌),其中三分之一還直接間接、或隱或顯地涉及性交。藉此書的重新出版,我們知道了明季的社會情形,又可見當時禮教束縛之嚴,一般民衆没有絲毫戀愛的自由,婚姻多不滿意,唯有另求滿足,由此亦可見民間生活的活潑。這樣的思想,不正是五四時期提倡的反抗封建、婚姻自主的回應嗎?而更為珍貴的是,《山歌》、《吴歌》等歌謠選本的發現、出版足證古代中國民間生活的活力,這種活力正是當時黑暗中國的希望,同時亦説服了許多猶豫中的青年男女,反抗封建與婚姻自主並不是空穴來風的革命,亦非文學創作的向壁虚構。

而從有關白話文與文言文以至於"整理國故"的論述可見,胡適與顧頡剛念兹在兹的就是啟蒙民衆,故而彼等的提倡白話文寫作與"整理國故"均乃"發明傳統"的策略,藉此對構成阻礙的"國故"去蕪存菁,而這項工作亦正是疑古思潮在學術上的具體與深化。從"整理國故"中,我們可見胡、顧乃將"國故"轉化作為白話文學史的資源,並由此而建立白話文學史與傳統的關係。而其中"發明傳統"的意圖則可見彼等的反傳統其實是為了應對當時的民族危機,而非存心令文化傾頹崩裂。胡適與顧頡剛的批判傳統以洗滌失敗的"現在",其實就是在為諦造未來。而彼等在白話文學史的建構過程中所呈現的"發明傳統"與民族主義這兩種元素的相互激盪,確實是一種值得我們關注的文學史書寫形態。

胡適與顧頡剛等新文學陣營中人標榜的是新文學"革命"。既是"革命",即在乎迅速,在乎徹底。"革命"既是對既有一切的破壞,同時亦在建構起一種嶄新的傳統。五四時期的知識分子,一方面是傳統文化的批判者,同時亦是文化民族主義者。我們應從這樣的角度對待胡適和顧頡剛的角色及彼等所建構的白話文學史。就整體而言,彼等不一定具有統一的步調,但在建構白話文學史上,卻收到相互呼應的客觀效果。胡、顧的白話文學史的建構並不止於對傳統文學史的理念論爭,而是牽涉更為複雜的時代、政治以至於思想史的因素。這亦正是本書所戮力嘗試之所在。

徵引書目

凡 例

一、本書目祇包括正文及注釋曾徵引的書籍和論文。

二、本書目分兩部分:

I 第一手資料:以胡適與顧頡剛的著作為主;

II 第二手資料:中、英文專著及單篇文章。

三、中文資料排列,以著、編者等姓氏第一字筆畫為序。

I

一、第一手資料

中國社會科學院近代史研究所中華民國史研究室編:《胡適來往書信選》,香港:中華書局,1983。

胡適:《胡適文存》,臺北:亞東圖書公司,1953。

胡適著、姜義華編:《胡適學術文集·中國哲學史》,北京:中華書局,1998。

胡適:《白話文學史》,北京:東方出版社,1996。

胡適:《胡適選唐宋詞三百首》,北京:東方出版社,1995。

胡適:《胡適學術文集·新文學運動》,北京:中華書局,1993。

胡適:《胡適手稿》,臺北:胡適紀念館,1970。

胡適著、周質平編:《胡適未刊英文遺稿(*A Collection of Hu Shih's Unpublished English Essays and Speeches*)》,臺北:聯經出版事業公司,2001。

Hu Shih, *The Chinese Renaissance*: *The Haskell Lectures* 1933. Chicago: University of Chicago Press, 1934.

顧頡剛等編著:《古史辨》,上海:上海古籍出版社,1982。

顧頡剛:《顧頡剛讀書筆記》,臺北:聯經出版事業公司,1990。

顧頡剛:《當代中國史學》,香港:龍門書店,1964。

顧頡剛編著:《孟姜女故事研究集》,上海:上海古籍出版社,1984。

顧頡剛等輯、王煦華整理:《吴歌·吴歌小史》,南京:江蘇古籍出版社,1999。

Ⅱ

二、第二手資料

1. 中文專著及期刊論文

中國古典文學研究會主編:《五四文學與文化變遷》,臺北:學生書局,1990。

中國《詩經》學會編:《第五屆〈詩經〉國際學術研討會論文

集》,北京:學苑出版社,2002。

尹雪曼:《中國新文學史論》,臺北:"中央"文學供應社,1983。

孔慶茂:《丹桂堂前》,武漢:長江文藝出版社,2000。

王元化:《傳統與反傳統》,上海:上海文藝出版社,1990。

王汎森:《古史辨運動的興起》,臺北:允晨文化實業股份有限公司,1987。

王汎森:《中國近代思想與學術的系譜》,石家莊:河北教育出版社,2001。

王汎森:《章太炎的思想》,臺北:時報文化出版企業有限公司,1985。

王瑶:《中國新文學史稿》,上海:上海文藝出版社,1982。

王瑶:《中國現代文學史論集》,北京:北京大學出版社,1998。

王瑶:《關於中國古典文學問題》,上海:古典文學出版社,1956。

北京師範大學中文系現代文學教學改革小組編:《中國現代文學史參考資料》,北京:高等教育出版社,1959。

司馬長風:《中國新文學史》,香港:昭明出版社,1978。

吉平平、黄曉静:《中國文學史著版本概覽》,瀋陽:遼寧大學出版社,1992。

宇文所安(Stephen Owen)著、田曉菲譯:《他山的石頭記》,南京:江蘇人民出版社,2003。

朱維錚:《中國經學史十講》,上海:復旦大學出版社,2002。

朱德發:《主體思維與文學史觀》,濟南:山東教育出版社,1997。

何炳棣:《讀史閲世六十年》,香港:商務印書館,2004。

余英時:《歷史與思想》,臺北:聯經出版事業公司,1976。

余英時:《中國近代思想史上的胡適》,臺北:聯經出版事業公司,1984。

余英時等:《五四新論:既非文藝復興,亦非啟蒙運動》,臺北:聯經出版事業公司,1999。

李夢陽:《空同集》,上海:上海古籍出版社,1991。

李澤厚:《中國思想史論》,合肥:安徽文藝出版社,1999。

李繼凱、劉瑞春選編:《解析吴宓》,北京:社會科學文獻出版社,2001。

沈寂主編:《胡適研究》,合肥:安徽教育出版社,2000。

沈衛威:《回眸學衡派》,新店:立緒文化事業有限公司,2000。

汪暉:《反抗的絶望》,臺北:久大文化股份有限公司,1990。

汪榮祖編:《五四研究論文集》,臺北:聯經出版事業公司,1979。

汪榮祖:《康章合論》,臺北:聯經出版事業公司,1988。

周作人:《藝術與生活》,上海:上海文藝出版社,1999。

周策縱等:《胡適與近代中國》,臺北:時報文化出版企業有限公司,1991。

周策縱著、陳永明等譯:《五四運動史》,長沙:岳麓書社,2001。

周質平:《胡適與中國現代思潮》,南京:南京大學出版社,2002。

姚際恆著、顧頡剛標點:《詩經通論》,北京:中華書局,1958。

施耐德(Laurence A. Schneider)著、梅寅生譯:《顧頡剛與中國新史學》,臺北:華世出版社,1984。

柳存仁等:《中國大文學史》,上海:上海書店出版社,2001。

洪長泰著、董曉萍譯:《到民間去:1918－1937年的中國知識分子與民間文學運動》,上海:上海文藝出版社,1993。

胡頌平:《胡適之先生年譜長編》,臺北:聯經出版事業公司,1984。

唐弢、嚴家炎主編:《中國現代文學史》,北京:人民出版社,1996。

唐德剛:《胡適口述自傳》,上海:華東師範大學出版社,1993。

夏志清著、劉紹銘等譯:《中國現代小説史》,香港:友聯出版社,1979。

夏傳才:《詩經研究史概要》,鄭州:中州書畫社,1982。

高大鵬:《傳遞白話的聖火:少年胡適與中國文藝復興運動》,板橋:駱駝出版社,1996。

康海:《對山集》,臺北:商務印書館,1972。

康樂、黄進興主編:《歷史學與社會科學》,臺北:華世出版社,1981。

陳平原主編:《二十世紀中國小説理論資料》,北京:北京大學出版社,1997,第1卷。

陳平原:《中國現代學術之建立——以章太炎、胡適為中心》,北京:北京大學出版社,1998。

陳平原:《文學史的形成與建構》,廣西:廣西教育出版社,1999。

陳平原等編:《文學史》,北京:北京大學出版社,1993年第1輯,1995年第2輯,1996年第3輯。

陳志明:《顧頡剛的疑古史學》,臺北:商鼎文化出版社,1993。

陳其泰、張京華主編:《古史辨學説評價討論集》,北京:京華出版社,2001。

陳思和:《筆走龍蛇》,濟南:山東友誼出版社,1997。

陳國球:《文學史書寫形態與文化政治》,北京:北京大學出版社,2004。

陳國球編:《中國文學史的省思》,香港:三聯書店,1993。

陳國球等編:《書寫文學的過去》,臺北:麥田出版社,1997。

孫玉石編:《王瑤和他的世界》,石家莊:河北教育出版社,2000。

孫尚揚、郭蘭芳編:《國故新知論:學衡派文化論著輯要》,北京:中國廣播電視出版社,1995。

郜積意:《經典的批判——西漢文學思想研究》,北京:東方出版社,2000。

崔述著、顧頡剛編訂:《崔東壁遺書》,上海:上海古籍出版社,1983。

張廷玉等撰:《明史》,北京:中華書局,1974。

張京華等:《二十世紀疑古思潮》,北京:學苑出版社,2003。

張若英編:《中國新文學運動史料》,上海:光明書局,1936。

張朋園:《梁啟超與清季革命》,臺北:"中央研究院"近代研究所,1999。

張楠、王忍之編:《辛亥革命前十年間時論選集》,北京:三聯書店,1962。

張漢良:《比較文學理論與實踐》,臺北:東大圖書股份有限公司,1986。

梁啟超:《戊戌政變記》,北京:中華書局,1954。

許冠三:《新史學九十年:1900 - 》,香港:香港中文大學出版社,1986,上冊。

許懷中:《中國現代文學史研究史論》,廈門:廈門大學出版社,1997。

連燕堂:《從古文到白話:近代文界革命與文體流變》,北京:中央民族大學出版社,2000。

郭紹虞編:《中國歷代文論選》,上海:上海古籍出版社,1996。

陸侃如、馮沅君:《中國詩史》,天津:百花文藝出版社,1999。

彭明輝:《疑古思想與現代中國史學的發展》,臺北:商務印書館,1991。

游國恩等主編:《中國文學史》,北京:人民出版社,1989。

湯一介編:《論傳統與反傳統:五四70周年紀念文選》,臺北:聯經出版事業公司,1989。

馮友蘭:《三松堂自序》,北京:三聯書店,1984。

黄繼持:《現代化·現代性·現代文學》,香港:牛津大學出版社,2003。

楊天石、劉彦成:《南社》,北京:中華書局,1980。

葉憶如:《顧頡剛古史神話觀研究》,高雄:高雄師範大學國文研究所碩士論文,1993。

葛兆光:《中國思想史導論:思想史的寫法》,上海:復旦大學出版社,2001。

路新生:《中國近三百年疑古思潮研究》,上海:上海人民出版社,2001。

裴斐主編:《中國古代文學史》,北京:中央民族大學出版社,1996。

趙家璧主編:《中國新文學大系》,香港:香港文學研究社,1972。

趙毅衡:《必要的孤獨》,香港:天地圖書有限公司,1995。

劉大傑:《中國文學發展史》,香港:學林書店,1987。

劉文典撰,馮逸、喬華點校:《淮南鴻烈集解》,北京:中華書局,1989。

劉青峰編:《胡適與現代中國文化轉型》,香港:香港中文大學出版社,1994。

劉俐娜:《顧頡剛學術思想評傳》,北京:北京圖書館出版社,1999。

劉起釪:《顧頡剛先生學述》,北京:中華書局,1986。

蔡景康編選:《明代文論選》,北京:人民文學出版社,1993。

鄭振鐸:《中國俗文學史》,長沙:商務書店,1938。

鄭振鐸:《插圖本中國文學史》,北京:北京出版社,1999。

鄭振鐸:《中國俗文學史》,臺北:商務印書館,1981。

蕭公權著、汪榮祖譯:《近代中國與新世界:康有為變法與大同思想研究》,南京:江蘇人民出版社,1997。

錢基博:《現代中國文學史》,長沙:岳麓書社,1986。

錢基博:《中國文學史》,北京:中華書局,1993。

錢基博:《中國現代學術經典:錢基博卷》,石家莊:河北教育出版社,1996。

錢理群、温儒敏、吴福輝:《中國現代文學三十年(修訂本)》,北京:北京大學出版社,1998。

錢理群:《周作人論》,上海:上海人民出版社,1991。

錢理群:《反觀與重構》,上海:上海教育出版社,2000。

霍布斯鮑姆(Eric Hobsbawm)等著,顧杭、龐冠群譯:《傳統的發明》,南京:譯林出版社,2004。

戴燕:《文學史的權力》,北京:北京大學出版社,2002。

羅志田:《民族主義與近代中國》,臺北:東大圖書股份有限公司,1998。

羅志田:《國家與學術:清季民初關於"國學"的思想論爭》,北京:三聯書店,2003。

羅志田:《權勢轉移:近代中國的思想、社會與學術》,武漢:湖北人民出版社,1999。

羅蘭·巴特著,許薔薔、許綺玲譯:《神話——大衆文化詮釋》,上海:上海人民出版社,1999。

嚴正:《五經哲學及其文化學的闡釋》,濟南:齊魯書社,2001。

顧潮:《顧頡剛評傳》,南昌:百花洲文藝出版社,1995。

丁亞傑:《顧頡剛〈詩經〉研究方法論》,《元培學報》,1997 年第 4 期(12 月),第 117 - 131 頁。

王永健:《中國文學史的開山之作——黄摩西所著中國首部〈中國文學史〉》,《書目季刊》,1995 年第 1 期(6 月),第 13 - 26 頁。

吴忠匡:《吾師錢基博先生傳略》,《中國文化》,1991 年第 4 期(8 月),第 190 - 198 頁。

季維龍:《胡適與顧頡剛的師生關係和學術情誼》,《胡適研究》,2000 年第 5 期,第 223 - 253 頁。

林慶彰:《姚際恆與顧頡剛》,《中國文哲研究集刊》,1999 年第 15 期(9 月),第 431 - 458 頁。

林慶彰:《民國初年的反〈詩序〉運動》,《中國古代、近代文學研究》,1993 年第 3 期(4 月),第 54 - 65 頁。

邱麗娟:《崔述與顧頡剛疑古歷程的比較研究》,《臺南師院學報》,1999 年第 32 期,第 271 - 295 頁。

洪峻峰:《從"反傳統"到"再造文明"——"五四"現代性方案再認識》,《廈門大學學報(哲學社會科學版)》,2001 年第 3 期(7 月),第 47 - 54 頁。

洪國樑:《"重章互足"與〈詩〉義詮釋——兼評顧頡剛"重章複沓為樂師申述"説》,《清華學報》,1998 年第 2 期(6 月),第 97 - 141 頁。

胡明:《胡適"整理國故"的現代評價》,《傳統文化與現代化》,1995 年第 2 期,第 76 - 85 頁。

唐德剛:《胡適與"中國文藝復興運動"》,《胡適研究叢刊》,1995 年第 1 輯(5 月),第 16 - 24 頁。

孫遜、回達強:《五四新文化運動和中國古代小説專學的建立》,《文學評論》,2001 年第 3 期(5 月),第 70 - 74 頁。

殷光熹:《宋代疑古惑經思潮與〈詩經〉研究——兼論朱熹對〈詩經〉學的貢獻》,《中國古代、近代文學研究》,1997 年第 1 期(1 月),第 125 – 129 頁。

馬欽忠:《白話文運動的文化針對性與崇古情結》,《二十一世紀》,1997 年總第 44 期(12 月),第 66 – 73 頁。

張隆溪:《經典在闡釋學上的意義》,《中國文哲研究通訊》,1999 年第 3 期(9 月),第 59 – 67 頁。

張鼎國:《"較好地"還是"不同地"理解?——從詮釋學論爭看經典注疏中的詮釋定位與取向問題》,《中國文哲研究通訊》,1999 年第 3 期(9 月),第 87 – 109 頁。

張灝:《中國近代思想史上的轉型時期》,《二十一世紀》,1999 年第 52 期(4 月),第 29 – 39 頁。

莫礪鋒:《論朱熹對〈詩序〉的態度》,《文獻季刊》,2000 年 1 月第 1 期(1 月),第 112 – 129 頁。

陳改玲:《胡適與文學史學科——評〈白話文學史〉》,《胡適研究》,2000 年第 5 期,第 174 – 184 頁。

章清:《傳統作為"知識資源"的失落》,《二十一世紀》,1999 年總第 56 期(12 月),第 42 – 50 頁。

楊向奎:《古史辨派的學術思想批判》,《文史哲》,1952 年第 3 期,第 290 – 293 頁。

路新生:《崔述與顧頡剛》,《歷史研究》,1993 年第 4 期(8 月),第 61 – 76 頁。

廖炳惠:《解構主義與詮釋成規》,《中外文學》,1982 年第 6 期(11 月),第 32 – 42 頁。

趙制陽:《鄭樵〈詩經〉論文評介》,《孔孟學報》,1996 年第 9 期,第 27 – 57 頁。

蔣星煜:《胡適論元雜劇與明清傳奇》,《中國古代、近代文學研究》,1993 年第 1 期(2 月),第 178 頁。

蔡景康:《從孔子的"小道觀"到梁啟超的"小說為文學之最上乘"》,《中國古代、近代文學研究》,1994 年第 6 期(7 月),第 254 – 262 頁。

鍾賢培:《梁啟超對中國近代小說革新的貢獻》,《中國古代、近代文學研究》,1996 年第 10 期(11 月),第 242 – 246 頁。

魏建、賈振勇:《"學衡派"再評價》,《文學評論》,1995 年第 4 期(7 月),第 29 – 35 頁。

羅志田:《中國文藝復興之夢:從清季的古學復興到民國的新潮》,《漢學研究》,2002 年第 1 期(6 月),第 277 – 307 頁。

羅志田:《新舊文明過渡之使命:胡適反傳統思想的民族主義關懷》,《傳統文化與現代化》,1995 年第 6 期,第 72 – 79 頁。

羅志田:《整理國故與文學史研究——跋胡適的一封信》,《中國社會歷史評論》,2002 年第 4 卷,第 465 – 472 頁。

羅崗:《歷史中的〈學衡〉》,《二十一世紀》,1995 年第 28 期(4 月),第 40 – 48 頁。

2. 英文專著及期刊論文

Adele Austin Rickette ed. , *Chinese Approcahes to Literature from Confucius to Liang Ch' i – ch' ao.* Princeton : Princeton UP, 1978.

Chang Hao, *Liang Chi – chao and Intellectual Transition in China*, 1890 – 1907 . Cambridge: Harvard UP, 1971.

Chou Min – chih, *Hu Shih and Intellectual Choice in Modern China* . Ann Arbor: U of Michigan P, 1984.

Chow Tse – Tsung, *The May Fourth Movement: Intellectual Revolution in Modern China*. Cambridge: Hardvard UP, 1960.

Clifford Geertz, *The Interpretation of Culture : Selected Essays.*

New York : Basic Books, 1973.

David Der – wei Wang, *Fin – de – Siècle Splendor: Repressed Modernities of Late Qing Fiction*, 1849 – 1911. Stanford: Stanford UP, 1997.

David Perkins, *Is Literary History Possible?* Baltimore: The Johns Hopkins UP, 1992.

Dewey, John and Alice Chipman Dewey, *Letters from China and Japan*. Ed. Evelyn Dewey, New York: E. P. Dutton , 1920.

Derrida Jacques, *Dissemination*. Chicago: Chicago UP, 1981.

Dolezelova – Velingerova, Milena and Oldrich Kral, *The Appropriation of Cultural Capital: China's May Fourth Project*. Cambridge & London: Harvard U Asia Centre, 2001.

Ernest Gellner, *Nations and Nationalism*. Ithaca: Cornell University Press, 1983.

Harold Bloom, *The Western Canon*. New York: Harcourt Brace, 1994.

Hobsbawm, Eric, and Terence Ranger eds, *The Invention of tradition*. New York : Cambridge University Press, 1983.

Hung Chang – tai, *Going to the People: Chinese Intellectuals and Folk Literature*, 1918 – 1937. Cambridge and London: The Council of East Asian Studies, 1985.

John K. Fairbank, *Chinabound: A Fifty Year Memoir*. New York: Harper & Row, 1982.

Joseph R. Levenson, *The Past and Future of Nationalism in China*. Berkeley: Center for Chinese Studies, 1968.

Leo Ou – fan Lee, *Voices from the Iron House: a Study of Lu Xun*. Bloomington : Indiana University Press, 1987.

Leo Ou - fan Lee ed. , *The Lyrical and the Epic*. Bloomington: Indiana UP, 1980.

Lin Yusheng, *The Crisis of Chinese Consciousness : Radical Anti-traditionalism in the May Fourth Era*. Madison: University of Wisconsin Press, 1979.

T. A. Hsia, *The Gate of Darkness: Studies on the Leftist Literary Movement in China*. Settle: University of Washington Press, 1968.

Vera Schwarcz, *The Chinese Enlightenment : Intellectuals and the Legacy of the May Fourth Movement of* 1919. Berkeley: University of California Press, 1986.

Zhang Yingjin, "The Institutionalization of Modern Literary History in China, 1922 - 1980", *Modern China* 20. 3 (July 1994):347 - 377.

附録一

發憤以抒情:論錢基博的《現代中國文學史》

一、前言

清末民初,乃新、舊交替的時代。所謂的"交替",絶非和平的轉移,而是政局動盪,民不聊生。在文壇上,新、舊勢力之間的角力亦相當熾烈。新勢力者,乃以胡適、陳獨秀(仲甫,1879 - 1942)等為首,領袖群倫,掀起轟轟烈烈的新文學運動,倡白話文之寫作,引介"德先生"(Democracy)與"賽先生"(Science),高舉"重新估定一切價值"(Transvaluation of Values)①之旗幟,舉世蹈奮,景從者衆。

① 見胡適:《新思潮的意義》,《胡適文存》(臺北:亞東圖書公司,1953),第1集,第728頁。

然而，在高蹈的文學史表象背後，卻有以陳三立（伯嚴，1853－1937）與鄭孝胥（蘇戡，1860－1938）等人為首的晚清宋詩派，[①]以林紓為首的桐城古文派[②]以及其他舊文人，仍從事古典文學創作。此派中人，亦即與胡、陳等文壇新勢力相頡頏的舊勢力代表。彼等以遺老自居，目睹政治之衰頹、傳統價值之崩潰而彷徨愁苦。然而，隨著桐城派的林紓死於1924年，宋詩派的陳三立與鄭孝胥分別死於1937年、1938年，舊勢力日漸凋零，對新勢力不復存在威脅。相對而言，新文學運動的作家群，則活躍文壇，努力促使白話文創作成為主流。

雖則新、舊兩派實力懸殊，然而我們卻不能因此而漠視或忽略舊勢力的聲音。可惜，一般文學史卻往往作出了無意的忽略或有意的壓抑，為我們提供一種新勢力一舉打倒舊勢力的摧枯拉朽式的態勢；絕大部分的"現代文學史"中，均不曾詳細論述當時的古典文學創作，[③]亦甚少提及傳統文人學者對新文學運動所表達的異議，除了往往不忘提及被視為古文學而垂死掙扎的林紓所演出的

① 清末陳三立與鄭孝胥等人所領導的宋詩派亦稱"同光體"，據陳衍《石遺室詩話》所言，"同光體"之得名乃鄭孝胥與陳衍等人對同治、光緒以來"不專宗盛唐者"的戲稱。而當時的另一派便是以王闓運為首的"湖湘派"，追隨者有蔡毓春、鄧輔綸、鄧繹、李壽蓉、龍汝霖等人，主張復古，他們的詩則學漢魏六朝及初盛唐。有關同光體與湖湘派的論述，可參閱馬衛中：《光宣詩壇流派發展史論》（蘇州：蘇州大學出版社，2000）。

② 關於清末民初馬其昶、姚永樸、姚永概及林紓等的桐城派古文的相關論述，可參閱周中明：《桐城派研究》（瀋陽：遼寧大學出版社，1999）。

③ 例如：錢理群、溫儒敏、吳福輝：《中國現代文學三十年（修訂本）》（北京：北京大學出版社，1998）；黃修己：《中國現代文學發展史（修訂本）》（香港：中國圖書刊行社，1994）。

鬧劇及所謂"復古派"的攻擊。[①]

實際上,新文學運動並非在1919年之後便一舉統佔文壇,而是經由教育部於1920年頒定白話文為小學的國語教育,從而產生牽一髮而動全身的效應,從小學、中學至師範均自願或不得不採用國語,原因誠如胡適所言:"教育制度是上下連接的。"[②]及至民國九年、十年(1920－1921),"白話公然叫做國語了。"[③]1921年,胡適應教育部之邀,在第三届國語講習所講"國語文學史"。其後,胡適便依據這一底本,在不同的學校演講,而有不同的油印本流行。[④] 經過他多次修改後,終於在1928年出版了《白話文學史》。這是第一部從"白話"角度撰寫的文學史,為新文學運動的發展奠定了基礎。然而,這並不表示白話文從此便全然確立,新文學運動便徹底取得勝利,而反對的聲音亦就此斷絶。相反,白話文創作與新文學運動

---

① 例如黄修己便以"封建守舊派"、"復古派"描述林紓與《學衡》、《甲寅》等抗衡新文學陣營的文人,然卻没有讓這批人物"發音"。由此可見,黄氏及其他類似的文學史中對於抗衡新文學陣營的舊文人的這種書寫方法,其實是對文學史真相的壓抑與暴力,而這種壓抑與暴力抑卻往往乃源自蹈襲前人舊説,而未能客觀深入研究。見黄修己:《中國現代文學發展史(修訂本)》(香港:中國圖書刊行社,1994),第37－39、200－204頁。這類以"復古"的字眼形容《學衡》、《甲寅》中人的"傳統",同樣可見於如下的文學史:唐弢、嚴家炎主編:《中國現代文學史》(北京:人民文學出版社,1998),第1冊,第81－94頁;林志浩主編:《中國現代文學史》(北京:中國人民大學出版社,1995),上冊,第63－69頁。

② 胡適:《五十年來中國之文學》,見姜義華編:《胡適學術文集·新文學運動》(北京:中華書局,1993),第157頁。

③ 胡適:《五十年來中國之文學》,見姜義華編:《胡適學術文集·新文學運動》(北京:中華書局,1993),第158頁。近人李澤厚指出:"'五四'新文化運動最明顯的成功和確定不移的果實是白話文的勝利。"見李澤厚:《中國思想史論》(合肥:安徽文藝出版社,1999),下冊,第867頁。

④ 有關從"國語文學史"至《白話文學史》的過程,詳見胡適:《自序》,《白話文學史》(北京:東方出版社,1996),第1－10頁。

的成功是要再經過相當長時間與舊文學的鬥(論)争之後,纔逐漸成為"正宗"的。

在這樣的背景底下,本文所要討論的錢基博自稱立意為現代文人而作的"懺悔録"——《現代中國文學史》一書,既能呈現在新文學運動如日中天之際,一代舊文人面對社會、文化與傳統價值之急速轉變所流露的悲憤心態,復可助我們透視在當時文壇新、舊兩派不同立場之根本所在。

二、錢基博生平及其文學旨趣述略

錢基博的價值觀與文學趣向對其治學有很大的影響,故此我們有必要對其生平與文學志趣有所瞭解,以資理解《現代中國文學史》一書。

目前可見的有關錢基博生平事跡的資料中,有他自己所撰寫的《錢基博自傳》、其門人吴忠匡所撰的《吾師錢基博先生傳略》以及傅道彬的《錢基博先生小傳》①三篇文章;此外,近人孔慶茂《丹桂堂前:錢鍾書家族文化史》一書,對錢基博的一生由童年至晚年都略有介紹,②頗值得參考。然而,傅氏之文與孔氏一書對錢氏生平與學術之介紹,均不出錢氏與吴氏兩文之範圍,故以下且以錢氏之自傳與吴氏之記述為論述重心。

錢氏之自傳側重於個人品格與學術趣向;至於吴忠匡一文,則對其師之學問作出頗為詳細的描述。從吴氏的介紹中,我們得知

---

① 傅道彬:《錢基博先生小傳》,見劉夢溪主編:《中國現代學術經典:錢基博卷》(石家莊:河北教育出版社,1996),第1-4頁。

② 第一章"二十世紀初的時代與家庭"中對錢基博的童年至青年的求學過程與第二章第二節的"古文名家錢基博"尤值得參考。詳見孔慶茂:《丹桂堂前》(武漢:長江文藝出版社,2000),第3-20、32-40頁。

錢氏乃由早年短暫的幕僚生涯，繼而轉為下半生的從事教育事業。[①] 錢氏自述，他自小便受傳統學問的教育，九歲已讀完《四書》、《易經》、《尚書》、《毛詩》、《周禮》、《禮記》、《春秋左氏傳》、《古文翼》，且皆能背誦。十歲時，他便由伯父仲眉公教為策論，課以熟讀《史記》、諸氏唐宋八家文選；尤為喜歡讀史，自十三歲便讀司馬光（君實，1019－1086）《資治通鑒》、畢沅（纕蘅，1730－1797）《續通鑒》，且圈點了七遍。[②] 故此，他對於"史"的性質，有其獨特見解，絶非偶然。而他對自己早年博通經史子集以至於個人著述，亦頗為自詡。當時名人如陶大均、曾廣鈞（重伯，1866－1929）、張謇（季直，1853－1926）及費樹蔚等人均對其學問文章甚為推崇，許以"大江以北，未見其倫"[③]、"豈惟江北，即江南寧復有第二手"[④]之譽；而他則自詡"集部之學，海内罕對"[⑤]。錢氏又曾自題楹聯云："書非三代兩漢不讀，未為大雅；文在桐城陽湖之外，别闢一途。"[⑥]其於文章之自信，可見一斑。至於錢氏之為人，則素以儒家"君子"自重，事親以孝，待人以義。文中均有所介紹，在此不贅。

由錢氏的自傳以及其弟子的文章可見，錢氏深受中國傳統文化的影響，服膺並實踐傳統中國道德文化，可謂乃一典型的傳統中

---

① 吴忠匡：《吾師錢基博先生傳略》，《中國文化》，1991 年第 4 期（8 月），第 190 頁。

② 見錢基博著、劉夢溪主編：《中國現代學術經典：錢基博卷》（石家莊：河北教育出版社，1996），第 932 頁。

③ 張謇語。見錢基博著、劉夢溪主編：《中國現代學術經典：錢基博卷》（石家莊：河北教育出版社，1996），第 935 頁。

④ 費樹蔚語。見錢基博著、劉夢溪主編：《中國現代學術經典：錢基博卷》（石家莊：河北教育出版社，1996），第 935 頁。

⑤ 費樹蔚語。見錢基博著、劉夢溪主編：《中國現代學術經典：錢基博卷》（石家莊：河北教育出版社，1996），第 934 頁。

⑥ 費樹蔚語。見錢基博著、劉夢溪主編：《中國現代學術經典：錢基博卷》（石家莊：河北教育出版社，1996），第 937 頁。

國文人學者。而這種傳統的思想則完全體現在其《現代中國文學史》一書之中。

三、文·文學·文學史

在未進入探討《現代中國文學史》一書的内容之前,先讓我們瞭解錢基博對"文"、"文學"與"文學史"的定義,好讓我們依其定義、循其思路,藉此以理解這本文學史的敘述架構與具體内容。

首先,他综合多種經典而對於"文"有如下定義:"所謂文者,蓋複雜而有組織,美麗而適娱悦者也。"[①]至於"文學",則分為"狹義的文學"與"廣義的文學"。他所謂的"狹義的文學"乃專指"美的文學"而言:

> 所謂美的文學者,論内容,則情感豐富,而不必合義理;論形式,則音韻鏗鏘,而或出於整比;可以被弦誦,可以動欣賞。……大抵六朝以前,所謂"文學"者,"著述之總稱",所包者廣。六朝以下,則"文學"者,"有韻之殊名",立界也嚴。其大較然也。然吾人倘必持狹義以繩文學,則所謂文學者,殆韻文之專利品耳。[②]

"狹義的文學"與"廣義的文學"之區分乃以六朝為界,以韻文為"狹義的文學";至於"廣義的文學",則乃泛指一切非韻文的著述,包括"論辯"、"序跋"、"傳記",即其所謂"偏於發智者"。至於"偏於抒情"的,則有"詩歌"、"戲曲"與"小説"。[③] 至於他認為"廣

① 錢基博:《現代中國文學史》(長沙:岳麓書社,1986),第1頁。
② 錢基博:《現代中國文學史》(長沙:岳麓書社,1986),第2-3頁。
③ 錢基博:《現代中國文學史》(長沙:岳麓書社,1986),第3頁。

義的文學"乃"文學之平民化",大概是受當時的文藝思潮所影響,亦乃此書之取向,詳情稍後再論。

關於"文學史"與文學之别以及兩者之功能,錢氏有如下闡述:

> 夫史以傳信。所貴於史者,貴能為忠實之客觀的記載,而非貴其有豐厚的主觀的情緒也,夫然後不偏不黨而能持以中正。推而論之,文學史非文學。何也?蓋文學者,文學也。文學史者,科學也。文學之職志,在抒情達意。而文學史之職志,則在紀實傳信。文學史之異於文學者,文學史乃紀述之事,論證之事;而非描寫創作之事;以文學為記載之對象,如動物學家之記載動物,植物學家之記載植物,理化學家之記載理化自然現象,訴諸智力而為客觀之學,科學之範疇也。不如文學抒寫情志之動於主觀也。①

以上引文有兩點值得注意:一、文學史之為"史"者,貴在客觀的記載,而文學則貴在抒寫情志之主觀;二、他認為文學史乃紀述之事,而文學則重抒情達意。重要的是,他認為前者"不如"後者,因為前者乃科學,而後者乃創作。依其判價,文學創作乃高於文學史的書寫。

基於以上的定義,他認為司馬遷(子長,約前 145 或前 135 – 前 87?)的《史記》與胡適的《五十年來中國之文學》並非文學史。原因在於前者乃"發憤之作"、"工於抒慨而疏於記事"、"其文則史,其情則騷",即是説司馬遷在記事上仍具"史"的特性,可是整體上偏向於抒情;至於胡適該文,則因為"褒彈古今"、"好為議論"、"成

① 錢基博:《現代中國文學史》(長沙:岳麓書社,1986),第 4 – 5 頁。

見太深而記載欠翔實”,故亦被劃為非文學史之列。[①] 他重申,“史之所以為貴”,在於記實;而著者之成見,則“史之所大忌”。他又補充:

> ……蓋文學史者,文學作業之記載也;所重者,在綜貫百家,博通古今文學之嬗變,洞流索源,而不在姝姝一先生之説,在記載文學作業,而不在鋪敘文學家之履歷。文學家之履歷,雖或可借為考證之資,歐西批評文學家嘗言:“人種、環境、時代三者構成藝術之三要素也;欲研究一種著作,不可不先考究作者之人物、環境及時代。”質而言之:即不可不先考證文學家之履歷也。然而所以考證文學家之履歷者,其主旨在説明文學著作。捨文學著作而言文學史,幾於買櫝還珠矣。[②]

最後一句關於文學史與文學著作的評價,足證上述所言,即他認為主觀的文學創作乃高於客觀的文學史書寫。至於他所謂以人種、環境與時代構成藝術三要素的歐西批評家,指的應是法國史學家兼批評家泰納(Hipplyte Taine, 1828 – 1893)。泰納從實證主義(Positivism)的立場出發,提出文學研究與批評必須注意決定文學形成的三種因素,即種族、環境與時代。這種觀念乃重視寫實的、社會學的文學觀,進而為文學指定一種可以認識與改造社會的功用。[③] 泰納的觀點對五四時代的文學家具有相當大的影響,其中尤以茅盾(沈雁冰,1896 – 1981)與周作人(星杓,1885 – 1967)兩位為甚。錢氏亦乃受其影響者之一,其《現代中國文學史》之側重環境

---

① 錢基博:《現代中國文學史》(長沙:岳麓書社,1986),第 4 – 5 頁。

② 錢基博:《現代中國文學史》(長沙:岳麓書社,1986),第 5 – 6 頁。

③ 詳參温儒敏:《中國現代文學批評史》(北京:北京大學出版社,2000),第 103 – 104 頁。

與時代,或許便是受泰納之影響。

總而言之,錢氏強調的是直接地閱讀文學作品,再參閱作家的履歷;而論述的方法,則在於"綜貫百家",以達至"博通古今文學之嬗變,洞流索源"的目的。然而,在錢氏的《現代中國文學史》中,其研究的方法恰恰與上述所提倡的方法背道而馳,大多乃鋪敘作家的履歷與時代背景,而關於作品的討論相對較少,特别是"新文學"作品。我們必須對錢氏的文學史觀有一番認識,方能解答上述其文學史中所存在的這種重作家履歷與時代背景,而又幾乎不提及"新文學"作品的問題。

四、文學史觀:"返本修古"與"有往必復"

在錢基博《現代中國文學史》一書中,新、舊文學所佔的篇幅在比例上極其懸殊,"新文學"作家衹有寥寥數人,與陣營龐大的古文學家相比,可謂黯然失色。至於新文學作家中,衹有胡適、魯迅與徐志摩作專門討論。此外,書中也偶爾提及周作人、郭沫若(1892－1978)與郁達夫(1896－1945)等人。此等作家算是現在公認的"新文學"作家。而同樣被置於"新文學"中的梁啟超,則乃介乎新、舊之間而啟新文學之風者,並不能算是新文學作家。至於同列中的康有為、簡朝亮(季紀,1851－1933)、徐勤、陳千秋、譚嗣同(復生,1865－1898)、嚴復與章士釗、黄遠庸這些以文言文創作的人物,根本與"新文學"作家風馬牛不相及。再就其"新文學"一編的論述而言,對新文學發展的真正描述衹是止於"白話文"一節;而且,在這不夠三十頁的篇幅中,多是對作者生平的描寫與攻擊。錢基博否定新文學運動之態度,昭然若揭。

從《現代中國文學史》一書中的篇幅安排,以至於其對胡適及其所領導的新文學運動之攻擊,我們可以清楚得見錢氏在新、舊文

學上之偏向。以下,我們可從錢氏另一本文學史——《中國文學史》中的一段話,對其文學史觀作更進一步的發掘:

> 自來論文章者,多侈談漢魏唐宋,而罕及明代。……自我觀之:中國文學之有明,其如歐洲中世紀之有文藝復興乎。……而文則奥博排奡,力追秦漢,以矯歐、蘇、曾、王之平熟;而宋濂、劉基驊騮開道,以著李、何、王、李之先鞭。詩則雄邁高亮,出入漢、魏、盛唐,以救宋詩之粗硬,革元風之纖濃;而高啟、李東陽後先繼軌,以為何、李、王、李開山。[①]

由上所述,我們可以斷言,錢氏所持的便是"崇古"的文學史觀,可謂追跡明代前、後七子的"詩必盛唐,文必秦漢"[②]的文學理念。後世對明代前、後七子的評價,除了明末清初的少數文人學者之外,實際上是譭多於譽。至於八股文,則更是衆矢之的,然而錢氏卻獨闢衆議,大力褒揚:

> 八股文,則利禄之途,俗稱時文者也。然唐順之、歸有光縱横軼蕩,則以古文為時文,力求返虚入渾,積健為雄;雖與詩古文體氣不同,而反本修古一也。……不知明有何李之復古,

① 錢基博:《中國文學史》(北京:中華書局,1993),下册,第845頁。

② 見張廷玉等撰:《明史》(北京:中華書局,1974),卷二八六,第7348頁。前七子的領袖李夢陽自己曾這樣說:"西京之後,作者勿聞矣。"見李夢陽:《論學(上篇第五)》,《空同集》(上海:上海古籍出版社,1991),卷六六,第602頁。另一領袖何景明在《海叟詩序》中説:"學歌行近體,有取於二家(李白、杜甫),旁及初盛唐諸人,而古作者必從漢、魏求之。"見蔡景康編選:《明代文論選》(北京:人民文學出版社,1993),第117頁。康海則説他們七子中人:"言文與詩者,先秦兩漢魏晉盛唐,彬彬然盈乎域中矣。"見康海:《渼陂先生集序》,《對山集》(臺北:商務印書館,1972),第1册,卷三,第40頁。

以矯唐宋八家之平熟；猶唐有韓柳之復古，以救漢、魏、六朝之縟靡；有往必復，亦氣運之自然。①

錢氏對以唐順之（應德，1507－1560）與歸有光（熙甫，1506－1571）為首的"唐宋派"的八股文成就雖難得地予以肯定，然而他又認為若較諸前、後七子，唐、歸二人祇能如唐代的裴度（中立，765－839）、段文昌（墨卿，773－835）之於一代正宗的韓愈與柳宗元。正偏之别，可見一斑。新文學與古典文學兩者的正偏之别，主次之分，亦正在此。

再就上述引文中其"返本修古"與"有往必復"的文學史觀而言，文學史是循環的，亦即是説，文學的復古是可以預期的。由此我們便不難明白錢氏何以於"現代"的文學史中以"魏晉文"冠其首，以桐城派古文附其後，再以"中唐詩"、"宋詩"、"詞"、"曲"充撐了整本《現代文學史》，而其以"新文學"綴其末，顯然對於在20世紀30年代已成就斐然的新文學不屑一顧。

其實，錢基博對於新文學運動在不同時期的態度有所不同，而且其轉變之幅度相當大。以下將從《現代中國文學史》的初版與增訂版在内容上與觀點之截然不同處作分析，以觀其對新文學態度之轉變，以及其攻擊焦點與意圖之所在。

五、錢基博對新文學運動態度之轉變

（一）《現代中國文學史》版本異同比較

1. 版本述略

由劉夢溪主編、傅道杉編校的《中國現代學術經典：錢基博

① 錢基博：《中國文學史》（北京：中華書局，1993），下册，第845頁。

卷》，對錢基博《現代中國文學史》一書的版本源流有如下“説明”：

> 本書原由無錫國專學生會於 1932 年集資排版。時先生任教於上海光華大學，並兼任無錫國專教授。1932 年 9 月由上海世界書局正式出版；1934 年、1935 年連續再版，1936 年增訂出版；1965 年香港龍門書店重印了其增訂版；1974 年收入臺灣出版的《近代中國史料叢刊續刊》中。1986 年由岳麓書社據 1936 年增訂版改版印行，改版時由華中師範大學中文系石聲淮教授校訂。此次整理以岳麓書社 1986 年版為底本。①

其實，《現代中國文學史》最早乃由無錫國專學生會於 1932 年集資排版，原書名為《現代中國文學史長編》。② 此書的初版日期並非如《中國現代學術經典：錢基博卷》所説的 1932 年 9 月，而是中華民國二十二年，亦即 1933 年 8 月，由上海的世界書局出版，及至民國二十四年（1935）二月，已出了三版。③《中國現代學術經典：錢基博卷》中對此書初版日期所犯之錯誤，大概亦乃源於沿襲 1986 年岳麓書社版的《現代中國文學史》中“出版説明”的錯誤記載所致。④此書於 1934 年、1935 年連續再版，1936 年增訂出版；1965 年香港

① 錢基博著、劉夢溪主編：《中國現代學術經典：錢基博卷》（石家莊：河北教育出版社，1996），第 3 頁。

② 錢基博：《現代中國文學史》（長沙：岳麓書社，1986），第 507 頁。

③ 錢基博：《現代中國文學史》（上海：世界書局，1933 年 8 月初版，1935 年 2 月 3 版），背頁出版資料。筆者所據為香港中文大學新亞圖書館藏書。

④ 見錢基博：“出版説明”，《現代中國文學史》（長沙：岳麓書社，1986），第 1 頁。犯同樣錯誤的包括吴忠匡：《吾師錢基博先生傳略》，《中國文化》，1991 年第 4 期（8 月），第 193 頁；孔慶茂：《丹桂堂前》（武漢：長江文藝出版社，2000），第 38 頁；吉平平、黄曉静：《中國文學史著版本概覽》（瀋陽：遼寧大學出版社，1992），第 231 頁。

龍門書店重印了其增訂版;1974 年此書被收入臺灣出版的《近代中國史料叢刊續刊》中;1989 年上海書店出版社將此書與吴文祺的《新文學概要》及陳炳堃的《最近三十年中國文學史》合為一書出版;[①]1996 年再由河北教育出版社收入"中國現代學術經典"叢書。

2. 增訂内容:"原書所未及三事"

錢基博在 20 世紀 30 年代出版的《現代中國文學史》中,為世人提供了一幅另類的"現代文學史"圖像。他在此書的《四版增訂識語》中指出增訂版"有鄭重申敘,而為原書所未及者三事":一、將胡適及其所領導的新文學運動的"非周薄孔"的言行上溯至王闓運、廖平、吴虞、康有為與梁啟超這一脈中;二、指出晚清的桐城派乃由非桐城範圍作家所撐拄;三、指出以陳三立、鄭孝胥為代表的同光體乃嬗衍自桐城派的姚鼐(姬傳,1732－1815)。[②] 增訂版據錢氏自述,"材料增十之四,改竄及十之五"[③],而大篇幅地鞭撻梁啟超、胡適以及新文學運動,則乃其重心所在。值得關注的是,在增訂版中,他增添以上三項為原書所未道及之事,究竟意欲何為?

上述三個問題,除了第二個關於桐城派作家之地域問題應無可議之外,第一與第三個問題均有其特定目的。先處理第一個問題。依其言,我們可得知他乃將胡適及其所領導的新文學運動上溯至王闓運、廖平、吴虞、康有為與梁啟超非周薄孔這一脈。其中,

---

① 吴文祺、陳炳堃、錢基博:《新文學概要·最近三十年中國文學史·現代中國文學史》(上海:上海書店出版社,1989)。

② 錢基博:《四版增訂識語》,《現代中國文學史》(長沙:岳麓書社,1986),第 509－510 頁。

③ 錢基博:《四版增訂識語》,《現代中國文學史》(長沙:岳麓書社,1986),第 509 頁。

錢氏借吴虞之口對這批人物的操守作出猛烈的攻擊,[1]除了王闓運之外,後世稱之為大師或革命先驅的這批人物,在錢氏筆下,全部淪為醜角,幾乎無一幸免。而此等為錢氏所攻擊的人物有一共通的特色,即均為反傳統的人物。由此可見,《現代中國文學史》所處理的除了文學之外,還包括超乎文學以外的課題,故此有不少論者稱此書並非純粹的文學史,相當中肯。至於第三項所提及的以陳三立、鄭孝胥為代表的同光體乃衍生自桐城派的姚鼐,更是值得商榷。其實,同光體既以宋詩為學習方向,最直接的便是學江西詩派,甚至上溯杜甫與韓愈,即使在理念上與桐城派偶有相同,亦不表示同光體乃自"姚鼐嬗衍而來"。[2]

以下我們再看一段文字,即可對錢氏所增訂的方向與意圖有多一分瞭解:

> 民國肇造,國體更新;而文學亦言革命,與之俱新。尚有老成人,湛深古學,亦既如荼如火,盡羅吾國三四千年變動不居之文學,以縮演諸民國之二十年間;而歐洲思潮又適以時澎湃東漸;入主出奴,聚訟盈庭,一哄之市,莫衷其是。榷而為論,其弊有二:一曰執古,一曰騖外。何以騖外?歐化之東,淺識或自菲薄,衡政論學,必準諸歐;文學有作,勢亦從同,以為"歐美之學,不異話言,家喻户曉,故平民化。太炎、畏廬,今之

① 錢基博:《四版增訂識語》,《現代中國文學史》(長沙:岳麓書社,1986),第509－510頁。

② 例如有關於晚清宋詩派的研究者楊揚便不曾提及同光體乃衍生自桐城派。見楊揚:《晚清宋詩運動與"五四"新文學》,《中國古代、近代文學研究》,1999年第2期(3月),第215頁。吴淑鈿雖認為宋詩派在詩論上受桐城派的"啟導",但卻説:"整體而言,我們很難説桐城派是近代宋詩派理論的淵源……"見吴淑鈿:《近代宋詩派詩論研究》(臺北:文津出版社,1996),第51頁。

> 作者,然文必典則,出於爾雅;若衡諸歐,嫌非平民"。又謂:"西洋文學,詩歌、小説、戲劇而已。唐宋八家,自古稱文宗焉;倘準則於歐美,當擯不與斯文。"如斯之類,今之所謂美談;它無謬巧,不過輕其家丘,震驚歐化,降服焉耳。不知川谷異則,民生異俗,文學之作,根於民性;歐亞别俗,寧可強同?李戴張冠,世俗知笑;國文準歐,視此何異。必以歐衡,以諸削足;履則適矣,足削為病。兹之為弊,謚曰"鶩外"。然而茹古深者又乖今宜;崇歸、方以不祧,鄙劇曲為下里,徒示不廣,無當大雅。兹之為弊,謚曰"執古"。①

錢氏所抨擊的"執古"與"鶩外"兩種極端現象,實際所指的是胡適等新文學運動領導者與當時擁護舊文學者之間的角力、論戰。

在胡適的《文學改良芻議》與陳獨秀的《文學革命論》兩篇文章中,他們共設立了三個攻擊的靶子:桐城派、駢文體和江西詩派。陳獨秀在其《文學革命論》中對駢文、桐城古文與江西詩派有如下抨擊:

> 東晉而後,即細事陳啟,亦尚駢麗。演至有唐,遂成駢體。詩之有律、文之有駢,皆發源於南北朝、大成於唐代。更進而為排律為四六。此等雕琢阿諛的鋪張的空泛的貴族古典文學,極其長技,不過如塗脂抹粉之泥塑美人,以視八股試帖之價值,未必能高幾何,可謂為文學之末運矣。
>
> 今日吾國文學,悉承前代之敝,所謂"桐城派"者,八家與八股之混合體也;所謂駢體文者,思綺堂與隨園之四六也;所謂"西江派"者,山谷之偶像也。求夫目無古人,赤裸裸的抒情

---

① 錢基博:《現代中國文學史》(長沙:岳麓書社,1986),第8-9頁。

> 寫世，所謂代表時代之文豪者，不獨全國無其人，而且舉世無此想。①

陳獨秀甚至稱“明之前後七子及八家文派之歸（有光）方（苞）劉（大櫆）姚（鼐）”為“十八妖魔”②，攻擊的是彼等之“尊古蔑今，咬文嚼字”③。以上攻擊的便計有以林紓為首的桐城派與以陳三立、鄭孝胥為首的宋詩派。④ 至於胡適，在其《文學改良芻議》、《五十年來中國之文學》、《歷史的文學觀念》等文章中，側重強調晚清宋詩派的消極影響，甚至將它作為五四新文學運動的對立面來理解。他便曾這樣批評陳三立與鄭孝胥：

> 陳三立是近代宋詩的代表作者，但他的《散原精舍詩》裏實在很少可以獨立的詩。近代的作家中，鄭孝胥雖然也不脱模倣性，但他的魄力大些，故還不是模倣。⑤

胡適指出宋詩派志在學古，故也不將他們算在那五十年之内。

---

① 陳獨秀：《文學革命論》，見北京師範大學中文系現代文學教學改革小組編：《中國現代文學史參考資料》（北京：高等教育出版社，1959），第1卷，上冊，第21－22頁。

② 陳獨秀：《文學革命論》，見北京師範大學中文系現代文學教學改革小組編：《中國現代文學史參考資料》（北京：高等教育出版社，1959），第1卷，上冊，第22頁。

③ 陳獨秀：《文學革命論》，見北京師範大學中文系現代文學教學改革小組編：《中國現代文學史參考資料》（北京：高等教育出版社，1959），第1卷，上冊，第22頁。

④ 參閱陳平原：《中國現代學術之建立》（北京：北京大學出版社，1998），第376頁。

⑤ 胡適著、姜義華編：《胡適學術文集·新文學運動》（北京：中華書局，1993），第123頁。

在這場新、舊文學的論戰之中，兩派之陣容極其懸殊，為舊文學辯護而又為人熟知的，大概祇有林紓以及以吴宓（雨僧，1894－1978）、梅光迪以及胡先驌（步曾，1894－1968）為主的《學衡》諸君；至於新文學運動陣營中人，既是人多勢衆，且態度激烈。當時，錢玄同高呼"桐城謬種，選學妖孽"，攻擊的是桐城派的古文與駢文一脈，而其主要的對象乃是桐城派的末代宗師——林紓，而非章太炎所提倡的六朝文。據陳平原之見，六朝文之所以没有如桐城派之備受攻擊，乃是倡六朝文者乃章太炎，而他便是新文學運動中人如錢玄同與周氏兄弟的老師，故而有同門不相鬥的默契。[①] 至於林紓本人雖曾自辯自己並没有門派，然而曾國藩的四大弟子之一的吴汝綸，臨終前則曾有桐城一脈儘在林紓之意。而且，林紓本人在當時以古文大量翻譯西方名著，炙手可熱，成為錢玄同、胡適等新文學運動中人的攻擊對象，亦乃勢所難免。況且，民國之後，本由桐城派（馬其昶、姚永概等）所控制的北京大學國文系，儘為章太炎之弟子如黄侃（季剛，1886－1935）、魯迅、周作人、錢玄同等人所取代，[②]其中除了黄侃之外，其他幾乎全是新文學運動陣營中人，再加上激進的陳獨秀與胡適的搖旗吶喊、大肆攻擊，桐城派中人自不免有被驅逐的感覺。林紓於是不得不挺身而出，質疑新文學運動以至於醜化其領導人物。新、舊文學之争，至此而臻白熱化。

錢氏雖則"執古"與"騖外"並斥，所論亦言之成理。然而，展開其《現代中國文學史》一書的目録，我們難免大吃一驚。因為，他所謂的"現代"中國文學史，卻是以清末至民初的舊文學作家，即他所謂的"執古"者為主，差不多佔了八成的篇幅；至於"騖外"者的新文學中

---

① 陳平原：《中國現代學術之建立》（北京：北京大學出版社，1998），第384頁。

② 錢基博：《現代中國文學史》（長沙：岳麓書社，1986），第491頁。

人，竟由康有為冠其首，其弟子梁啟超居其次，稱之為"新民體"；復有"邏輯文"，標舉的是嚴復與章士釗；最重要的新文學運動領導者與實踐者的胡適則敬陪末座，至於以小説名世的魯迅與新詩健將的徐志摩則更是附録於胡氏一節之下。無論是對直接"騖外"派的攻擊，還是為之勾勒出"非周薄孔"的一條綫索，以至於增補了桐城派與宋詩派的詳細討論，均意在"執古"與"騖外"的文壇爭奪戰中為前者壯聲勢，並將新文學的意識形態定為"非周薄孔"的叛逆性質。一言以蔽之，增訂版的《現代中國文學史》之矛頭所向，均是對新文學運動不同方面的攻擊，亦是對舊文學的有力支持。

3. 刻意攻擊胡適及其所領導的新文學運動

據錢基博自述，《現代中國文學史》的寫作"始民國六年，積十餘歲"[①]而成。自此書出版後，友儕紛紛來信討論、切磋，胡先驌與郭斌佳也於報上有批評、介紹此書的文章。據説，兩君對此書"獎勖交至"[②]。其中，胡先驌曾是胡適之好友，而他則非常質疑新文學運動以及以白話創作，曾作二萬多字的長文批評胡適的《嘗試集》以及《五十年來中國之文學》，[③]更與梅光迪以及吴宓辦《學衡》以抗衡新文學運動，[④]當然乃錢基博的同道了。我們或可藉此而推

① 錢基博：《現代中國文學史》（長沙：岳麓書社，1986），第507頁。

② 錢基博：《現代中國文學史》（長沙：岳麓書社，1986），第509頁。

③ 胡先驌：《評〈嘗試集〉》、《評〈嘗試集〉（續）》、《評胡適〈五十年來中國之文學〉》，見孫尚揚、郭蘭芳編：《國故新知論——學衡派文化論著輯要》（北京：中國廣播電視出版社，1995），第292－311、312－328、329－350頁。

④ 相關的論述可參閱樂黛雲：《重估〈學衡〉——兼論現代保守主義》；郭齊勇：《試論"五四"與"後五四"時期的文化保守主義思潮》，分别見劉青峰編：《歷史的反響》（香港：香港中文大學出版社，1990），第265－275、243－264頁。另可參閱沈衛威：《回眸學衡派：文化保守主義的現代命運》（新店：立緒文化事業有限公司，2000）。

測，在1936年再版前，錢氏便可能在初稿加上後來他與朋輩間尤其是學衡派中人的討論成果，於當年的5月20日至7月11日期間，以一月又二十二日的時間，對原著作“材料增十之四，改竄及十之五”①地大規模改寫。此中，值得注意的是他對於在民初的新、舊文學上扮演舉足輕重的兩個關鍵人物胡適與林紓極其不尋常的重寫。至於其他文學家之增入與對原有代表作家的評論的重寫，大抵衹求更為翔實與全面而已，與原來的版本並没有根本上的分别。現依次序述其原著與增訂版對胡適與林紓兩人極其不尋常的重寫，以觀其對桐城派與白話文學運動之態度的轉變。

錢基博與林紓之間素有宿怨。據錢基博在其《錢基博自傳》中所言，林紓當時乃文壇宗主，因見錢基博文章駸駸然有蓋其名之勢，故而欲使商務書店勿刊行其書。其後，林紓更以卑劣手段致使錢氏無法任教於北京師範大學。然而錢氏聲言，他並不計較個人恩怨，在《現代中國文學史》中，仍給予林紓客觀的評價。事實上，錢氏確如其所言，衹是在桐城派作家的排名次序上略作調動而已，在增訂版中將本來先於馬其昶（通伯，1855－1930）、姚永樸（仲實，1861－1939）與姚永概（叔節，1866－1923）的林紓置於最後。這大概是將之視為桐城派的殿軍人物，亦合乎其文學史的實際地位，並無貶抑之意。而且，在1935年增訂版的《現代中國文學史》中，錢氏更加插了“天性敦摯”一詞形容林紓，並敘述林紓十歲時以家中之米接濟其師薛錫極的事跡，立意在印證、推崇林紓之敦摯本性。至於對林紓之致書蔡元培以攻擊北京大學為新文學基地的不滿，以及其以《妖夢》、《荆生》諸小説攻擊新文學陣營中的陳獨秀、錢玄同與胡適，錢氏則大篇幅地列出，不亦是表示支持嗎？而且他又在增訂版中，將原本關於胡適有關新文學革命的内容全部删掉。這

① 錢基博：《現代中國文學史》（長沙：岳麓書社，1986），第509頁。

樣的比較之下，錢氏反新文學運動的立場便非常明顯了。

然而，錢基博在初版與增訂版對胡適的記載以及對由胡氏所倡導的白話文學運動的評價，則有非常明顯的不同。其對胡適以至於白話文學運動之鞭撻，近乎黨同伐異。在初版的《現代中國文學史》中，錢基博對胡適的評價是相當高的：

> 及胡適自美洲畢所學而歸，都講京師，倡為白話文。其友人陳獨秀誦其説而張之，以其長大學文科，鋭意於意大利文藝改革之事也！登高之呼，薄海風動駸駸乎白話簒文言之統，而與代興為文章之宗焉。[①]

就以上文字觀之，不但没有任何詆譭攻擊之跡象，而且似乎頗有肯定之意。例如，他跟著便以差不多十四頁紙[②]的大篇幅引録胡適有關白話文學運動的文章與日記，約佔“胡適附黄遠庸”這一節[③]的一半篇幅以上。據其言，乃藉此“可以窺見胡適文學革命思想之歷程”[④]。錢氏對胡適及其所領導的文學革命之肯定又可見於其在 1924 年出版的《國學必讀》一書中，其中他便收録了胡適的四篇文章，分别是：《文學改良芻議》、《談新詩》、《論短篇小説》、《國語文法概論》。[⑤] 另外，還有一篇《諸子不出於王官論》。[⑥] 胡適的這五篇文章，前四篇全是屬於倡導新文學的，然而，錢氏卻將之收入“國學”

① 錢基博：《現代中國文學史》(上海：世界書局，1935)，第 427 頁。

② 錢基博：《現代中國文學史》(上海：世界書局，1935)，第 427 – 441 頁。

③ 錢基博：《現代中國文學史》(上海：世界書局，1935)，第 424 – 449 頁。

④ 錢基博：《現代中國文學史》(上海：世界書局，1935)，第 441 頁。

⑤ 見錢基博編：《國學必讀》(上海：中華書局，1924)，上冊，第 158 – 260 頁。

⑥ 見錢基博編：《國學必讀》(上海：中華書局，1924)，下冊，第 409 – 416 頁。

的"必讀"之列;而且,他又在該書的《作者録》中這樣介紹胡適:

> 一面倡建設的文學革命之論,而以國語的文學,打倒桐城派古文之舊勢力;一面又主張整理國故之議,以刷新國學之面目。其於中國學術摧陷廓清之功,信不可没!惟其衡評國學,過重知識論;而功利之見太深,此其所短!①

由以上文字可見,他當時對胡適以及其所倡導的新文學運動並未有任何惡感,甚至在很大的程度上,似乎頗為認同。

然而,在增訂版《現代中國文學史》中,錢氏完全删去對胡適的提倡新文學之成就頗為肯定的這重要一段。值得注意的是,他將初版中引録胡適接近十四頁紙的文學革命主張大幅度地壓縮為不夠一頁紙,而且祇以列點的形式略作介紹而已。雖然,他在初版中論述胡適的後面對他亦不無貶抑之意,稱其過為"武譎",即"尚詐取,貴詭獲"②,抨擊胡適及其同儕誤導後生小子;且在結束之前,藉當時的新青年之口而譏胡適之倡重整國故之論為"落伍",並有如下悻悻然的概嘆:

> 十年推排,已成老物;身名寂寞,胡適蓋不勝今昔之感!而逐林紓之後塵,以為後生揶揄云!又豈適始計之所及者也哉!③

錢氏在初版本對胡適的批評與揶揄,相較增訂本而言,尚算輕微;而他對白話文學運動,也不見有任何過激的大肆攻擊。然而,在1936

① 見錢基博編:《國學必讀》(上海:中華書局,1924),上册,第8頁。
② 錢基博:《現代中國文學史》(長沙:岳麓書社,1986),第447頁。
③ 錢基博:《現代中國文學史》(長沙:岳麓書社,1986),第449頁。

年的增訂版中，胡適及其所領導的新文學運動在錢氏眼中驟然變成了偽君子與洪水猛獸。錢氏無所不用其極地對胡適作出挖苦、嘲弄，甚至於長篇累牘地引用他人（主要是章士釗）文字，對胡適與新文學運動作出徹底的攻擊。

《現代中國文學史》增訂版中最惹人注目的是錢氏對胡適《嘗試集》所作出的挖苦與批評。[①] 錢基博於《嘗試集》中"録一二篇以見一斑"，並非隨意引録，而是引録胡適的《病中得冬秀書》與《新婚》這兩首"由有韻而無韻"、"長短隨意"的作品，以便其嘲弄與揶揄，以證以白話寫詩之難以成功。至於胡適的《嘗試集》中有否值得肯定的作品，則隻字不提。

錢氏又指出，胡適以為讀古書的方法衹有一途"即用清代漢學家之校勘訓詁方法，以求本子之訂正與古義之考定"[②]，其用意亦在揭穿胡適所謂的"科學方法"，其實也不過是清代的樸學而已。至於胡適一方面力倡使用白話文，然另一方面卻又自相矛盾地倡整理國故，[③] 自然又是其言行不一的罪證了。錢氏又借章士釗之言攻擊新文學運動，其出發點其實也就是林紓的"古文不當廢"的觀點。錢氏從論證古文之簡潔，白話之繁蕪，進而引伸至創作思維上的優劣。更重要的是他指出，以白話文創作乃"文化瀕於破産，中國人且失其所以為中國人而不自知"[④]，而造成此厄運的罪魁禍首，便是胡適。

最能表達出錢氏心聲的莫過於以下的一段文字，足證其發憤著書的心態：

語其表也，似天下之論已歸於一；至語其裏，則不學者少

① 錢基博：《現代中國文學史》（長沙：岳麓書社，1986），第 485 – 486 頁。
② 錢基博：《現代中國文學史》（長沙：岳麓書社，1986），第 502 頁。
③ 錢基博：《現代中國文學史》（長沙：岳麓書社，1986），第 475、492 頁。
④ 錢基博：《現代中國文學史》（長沙：岳麓書社，1986），第 476 頁。

> 數人發縱指示,強令天下之學者,自默焉屈於己而已。如金在冶,不躍為常;復假定天下之學者,自默屈於己外,無他道而已。為問此默而屈者,其將與之終古否乎?與之終古,中國之文化也將至何境矣乎?四五年來,自非無目,莫不見倫紀之凌夷,文事之傾落,如水就下、獸走壙,日蹙千里而未艾也。①

由此可見,錢氏便是不甘"默屈",不忍見中國文化就此沉淪於新文化運動的學者。其著書乃代千千萬萬默屈的學者發聲,以抒其對當時"倫紀之凌夷,文事之傾落"的現象的不滿與擔憂。至於新文學作品,在章氏以至於錢氏眼中,不外"淫情濫緒"②而已,當然不獲其青睞了。

以上論述,旨在印證錢氏悲憤之心態與全方位對新文學運動的攻擊。他對古文與白話的性質的分析,雖不乏洞見,但若將傳統價值之崩潰與社會之紛亂,全歸咎於新文學運動與白話文創作,均是倒果為因。整體而言,多為激憤之語,而且其中夾雜過多的人身攻擊。其嚴厲控訴,並不客觀,實不符胡適與梁啟超二人對當時社會所產生的積極作用。③

---

① 錢基博:《現代中國文學史》(長沙:岳麓書社,1986),第 473 頁。

② 錢基博:《現代中國文學史》(長沙:岳麓書社,1986),第 474 頁。

③ 有關胡適對傳統的批判的論述極多,在此衹略舉一二。例如周策縱:《胡適對中國文化的批判與貢獻》,見周策縱等:《胡適與近代中國》(臺北:時報文化出版企業有限公司,1991),第 319 – 324 頁;羅志田:《新舊文明過渡之使命:胡適反傳統思想的民族主義關懷》,《傳統文化與現代化》,1995 年第 6 期,第 72 – 79 頁;Chou Min – chih, *Hu Shih and Intellectual Choice in Modern China* (Ann Arbor: U of Michigan P, 1984), pp. 166 – 187。至於有關梁啟超的啟蒙思想及其鼓吹革命的動機,可參閱張朋園:《梁啟超與清季革命》(臺北:"中央研究院"近代史研究所,1999);尤其是第二章第三節"新民、破壞、革命"的論述,正好回應錢基博對梁啟超缺乏理解的指責。有關梁啟超個人的政治與對待傳統的態度以及其新民說的論述,可參閱 Chang Hao, *Liang Chi – chao and Intellectual Transition in China*, 1890 – 1907 (Cambridge: Harvard UP, 1971), pp. 220 – 237, 272 – 295.

(二)有關魯迅、徐志摩以及其他新文學作家的評價

在錢基博的視野中,魯迅與徐志摩並非獨當一面的作家,而是"景附"胡適而"有大名者"。錢氏又認為:

> 樹人頹廢,不適於奮鬥。志摩華靡,何當於民衆。志摩沉溺小己之享樂,漠視民之慘沮,唯心而非唯物者也。至樹人所著,袛有過去回憶,而不知建設將來;袛抒小己憤慨,而不圖福利民衆。若而人者,彼其心目中,何嘗有民衆耶!①

在此,錢氏將魯迅與徐志摩等量齊觀,評為"資産階級文學"。錢氏之引用"資産階級文學"、"唯心"、"唯物"等術語,以及"小己"與"民衆"對立的思維,應是從報章上全部照録不誤,而不問這些概念是否與自己的文學觀有所衝突。我們再看多一段他所録的文字,大抵可知他當時所受的影響來自何方:

> 若漸由小己而轉向民衆以為青年所推者,曰郭沫若、郁達夫。郭沫若代表青年抵抗一派;郁達夫代表頹廢一派;而其所以可貴,則要在意趣之轉向勞動階級。而於是所謂新文藝之新而又新者,蓋莫如第四階級之文藝,謚之曰普羅文學,其精神則憤怒抗進,其文章則震動咆哮,以唯物主義樹骨幹,以階級鬥爭奠基石,急言極論,即此可徵新文藝之極左傾。而周樹人、徐志摩,則以文藝之右傾,而失熱血青年之望。②

① 錢基博:《現代中國文學史》(長沙:岳麓書社,1986),第504頁。
② 錢基博:《現代中國文學史》(長沙:岳麓書社,1986),第505頁。

這裏推崇的是郭沫若與郁達夫，乃當時創造社的主要成員與作家。郭沫若屬於"抵抗一派"，自不在批評之列。就算是與魯迅一樣，同是"頹廢"的作家郁達夫，在錢氏眼中則因為其"意趣之轉向勞動階級"而屬"可貴"。至於其所列舉的"第四階級之文藝"（"普羅文學"）、"唯物主義"、"階級鬥争"、"左傾"、"右傾"等口號與思維，實則全乃受自當時"關於無産階級文學論争"以及"左聯"的影響。[①]所謂的"關於無産階級文學的論争"，指的是以郭沫若、郁達夫與成仿吾（1897－1984）等人為主的創造社與以錢杏邨（阿英，1900－1977）、馮乃超（1901－1983）為主的太陽社，在魯迅未加入彼左派陣營前對魯迅的攻擊。[②] 無論是創造社，還是太陽社，他們都提倡革命文學，提出文學作品應該"反抗一切舊勢力"、"反個人主義"、"它的主人翁應當是群衆，而不是個人；它的傾向應當是集體主義"、"要以真摯之情去描寫'農工大衆的激烈的悲憤，英勇的行為與勝利的歡喜'"[③]。這不就正是錢基博所引用以攻擊魯迅與徐志摩兩人的缺失之所在嗎？

錢氏《現代中國文學史》一書初版乃於 1933 年出版，然而自 1928 年開始，魯迅已開始注意馬列主義文藝理論著作，並於同年 6 月譯介蘇聯的《文藝政策》在他所主編的《奔流》上連載。[④] 而於 1930 年，魯迅已與左翼人士達成共識，於該年 3 月 2 日在上海成立

---

① 黄修己：《中國現代文學發展史（修訂本）》（香港：中國圖書刊行社，1994），第 223 頁。

② 錢理群、温儒敏、吴福輝：《中國現代文學三十年（修訂本）》（北京：北京大學出版社，1998），第 194 頁。

③ 原出自蔣光慈：《關於革命文學》，《太陽月刊》1928 年第 2 期（2 月）。此處乃轉引自黄修己：《中國現代文學發展史（修訂本）》（香港：中國圖書刊行社，1994），第 228 頁。

④ 魯迅還譯有其他有關馬列主義文藝理論著作。詳見黄修己：《中國現代文學發展史（修訂本）》（香港：中國圖書刊行社，1994），第 232 頁。

"中國左翼作家聯盟"。自此,魯迅雖非共産黨黨員,但他實際上已成為宣傳陣地的一位重要人物。及至1935年,《現代中國文學史》增訂出版的前夕,錢氏所謂"右派"、"頽廢"的魯迅所屬的"左聯"已因受國民黨的壓力而自動解散。由此可見,錢氏對魯迅的實際傾向並不太瞭解,衹是不自覺地引録了報章上派系衝突的言論而妄下定論而已。

魯迅的小説雖不無灰暗,然而錢氏以至於其他攻擊者均不明白其小説之所以灰暗的原因及目的所在。① 問題是,他似乎並非從親自閲讀而獲得的感受,而衹是抄襲報章上他人攻擊魯迅的文章。從這事例可帶出兩個可能性:一、他撰寫文學史而可能没有看所評論的作家的文學作品,實有違其為文學史而立的宗旨;二、他不看或未看魯迅以至於其他新文學作家的作品,實亦是出於對新文學的鄙薄。對此,石聲淮對其《現代中國文學史》便有如下評價:

> 錢先生以當時的觀點對那些作家和作品進行了評價。從今天看,那些評價不盡全面和準確。②

然而,無論是在《現代中國文學史》中,還是在《中國文學史》中,他對古文學作家的論述均有頗多精彩而深入的個人見解。

---

① 有關這方面的論述,可參T. A. Hsia, "Aspect of the Power of Darkness in Lu Hsun", *The Gate of Darkness: Studies on the Leftist Literary Movement in China* (Seattle: University of Washington Press, 1968), pp. 146 - 162;此外,李歐梵亦曾論及魯迅小説"獨異個人"與"庸衆"之間的關係,可作錢基博對魯迅小説無當於民衆的回應,見李歐梵著、尹慧珉譯:《鐵屋中的吶喊》(香港:三聯書店,1991),第74 - 93頁;關於魯迅思想演變,可參李澤厚:《略論魯迅思想的發展》,《中國思想史論》(合肥:安徽文藝出版社,1999),中冊,第762 - 794頁。

② 石聲淮:《校後記》,見錢基博:《現代中國文學史》(長沙:岳麓書社,1986),第513頁。

我們之所以列舉出以上的事實以及標明事件發生的日期，旨在説明錢基博在其《現代中國文學史》中對魯迅的批評祇是人云亦云，其所抄襲的並非全屬事實。另一方面，當時"左翼"在上海主辦的文藝刊物極多，錢基博隨意抄録，肆意對魯迅以及他人作出攻擊，至於箇中所隱含的意識形態的鬥争，非其始料所及。

六、文學史方法論

（一）"比類"、"比次"之法

從以上的論述可見，錢基博對中國文學史的理解與當時的社會與文壇的態勢有著密不可分的關係。以下我們將探討錢氏如何在其"比類"與"比次"的方法論底下，體現其與現實相涉的文學史觀。

吴忠匡對其老師錢基博治文學史的方法有如下理解：

> 他著述《文學史》，自序中稱於章氏書，"少耽研誦，粗有睹見，信余言之不文，幸比次有法。""比次之法"正是章氏所講求，而為先生所著意弘揚的治學方法。①

吴氏在錢氏 1993 年版的《中國文學史・後記》中，再度闡述錢氏在治文學史時所運用的"比類"與"比次"的方法：

> ……"比類"、"比次"之説，就作家所處的時代環境、政治

① 吴忠匡：《吾師錢基博先生傳略》，《中國文化》，1991 年第 4 期（8 月），第 192 頁。

> 思潮、社會思想等狀況,著重考察歷代文章的利病與其升降得失的歷史根源,在評論歷代文學理論與其作品的同時,運用排比綜合的方法,揭示它的發展、演變與其流別。①

例如,在論及司馬遷《史記》的文章時,錢氏便將之與《左傳》及《莊子》相比較:指出《左傳》以體會經之義理為主,結合事例而予以變化;《莊子》以情事為主,結合事理,寄以幻思奇想;至於《史記》則乃以事理為主,結合情事,而"如雲龍霧豹,出没隱現,變化無方"②。同樣的,在《現代中國文學史》一書中,特别在"古文學"部分,我們也可發現這套方法的運用,他亦是以這套方法勾勒出整個上承司馬遷而下貫清代桐城派的古文譜系的。

至於"新文學"部分,雖亦略及康、梁源於桐城而敗壞其義法,然而較多突出的卻是清末民初的時代環境、政治思潮、社會思想等狀況,或即部分出於受泰納理論的影響,故此書中"比次"或"比類"之方法運用似不及《中國文學史》多。

(二)"知人論世"

"比類"、"比次"可以説是宏觀的方法論,非學識淵博者不能為,而這套方法之應用實奠基於著者對作家生平與文學發展之深切認識,即"知人論世"。相較於"比次"、"比類"而言,"知人論世"或可稱之為微觀的方法論。1986 年版的《現代中國文學史》在"出版説明"中對其"知人論世"之方法有如下説明:

① 吴忠匡:《吾師錢基博先生傳略》,《中國文化》,1991 年第 4 期(8 月),第 132 頁。

② 錢基博:《中國文學史》(北京:中華書局,1993),下册,第 1132 頁。

……作者因本孟子“知人論世”的宗旨,並不局限於以文論文,就詩論詩,而是緊密地結合當時“朝政國事”,在極其寬廣的背景中,尋求和探討這一時期“文章得失升降之故”。……來反映時代和社會的内容以及這一時期中的政治、思想動態和一些歷史事件的某些側面。……本書在今天,仍不失為研究文學的歷史發展和近代政治、社會方面的一部重要參考書。①

除了文學之外,很多討論錢氏這本《現代中國文學史》的文章都不忘指出此書可作為當時的政治和社會的“參考書”。吴忠匡亦認為:

本書……是一部廣義性質的文學史著作。……作者的愛憎情感是顯而易見的。本書並不局限於以文論文,就詩論詩,而是在極其寬廣的背景中,尋求和探討這一時期“文章得失升降之故”。有關一代文人的遺聞軼事,可作為“知人論世”之資的,也都綱(網)羅,粲然可觀。正如先生自己所評説的:“讀者以此一帙為現代文人之懺悔録可也。”這説明先生的這一著述,對當時的學術界起了一種不可或缺的深刻反思的作用。②

“知人論世”乃孟子説詩標準兩個條件之一,亦即是對作家的背景要先有一番瞭解後,在詮釋作品時,纔能更準確地“以言逆志”。然而,正如錢氏在《現代中國文學史》一書的開始時所言,“考證文學家之履歷”,旨在説明“文學著作”。《現代中國文學史》雖則名之

① 錢基博:《現代中國文學史》(長沙:岳麓書社,1986),第2頁。

② 吴忠匡:《吾師錢基博先生傳略》,《中國文化》,1991年第4期(8月),第192–193頁。

為"文學史",然而作者或深入人物内心,或徵引他人的書信,以呈現人物的處境,實亦可將之視作為一本繪聲繪影的歷史小説。相較於其《中國文學史》中之偏重"比次"、"比類"的方法,錢氏則較自覺地運用了"知人論世"的方法來撰寫《現代中國文學史》,以達至文學史與現實相涉,以體現世變下的文學變遷。然而,過多的關於作家本人的瑣屑記載,可能亦正是此書瑕疵之所在。

七、治文學史之意義及其撰《現代中國文學史》之目的

(一)治文學史的意義

在其《現代中國文學史》的開端,錢氏這樣闡述治文學史的意義:

> 吾人何為而治文學〔史〕耶? 曰:智莫大於知來。來何以能知? 據往事以為推已矣。……而文學史者,所以見歷代文學之動,而通其變,觀其會通者也。[①]

在這裏他指出,憑藉文學史,"據往事以為推",我們可以得見歷代文學的"演變",而把握其"動"與"變"之規律則為"會通"。從錢氏的"會通"角度推斷,將來之文學復興絶不在於以胡適為首的新文學;相反,他以"别張一軍"來形容胡適所領導的新文學。而在《中國文學史》一書中,他亦以"别張一軍"相近意思的"異軍别張"[②]來

① 錢基博:《現代中國文學史》(長沙:岳麓書社,1986),第8頁。

② 錢基博:《中國文學史》(北京:中華書局,1993),下册,第846頁。

形容明末他所謂的"尸亡國之大詬"的以鍾惺(伯敬,1574 – 1624)與譚元春(友夏,1586 – 1637)為首的竟陵派。正如他所謂的"有往必復"、"返古修一"的文學史觀,即變動之後仍歸不變,新文學之出現祇是旁枝(偏),中國文學之正統必然延綿不絕,一如中華民族及其傳統文化。

(二)撰寫《現代中國文學史》之目的

1. 由"現代"一詞的定義説起

錢基博的《現代中國文學史》,既是以"現代"為限,然而其中所論述的人物大多是清朝遺老,而非新文學作家。其對"現代"一詞的界定,與我們現在的一般文學史對於"現代"的認知,極為不同。且以以下幾本較為知名的文學史為例,以觀一般文學史對"現代"一詞的界定與錢氏不同之所在。

由唐弢(1913 – 1992)等主編的《中國現代文學史》指出:"中國現代文學發端於五四運動,但以鴉片戰爭後的近代文學為其先導。"[①]黃修己在其《中國現代文學發展史》中則認為:"1917 年是文學革命的開始,也是現代文學發生期的開始。"[②]由錢理群等人所合撰的《中國現代文學三十年》一書則以 1917 年 1 月《新青年》第 2 卷第 5 號發表胡適的《文學改良芻議》為開端,而且對於"現代文學"的"現代"性質的概念,有如下闡釋:所謂"現代文學",即是"用現代文學語言與文學形式,表達現代中國人的思想、感情、心理的

---

① 唐弢、嚴家炎主編:《中國現代文學史》(北京:人民出版社,1996),第 1 冊,第 1 頁。

② 黃修己:《中國現代文學發展史(修訂本)》(香港:中國圖書刊行社,1994),第 15 頁。

文學"①。

以 1917 年為"現代文學"的開端,雖未必人人同意,但基本上已是當時以至於現在的主流意見。錢基博身處"五四"新文學發軔之時代,且身為文人、學者,在撰寫以"現代"為斷限的文學史,自不可能不對"現代"一詞的涵義有所瞭解。然而,錢氏的《現代中國文學史》一書所涵蓋的人物當中,冠於"魏晉文"之首而出生得最早的王闓運,生於 1833 年(早於 1840 年的"鴉片戰争"),而其逝世之時則為 1916 年,若依上述所引的幾本現代文學史對"現代文學"的界定,則他仍未能活至趕上 1917 年開始的"現代文學"的頭班車。

事實上,錢氏並非不知道當時對"現代"的定義的,否則他不會特別對其採用"現代"一詞而作出如下的定義以及解說:

> 吾書之所為題"現代",詳於民國以來而略於推跡往古者,此物之志也。然不題"民國"而曰"現代",何也?曰:維我民國,肇造日淺,而一時所推許文學家者,皆早嶄然露頭角於讓清之末年;甚者遺老自居,不願奉民國之正朔;寧可以民國概之?而别張一軍,翹然特起於民國紀元之後,獨章士釗之邏輯文學,胡適之白話文學耳。然則生今之世,言文學而必限於民國,斯亦廑矣。治國聞者,儻有取焉。②

據以上解釋,他採用"現代"而捨"民國",乃因為當時文壇所推許的文學家,都是在清末已嶄露頭角,而彼等以清朝遺老自居而不願奉民國之正朔,故不勉強以民國國號涵蓋這一批作家。但問題是,他

① 錢理群、温儒敏、吴福輝:《前言》,《中國現代文學三十年(修訂版)》(北京:北京大學出版社,1998),第 1 頁。

② 錢基博:《現代中國文學史》(長沙:岳麓書社,1986 年版),第 9 頁。

聲言採用"現代"一詞乃為了方便於晚清"嶄露頭角"的遺老,若依其邏輯而言,則是因為民國以來,值得納入文學史的作家並不多。他解釋,因為民國建立的時間尚淺。故此,胡適等人所倡導的新文學,在錢基博這本以"現代"為稱的《現代中國文學史》中,並非主流,祇是"别張一軍"而已。而且,在錢氏的設計下,"新文學"與"古文學"相區分,不計"緒論"與"編首",增訂版的《現代中國文學史》中"上編"的"古文學"由第 39 頁至 328 頁止,而"下編"的"新文學"則由第 329 頁至 506 頁。比例之懸殊,錢氏在新、舊文學之間的取捨,視新文學為"動"與"變"之意,可見一斑。

更令人納悶的是,置於"新文學"之下率先是康有為、梁啟超為主的"新民體";其次則是嚴復與章士釗兩人為中心的"邏輯文";最後乃以胡適為主,附有不大為人熟知的黄遠庸,湊上魯迅與徐志摩,便成了"白話文"一節。説到底,實際此書中有關我們現在所認同的"現代文學"或"新文學"的便祇有"白話文"的這一小節,約計二十七頁,而其中不太為人熟知的黄遠庸已佔去數頁的篇幅。

值得一提的是,無獨有偶,早在錢基博《現代中國文學史》問世之前,胡適便曾應《申報》的邀請,撰寫《五十年來中國之文學》一文,刊登於 1923 年 2 月《申報》五十周年紀念特刊的《最近五十年》之上;而其中他所攻擊的古文學末期的人物恰恰大部分是錢基博《現代中國文學史》中所予以肯定的古文學家。在《五十年來中國之文學》一文中,關於"古文學的末期"一處,胡氏開出以下的代表人物:(一)嚴復林紓的翻譯的文章;(二)譚嗣同梁啟超一派的議論的文章;(三)章炳麟的述學的文章;(四)章士釗一派的政論的文章。① 胡適稱,"這四派都是應用的古文",而且祇是"古文範圍以

---

① 胡適:《胡適學術文集·新文學運動》(北京:中華書局,1993),第 95 頁。

内的革新運動”。[①] 可是,除了章太炎古雅的文章、經師的身份以及林紓怎樣也無法擺脱的桐城宗師的身份而難以將他們置於新文學之内,以上所有被胡適稱為末期古文家的,全被錢基博安置於“新文學”的名目之下。由以上種種跡象推論,錢基博的《現代中國文學史》很有可能是參考了胡適的論著之後,因應其攻擊舊文學的方向而撰的抗衡論述。

由此可見,錢氏對“現代文學”的理解截然大異於當時以至於現在的主流觀念。問題是,由上述文字可見,他並非不知道當時對“現代”一詞的定義,而是别有苦心。由“然則生今之世,言文學而必限於民國,斯亦廑矣”一言推論,可見當時言現代文學者必以民國為時間斷限的事實。依其言,並無失當之處,甚至可稱之為有見地。至於具體的時限,則仍有可商榷之餘地。可是“治國聞者,儻有取焉”這句話則值得我們注意。據錢氏記述:

> ……於是教育部以民國九年頒“小學課本改用國語”之令;而白話文之宣傳,益得植其基於法令焉。[②]

由此可見,錢氏對於白話文學之盛行與權力之間的關係是瞭然於胸的。在1933年出版的《現代中國文學史》,竟然給予晚清的古文學以絶大的篇幅,而故意縮小白話文學。入錢氏視野的並非我們現在所認知的新文學作家,絶大部分是古典文學作家。這是妄顧事實的反新文學論述。按《現代中國文學史》出版的20世紀30年代,其時新文學運動已是成果纍纍。1935年由趙家璧主編,

---

① 胡適:《胡適學術文集·新文學運動》(北京:中華書局,1993),第95頁。

② 錢基博:《現代中國文學史》(長沙:岳麓書社,1986),第492頁。

由上海良友圖書印刷公司於 1935 年 10 月 30 日付排,1936 年 2 月 15 日初版出版了十大卷的《中國新文學大系》,以展示新文學運動十年以來的實際成績。然而錢基博在 1936 年增訂版的《現代中國文學史》中,不單沒有改變其對新文學以至於對胡適、魯迅、徐志摩等等新文學作家的觀感,反而大增撻伐之篇幅。其對新、舊文學的態度,判然立現。依上述引言推斷,他可能對教育部所頒行的"小學課本改用國語"之令有所不滿,故而在《現代中國文學史》中纔有擴闊"現代文學"的範圍,向上追溯,而非依循以民國為開端的新文學主流。而從其以"現代(晚清)"抗衡民國以來的"現代(1917 年的新文學運動)"以及其向執政者進言之舉而言,錢氏對於古文學實有"無可奈何花落去"的情緒。

2. 發憤以抒情

(1)文學與世變

錢基博做學問的一個最大的特徵便是著重學問與現實相涉,他認為文學與現實有密不可分的關係,他指出:"事異世變,文學隨之。"[①]這種因"世變"而"文學"的關係貫穿了整本《現代中國文學史》,特別是在"新文學"部分中更為突出。相對而言,這種特色在《中國文學史》中並不明顯:前者乃錢氏有切身的感受,受現實種種變動的發憤之作;而後者則可能乃教材之故而不及詳細論及。當時文學革命正是如火如荼,而他卻認為"尚有老成人","盡羅吾國三四千年變動不居之文學,以縮演諸民國之二十年間"。[②] "變動不居"的當然是指此書中大篇幅的"古文學",以與"變"的"新文學"相抗衡。最令錢氏悲憤莫名的便是"新文學"中的康有為、梁啟超

---

① 分別見錢基博:《中國文學史》(北京:中華書局,1993),上冊,第 9 頁;錢基博:《現代中國文學史》(長沙:岳麓書社,1986),第 10 頁。

② 錢基博:《現代中國文學史》(長沙:岳麓書社,1986),第 8 頁。

與胡適等人的狂言惑世、敗壞國運。他認為康有為的文章包羅萬象、變化多端,而最重要的是批評:"桐城義法至有為乃殘壞無餘",其"恣縱不儻"的風格則為後來梁啟超新民體之所承傳。[①] 至於梁啟超,錢氏認為他師法康有為而自成一家,雖承認其文"晰於事理,豐於情感"以及"文學感化力之偉大",但亦不忘指出老一輩詆之為"文妖",[②]且其為文亦有"堆砌"、"冗長"與"沙泥俱下"[③]之弊。一言以蔽之,在其眼中,康、梁師徒之文章,都是"變世"之文學,而這種文學亦乃惑亂家國、國運敗壞之根源。

從《現代中國文學史》一書之偏重"古文學",壓抑與大肆抨擊康、梁之文章以及胡適等人之"新文學",我們不禁要問,錢氏作此"文學史",究竟有何目的?在其《四版增訂識語》中,他便道出原委:

> 我生不辰,目睹諸公袞袞,放言高論,喜為異説而不讓,令聞廣譽施於身;而不自知諸公之高名厚實何莫非億兆姓之含冤茹辛,有以成之。今吾儕小民,呻吟憔悴於新政之下,疾首悁心,求死不得;末學小生,叫囂跳踉於新學説之中,急言竭論,迷復何日。而諸公聲名日高,慮無反顧。[④]

從這段文字觀之,錢氏之撰《現代中國文學史》乃是由政治而文學的。他認為,康、梁等人之倡議"維新"與"變法",實乃未見其利而已遺害蒼生不淺。此乃基於其信守"舊法可損益,必不可叛"之宗

---

① 錢基博:《現代中國文學史》(長沙:岳麓書社,1986),第330頁。
② 錢基博:《現代中國文學史》(長沙:岳麓書社,1986),第383頁。
③ 錢基博:《現代中國文學史》(長沙:岳麓書社,1986),第385頁。
④ 錢基博:《現代中國文學史》(長沙:岳麓書社,1986),第511－512頁。

旨，政治體制固然如此，視之文學亦然。瞭解其宗旨，我們便不難明白他何以力詆康、梁（尤以梁啟超為甚，或許出於康有為仍是保皇派）以至於批駁胡適等所倡導的推翻舊文學、以白話文取代文言文的文學革命，以及其所鼓吹的推翻一切舊制。這一切均是嚴復與錢基博這一派保守主義者所引以為憂的。其所作乃儆前人之規勸迷途者，而背後所肩負的乃為"衮衮諸公"狂言亂世所殃及的"吾儕小民"發音，故而落實至發憤著書，代"億兆姓之含冤茹辛"者鳴不平，以《現代中國文學史》作為"現代文人之懺悔録"①，進入現代文人的内心，代他們執筆，將他們在文學上的創作及其對國家社會的影響盡剖人前。矛頭之所指，首當其衝的，便是康、梁師徒以及胡適在内的"疑古非聖"一脈。

（2）"現代文人之懺悔録"

由以上的論證可見，《現代中國文學史》乃非一般的文學史。錢氏是這樣自陳其撰《現代中國文學史》的目的：

> 舉一世之人徒見諸公者文采炤映，傾動當時；而不知柴棘滿胸，中有難言之隱，捫心不得，抱慚何窮。讀者以此一帙為現代文人之懺悔録可也。②

何以稱之為"懺悔録"呢？"懺悔"一詞乃源自法國思想家盧梭（Jean - Jacques Rousseau，1712 - 1778）的《懺悔録》一書。盧梭的《懺悔録》，英文譯名為 *The Confessions*，蘊含著"在神面前坦白承認

① 錢基博：《現代中國文學史》（長沙：岳麓書社，1986），第 508 頁。
② 錢基博：《現代中國文學史》（長沙：岳麓書社，1986），第 508 頁。

一切的宗教性意味"[①]；而"把自己原原本本的寫出來"[②]，則是盧梭撰寫其書的動機；方法便是令自己"再度進入自己的内心世界"[③]。錢基博的《現代中國文學史》既意在描繪一幅"現代文人的懺悔録"，當然並没有盧梭的宗教的意味，可是他似乎立意進入現代文人的内心，代他們執筆，將他們在文學上的創作及其對國家社會的影響盡剖人前。然而，這一切均並非盧梭的以"懺悔"為名的"自辯"，而是仿具神力，進入犯罪者的内心，盡録其犯罪之動機與心態。這是《現代中國文學史》與《懺悔録》不同之處。

然則，何以錢氏會以此書作為"現代文人之懺悔録"呢？我們可從陳平原對《懺悔録》在民國年間的文人間掀起的熱潮的論述以窺其底藴：

> 盧梭在20世紀中國，可稱得上"聲名顯赫，影響深遠"。以《懺悔録》為例，20至40年代，便有七種中譯本問世。其中，1929年商務印書館出版的章獨譯本，附有大名人吴稚輝、蔡元培的序。周作人1918年出版的《歐洲文學史》，已開始討論《懺悔録》的得失；約略同時，吴宓、林語堂則在哈佛大學聽白

---

① 余鴻榮：《盧梭生平及其作品"懺悔録"》，見盧梭（Jean - Jacques Rousseau）著、余鴻榮譯：《懺悔録（*The Confessions*）》（臺北：志文出版社，1997），第21頁。

② 余鴻榮：《盧梭生平及其作品"懺悔録"》，見盧梭（Jean - Jacques Rousseau）著、余鴻榮譯：《懺悔録（*The Confessions*）》（臺北：志文出版社，1997），第14頁。

③ 余鴻榮：《盧梭生平及其作品"懺悔録"》，見盧梭（Jean - Jacques Rousseau）著、余鴻榮譯：《懺悔録（*The Confessions*）》（臺北：志文出版社，1997），第21頁。

璧德(Irving Babbit)講授關於盧梭的專題課。①

由此可見,受《懺悔録》影響而又為之宣揚的,均乃新文學運動中的領袖。陳平原又指出：

> ……法國大革命乃是《新民叢報》極為關心的話題。至於"激進主義"的《民報》之傾心於盧梭與法國大革命,更是意料之中。對於晚清主張改革的政治家——不管是温和派還是激進派——來説,法國大革命遠比文藝復興更接近於其現實關懷。②

而《新民叢報》的主筆梁啟超既是引介盧梭與法國大革命之先驅,錢氏矛頭之所指,首當其衝的,便是梁啟超。至於胡適在内的"疑古非聖"一脈,當然也在"懺悔"之列了。

八、總結

從以上的論述可見,錢基博在《現代中國文學史》中所徵用的乃廣義的文學觀念,這是一部衆所公認的廣義的文學史,任何的書寫模式均為其所挪用。錢氏雖睽離自己的文學史理想,然其"比次"、"比類"以及在《現代中國文學史》中所運用的"知人論世"方法,則為我們提供了一幅幅栩栩如生的"現代"文人圖像,而這一切

---

① 陳平原:《中國現代學術之建立——以章太炎、胡適為中心》(北京:北京大學出版社,1998),第434－435頁。有關盧梭思想在中國的傳播及其對梁啟超的影響,可參閱夏良才:《盧梭》(香港:中華書局,1994),第144－164頁。

② 陳平原:《中國現代學術之建立——以章太炎、胡適為中心》(北京:北京大學出版社,1998),第335頁。

又是截然迥異於目前我們所見的文學史論述。這正是錢氏所聲稱的作為“現代文人之懺悔録”的文學史。

在新、舊文化衝突底下而刻意為之的《現代中國文學史》,堪稱逆流之作,充分流露其崇古意識與深切的現實關懷,雖對新文學運動中人之評價不無偏頗,而一切均乃發自一位傳統文人對傳統與家國之關懷。此文學史為我們提供了在面對翻天覆地的劇變中,傳統文人的憂懼與不滿,愛憎分明,語調激越,堪稱發憤以抒情之作。而惟有將此書置於當時的大環境的時代氛圍,方能理解其真正目的與價值之所在。

附録二

文學史的書寫及其不足

一、前言

自 19 世紀末開始，已有中國文學史的書寫，[①]距今已過百年，橫跨三個世紀，文學史的出版堪稱恆河沙數，殆無可疑。這裏所指的"文學史"包括"中國文學史"與"現代中國文學史"。前者屬於通史，後者屬於斷代史。自胡適（適之，1891－1962）的白話文學史

① 據目前學術界普遍認為，第一本《中國文學史》乃林傳甲（歸雲，1877－1922）書寫。有關林傳甲的《中國文學史》的相關論述，可參陳國球：《"錯位"文學史：林傳甲的"京師大學堂國文講義"》，《文學史書寫形態與文化政治》（北京：北京大學出版社，2004），第 45－66 頁；夏曉虹：《作為教科書的文學史——讀林傳甲〈中國文學史〉》，陳國球等編：《書寫文學史的過去》（臺北：麥田出版社，1997），第 345－350 頁；戴燕：《中國文學史的早期書寫——以林傳甲〈中國文學史〉為例》，《文學史的權力》（北京：北京大學出版社，2002），第 171－179 頁。

的理念提出及其《白話文學史》出版後，有關“中國文學史”與“現代中國文學史”的書寫均深受胡適的白話文學史觀所影響。① 然而，一百多年來的文學史書寫，創獲良多，而不足之處亦復不少。其不足及富有爭議性的相關問題對於我們審視過去以及未來的文學史書寫，均有莫大的裨益。大體而言，值得省思的有以下幾方面。

二、粗疏與沿襲

文學史作為史學的一種，要有一定的事實依據纔能下判斷實屬必然；然而沿襲前人的文學史書寫内容及其模式並非尊重“客觀事實”，而是缺乏創見。為什麼前人的研究或文學史書寫一定是一錘定音的呢？而前人的學術研究是否又一定是秉著為學術而學術的呢？其實，頗有不少的例子是否定的，尤其是在 20 世紀，特別是 1949 年至 1978 年之間。

學術研究並非創作，我們當然不能憑空想像。然而，學術研究更應注重新問題與新範例的創發，別將問題簡單化，不然則一池死水，了無生氣。舉個例子，胡適是白話文學的主帥，首揭新文學革命的大旗。他的文學史觀影響了亦改變了中國文學的發展，當然他的一言一論都極其重要。然而很少有人注意到他最推崇的文學盛世卻竟然是元代，因為當時之文學“言文合一”，“白話幾成文學

① “中國文學史”較為著名的專著包括：劉大傑：《中國文學發展史》（香港：學林書店，1987）；陸侃如、馮沅君：《中國詩史》（天津：百花文藝出版社，1999）。“現代中國文學史”較為著名的專著包括：王瑶：《中國新文學史稿》（上海：上海文藝出版社，1982）。

的語言";而元代的關漢卿等劇作家當然亦是他力捧的白話文學正宗。[①] 而這個觀點的出處並不幽僻,就在著名的《文學改良芻議》一文當中,這是一篇幾乎是所有"現代文學史"與胡適研究者均必讀的文章,然而卻没人提及這一重要的觀念。[②] 我們都知道,元代的國祚很短,衹有八十九年,元代是兵荒馬亂的年代,漢族人備受蒙古統治者的歧視,文人的地位更是位列第九等的卑微地位。故此,除了極少數被納入朝廷的漢族文人的創作之外,其他絶大多數的文人均絶意仕途。以至於有才華者為了謀生不得已而流落勾欄,故而雜劇成為元代的文學大宗。相對來説,除了雜劇之外,元代其他的文類則成就不高,幾成中國文學史的定論。[③] 故此,胡適將元代文學視為中國文學史上之最盛的朝代便相當有值得探討的價值

---

① 胡適:《文學改良芻議》,見北京師範大學中文系現代文學教學改革小組編:《中國現代文學史參考資料》(北京:高等教育出版社,1959),第1卷,上册,第50頁。

② 蔣星煜注意到了胡適關於元雜劇、南戲與傳奇的觀點,然卻有如下結論:"胡適對於元雜劇、南戲、傳奇發表了許多看法,有的有新的見解,但在分寸掌握上失去平衡,許多優缺點、長短處都説過了頭,感情激動,而缺乏理論的依據和科學的分析。"見蔣星煜:《胡適論元雜劇與明清傳奇》,《中國古代、近代文學研究》,1993年第1期(2月),第178頁。

③ 在由柳存仁、陳中凡、陳子展等八人合著的《中國大文學史》一書八百五十七頁中,元代文學史衹佔了五十五頁。見柳存仁等:《中國大文學史》(上海:上海書店出版社,2001)。而另一文學史學者劉大傑卻指出:"……在文學史的觀點上,元代卻是一個重要的時期,因為在這個新政治的局面下,在這個舊精神舊信仰的崩潰下,文學得到了新的發展的機運和自由,它可以從舊的圈套和舊的束縛中解放出來,前人視為卑不足道的民衆文學,大大地抬起頭來,代替了正統文學的地位,而放出了異樣的光彩。"話雖如此,其實劉大傑所稱譽的衹是元代的散曲、雜劇而已,至於古文詩詞以至於小説,劉氏則認為是"承襲前代的作品,跳不出唐宋諸賢的圈子。……至於元代的白話小説,多為宋代話本的擬作,没有偉大的作品"。見劉大傑:《中國文學發展史》(香港:學林書店,1987),下册,第234頁。

了。這並不是説歷來都没有如此觀點者而就説胡適的觀點必然是荒謬,他背後自有一套支持這一判斷的觀點。為何他會提出這樣的一個截然不同於時流的文學史觀?他背後又是如何的一套文學史觀?這對於理解胡適的整套文學史觀都是非常重要的一個觀點,而這一觀點亦牽涉整個"現代文學史"的發展。這都是值得大書特書、深入探討的一個重要課題,然而幾乎在所有的"中國文學史"的元代部分、"現代文學史"的專著或有關胡適的文學史研究中,胡適所提出的這一觀點均未曾為人所注意。而胡適在《白話文學史》中所提及的有關白話文學在各朝代的萌芽與發展,卻幾乎又一成不變地為日後的其他文學史所沿襲。這種現象説明了過去的文學史書寫太不夠細膩了,這不夠細膩亦説明了學者沿襲前人的惰性,缺乏自己在資料堆中爬梳、整理、發現的耐心及提出新觀念的期待與勇氣。

三、側重文人創作而忽略民間文學

側重文人創作,忽略民間文學,是有文學史書寫以來的一大通病,即使在五四時期,胡適與顧頡剛(銘堅,1893－1980)等人均努力提倡與發掘民間文學,但在實際的文學創作上卻南轅北轍。當時,錢基博(子泉,1887－1957)甚至批評胡適所鼓吹的白話文學基本上還是文人創作,根本不夠"民間",又對當時的新文學作家的創作作出如下的批評:

> ……胡適之創白話文也,所持以號於天下者,曰:"平民文學也,非士夫階級文學也。"……樹人善寫實,志摩喜玄想,取徑不同,而皆揭"平民文學"四字以自張大。後生小子始讀之而喜,繼而疑,終而詆曰:"此資產階級文學也,非真正民衆也。

> 樹人頽廢,不適於奮鬥。志摩華靡,何當於民衆。志摩沉溺小己之享樂,漠視民之慘沮,唯心而非唯物者也。至樹人所著,祇有過去回憶,而不知建設將來;祇抒小己憤慨,而不圖福利民衆。若而人者,彼其心目中,何嘗有民衆耶!"①

其實,胡適他自己亦並非不知道,他説:

> 在民國八年的八月裏,我的朋友李辛白先生來對我説:"你們辦的報是為大學中學的學生看的,你們説的話是老百姓看不懂的。……你們做的文章,老百姓看不懂。"②

然而事隔數十年後,仍再有論者對白話文學之太過傾向文人創作作出如下的批評:

> "五四"作家開拓了許多新文類,就是在把這些新文類文人化。"五四"作家和思想家用白話取代文言作為文學語言,理由之一説是讓文學能接近"引車賣漿者流",他們可能真誠地相信新文學的"大衆化"目標。但實際上,他們反使原先接近大衆的白話小説脱離了大衆。"五四"文學用白話,並没有使詩歌小説易懂了,相反,是難懂了。連王統照這樣的"文學青年",都説當時他們讀不懂魯迅的小説。一直到四十年代,半文半白或白裏夾文的鴛鴦蝴蝶派,讀者還是比新文學多。瞿秋白把從"五四"開始確立的現代漢語文學稱為"新文言",

---

① 錢基博:《現代中國文學史》(長沙:岳麓書社,1986),第504頁。

② 胡適:《大衆語在那兒》,《胡適文存》(臺北:亞東圖書公司,1953),第4集,第531頁。

> 確是一箭中的。從三十年代延續到四十年代的"文學大衆化"之辯論,至少有一點都明白:"五四"文學的確脱離大衆。反過來説,"五四"文學創造了中國文化轉型的可能,恰恰因為它是非大衆文學,而是文人化文學。①

因為是文人創作,五四文學的"現實性"亦不強。②

縱使鄭振鐸(1898 –1958)頗用力於"俗文學史"的研究,③顧頡剛更孜孜不倦地花了數十年搜集了近百萬字的關於孟姜女故事的流變資料,然而這少數學者的努力始終無法扭轉由始至終以文人創作為主導的文學史書寫。而高懸走向"民間"的文學史理想者的領導者胡適,似乎亦不曾注意到新文學的創作傾向始終局限於"文人"。即使是1949年之後,强調一切以大衆(工農兵)為主,然而五四以來的文人創作基本没變,衹不過將所謂的"資産階級"稍微轉為"無産階級",而魯迅、巴金、老舍、茅盾、朱自清、冰心……這些錢基博所謂的"文人創作"的作家基本上仍佔據"現代文學史"的中心,縱使後來有趙樹理的民間文學的出現,然而在"革命文學"的大洪流中,不外是微不足道的浮花浪蕊而已。而至於20世紀80年代的先鋒文學及其流變,其敘述之變幻莫測,其理念之玄奥,更是非一般學院之外者所能理解。至此,民間文學的理想可謂消亡殆盡。

---

① 趙毅衡:《先鋒文學——文化轉型期的純文學》,《必要的孤獨》(香港:天地圖書有限公司,1995),第333頁。

② 趙毅衡:《先鋒文學——文化轉型期的純文學》,《必要的孤獨》(香港:天地圖書有限公司,1995),第334頁。

③ 參鄭振鐸:《中國俗文學史》(長沙:商務書店,1938)。

四、“疑古思潮”在“現代文學史”中的缺席

白話文學史之提出乃基於胡適的疑古思想以及顧頡剛、錢玄同、鄭振鐸等人在内涵上之襄助而建構起來,由顧頡剛所編的《古史辨》中所收的有關《詩經》的論辯可見一斑。以胡適、顧頡剛為主,以錢玄同與鄭振鐸為輔助的新派學者,均戮力將《詩經》從作為六經之一與古典文學之源頭拉下來,並以細讀的方式,將《詩經》解釋為源自民間的創作,從而為文學白話史的建構找到了權威的證據。

然而,無論是關於疑古思潮在白話文學史的建構中所起的作用,或者是胡適與顧頡剛因受疑古思潮的影響從而建構了白話文學史,迄今為止,在目前的現代文學史中,①或者有關白話文學史的研究中,②均未曾給予應有的重視,甚至可以説是完全被忽略了。直至目前為止,並未見有任何闡述“疑古思潮”與胡適及顧頡剛建構白話文學史的關係的專著。目前學界主要還是將“疑古思潮”置於史學的範疇,而且大多是以顧頡剛為主,反觀胡適的作用與位置卻得不到應有的重視。目前所見,將胡、顧兩人並稱為“疑古派”

---

① 許多中國文學史忽視了疑古思潮與白話文學史的關係,如王瑶:《中國新文學史稿》(上海:上海文藝出版社,1982);林志浩主編:《中國現代文學史》(北京:中國人民大學出版社,1995);唐弢、嚴家炎主編:《中國現代文學史》(北京:人民出版社,1996);錢理群、温儒敏、吴福輝:《中國現代文學三十年(修訂本)》(北京:北京大學出版社,1998);至於香港、臺灣地區的現代中國文學史,與上述情況相同的則如司馬長風:《中國新文學史》(香港:昭明出版社,1978);尹雪曼:《中國新文學史論》(臺北:“中央”文學供應社,1983)。

② 例如高大鵬:《傳遞白話的聖火:少年胡適與中國文藝復興運動》(板橋:駱駝出版社,1996);連燕堂:《從古文到白話:近代文界革命與文體流變》(北京:中央民族大學出版社,2000)。

的，祇有周予同與許冠三而已。① 現在的論著一提起疑古學派，必定首舉顧頡剛，而胡適卻反而敬陪末座，更多的是連陪坐的份都没有。② 故而有學者便提出如下的證據以説明胡適在《古史辨》與疑古思潮中的重要性：

> 胡適在《古史辨》上發表文章持續到 1933 年第六冊出版，他對古史辨派的貢獻不容忽視。尤其重要的是，在古史辨派創立初期，胡適實際上具有規劃、領導的作用。即使在顧頡剛提出"層累説"之後，胡適也仍然是古史辨派的思想導師。在顧頡剛提出"層累説"的同時，胡適提出了"縮短"與"拉長"的"兩階段説"。既然胡適在古史辨派"内部"具有創立此一理論的"資格"，那麼"兩階段説"就應當與"層累説"一樣被視為古史辨派早期的重要概念而與"層累説"平行並舉。③

> 所謂"古史辨"學派，是以疑古辨僞為特徵的史學派别。長期以來，人們都把顧頡剛作為這一史學派别的創立者，這自然是不錯的。但應該指出：胡適是"古史辨"學派的啟示者和

---

① 周予同：《五十年來中國之新史學》，《學林》，1941 年第 4 期，見周予同著、朱維錚編：《周予同經學史論著選集》（上海：上海人民出版社，1996），第 513－573 頁。許冠三：《新史學九十年：1900－ 》（香港：香港中文大學出版社，1986），上冊，第 133 頁。

② 有學者認為 20 世紀 80 年代學界的大多數人都已不認為胡適是疑古學派中人，"而極少談到胡適"。見張京華等：《二十世紀疑古思潮》（北京：學苑出版社，2003），第 265 頁。

③ 見張京華等：《二十世紀疑古思潮》（北京：學苑出版社，2003），第 267 頁。

支持者,没有胡適,就不會形成"古史辨"學派。①

其實,早在20世紀20年代的錢基博已犀利地指出胡適乃承王闓運、廖平、吴虞、康有為與梁啟超這清末疑古學派的一脈而崛起;②在五四期間的學術界間風雲際會,掀起了翻天覆地的文學革命。

整體而言,在目前的現代文學史以至於有關新文學運動的有關研究當中,對於以顧頡剛為首的疑古史派對新(白話)文學史建構的思想背景、方法以及其在文學史、學術史以至於思想史上的意義,均未有足夠的深入探討或深刻的認識。③

五、政治化與革命化的文學史書寫

中國現代文學史的寫作,牽涉頗為複雜的文學理論和意識形態的操作,而最為嚴重的是在很大的程度上受到國家意志論述的影響,無論是在祖國大陸,還是在港、澳、臺,均成為關注的焦點。

1949年之後,"工農兵文學"的文藝政策不僅在某種程度上僵化了文學創作,就連文學史的書寫亦是以上述的意識形態為依歸,甚至可以説,文學史的書寫扮演了建構革命神話的角色。1949年

---

① 季維龍:《胡適與顧頡剛的師生關係和學術情誼》,沈寂主編:《胡適研究》(合肥:安徽教育出版社,2000),第226頁。

② 錢基博:《四版增訂識語》,《現代中國文學史》(長沙:岳麓書社,1986),第509-510頁。

③ 例如陳平原等編:《文學史》(北京:北京大學出版社,1993年第1輯,1995年第2輯,1996年第3輯);陳平原:《文學史的形成與建構》(廣西:廣西教育出版社,1999);錢理群:《反觀與重構》(上海:上海教育出版社,2000);陳國球等編:《書寫文學的過去》(臺北:麥田出版社,1997);陳國球編:《中國文學史的省思》(香港:三聯書店,1993);陳國球:《文學史書寫形態與文化政治》(北京:北京大學出版社,2004)。

之後，第一本中國現代文學史是由王瑤(昭琛，1914－1989)所編寫的《中國新文學史稿》。此書雖非如日後的其他文學史般完全以"工農兵文學"的意識形態為依歸，然而其傾向政治的立場已是相當明顯。[①] 至於其後其他幾本文學史的編寫，則已完全由"工農兵文學"的意識形態所主宰。黃修己亦認為對這種 1949 年之後的文學史書寫現象有如下的現象：

> ……大大加強了政治性，越來越向革命史靠攏，對中國現代文學史的研究與編纂，卻並没起什麼推進作用。[②]

至此，文學史完全失去獨立的地位。這種向"革命史靠攏"的文學史書寫現象，導致文學史淪為建構革命神話的工具；與此同時，這種作為建構革命神話的文學史對文學作品亦作出了某種程度的扭曲以及單一的革命化。

1949 年後的以"工農兵文學"的意識形態為依歸的這種文學史的書寫大體上可謂大同小異，萬變不離其宗。中國古代文學史的書寫基本上都是以封建與反封建的鬥争作為範式，而最終當然是反封建戰勝了封建，並由白話文學推翻了古典文學的壟斷為結局。而更為官方所關注的應是現代文學史的書寫，因為現代文學史中有很多左翼文學家，如魯迅、郭沫若、茅盾等等，此中牽涉敏感的政治與意識形態的戰略問題。我們可以以林志浩所編寫的作為"高

---

① 樊駿這樣描述王瑤的《中國新文學史稿》："這是第一部以新民主主義理論作為理論根據，以無産階級思想領導，人民大衆的，反帝反封建的新民主主義文學界定現代文學性質編寫的文學史。"見樊駿：《論文學史家王瑤》，孫玉石編：《王瑤和他的世界》(石家莊：河北教育出版社，2000)，第 411 頁。

② 黃修己：《〈中國新文學史稿〉的歷史地位》，孫玉石編：《王瑤和他的世界》(石家莊：河北教育出版社，2000)，第 467 頁。

等學校文科教材"的《中國現代文學史》作為説明的例子。此書於1979年9月發行了第一版,1984年4月發行第二版,及至1995年4月已經是第十五次印刷,可見其影響力不小。此書共分上下兩冊,共二十章,八百三十七頁。章節是這樣分配的:第一、二章分别題為:"文化、文學運動的偉大轉折"與"中國共産黨成立後的文學運動與思想鬥争";①第三章、第九章乃魯迅專章,題為"文化革命的偉人——魯迅(上)"、"文化革命的偉人——魯迅(下)"(第75-149頁,第374-411頁);第四章與第十章乃郭沫若與茅盾專章,題為:"新詩的奠基者——郭沫若"、"傑出的革命作家——茅盾"(第150-183頁,第412-450頁);巴金、老舍與曹禺一起被安排在第十一章(下冊,第461-511頁);第五章、第六章名為"初期的重要社團和作家(一)、(二)"(上冊,第184-217頁,第218-262頁),但不見有"新月"與"語絲"等,祇有"文學研究會"與"創造社";第七章、第八章乃專論"無産階級文學運動與中國左翼作家聯盟"以及"左聯時期的文藝思想鬥争和理論"(第263-309頁,第310-373頁);第十二章至二十章的標題如下:"左翼作家和其他作家"、"抗戰前的文藝運動"、"堅持抗戰和進步的文學創作"、"《在延安文藝座談會上的講話》開闢了現代文學的新階段"、"解放區的戲劇"、"解放區的小説和報告文學"、"解放區的詩歌"、"國統區的文藝運動思想的論争"、"國統區的進步文藝創作";最後還有"勝利的大會師,大團結"。

林志浩這本名為"中國現代文學史"的文學史,而且是作為教材的文學史,單從其標題而言,已是政治淩駕一切。在此書的"緒論"中,對現代文學的誕生有如下描述:

---

① 林志浩主編:《中國現代文學史》(北京:中國人民大學出版社,1995),上冊,第22-54、54-74頁。

> 中國現代文學是無産階級及其先鋒隊——共産黨領導的……文學與政治的密切聯繫,文學反映徹底的反帝反封建的民主革命的鬥争,這是中國現代文學光輝的傳統。
>
> 現代文學産生在五四運動前夕,它是舊民主主義時期文學的一個合理的發展。通過五四運動,它纔擴大了社會的影響,並成為無産階級領導的革命事業的一部分。①

在這樣的文學觀念之下,胡適、徐志摩、梁實秋等"資産階級"者流自然消失了蹤影;就連質疑新文學運動的"學衡派"也被抨擊、污衊為"反動"、"同軍閥政客的復古措施相呼應"。② 這樣的觀念,為的是建構革命的神話,恰如羅蘭·巴特(Roland Barthes)所言:"神話的功能是要掏空現實。"③

由以上的討論可見,中國現代文學史是如何在"工農兵文學"的意識形態的影響下而在某種程度上喪失了自己獨立的位置與文學性,淪為政治的附庸。以上的文學史書寫模式不止是林志浩《中國現代文學史》的個別現象,而是 1949 年之後的文學史書寫的一個基本模式。

在上述的文藝政策底下,文學失去了自主性,文學家淪為文

---

① 林志浩主編:《中國現代文學史》(北京:中國人民大學出版社,1995),上册,第 1 頁。

② 林志浩主編:《中國現代文學史》(北京:中國人民大學出版社,1995),上册,第 65 頁。對"學衡派"有較為客觀的評價的論著、可參沈衛威:《回眸學衡派》(新店:立緒文化事業有限公司,2000);羅崗:《歷史中的〈學衡〉》,《二十一世紀》,1995 年第 28 期(4 月),第 40 – 48 頁;魏建、賈振勇:《"學衡派"再評價》,《文學評論》,1995 年第 4 期(7 月),第 29 – 35 頁。

③ 羅蘭·巴特著,許薔薔、許綺玲譯:《神話——大衆文化詮釋》(上海:上海人民出版社,1999),第 203 頁。

匠,祇是為修改符合"工農兵文學"的宣傳作品而存在,[①]至於文學史的書寫也祇是以"工農兵文學"的意識形態為批評的基準。每一次新的文學史的出版,其實均祇是一次"覆寫"[②],作家的座次、篇幅大致没有分别,最多祇是遣詞造句與選用的作品略有不同而已。這是特定的政治氛圍底下,文學與文學史的悲哀。[③]

陳思和在《中國當代文學史》中指出文學史有兩種類型,一是以"文學史知識為主型",另一種是以"文學作品為主型"。[④] 從以上的探討中,我們可得見還應有以意識形態為主的類型,而且,這種類型是1949年以來的主導類型,亦是因為這種以意識形態為主的文學史類型,纔引發20世紀80年代陳思和與王曉明提出"重寫文學史"的口號。相關論述頗多,在此不贅。

海外方面,最為人矚目的文學史應首推夏志清的 *A History of Modern Chinese Fiction*(《中國現代小説史》)。夏志清在耶魯大學

---

① 由唐弢與嚴家炎所主編的《中國現代文學史》便這樣講述如何使樣板文學作品《白毛女》更樣板化:"1945年5月,《白毛女》在延安開始公演。……第二天,中央辦公廳傳達了毛澤東同志、周恩來同志告其他中央領導同志的三點意見:第一,這個戲是非常適合時宜的;第二,黄世仁應該槍斃;第三,藝術上是成功的。……1946年,他們來到張家口繼續演出,並根據廣大群衆的意見,對劇本作了重要的修改。在此後的演出過程,又不斷修改,使《白毛女》日臻完美。……《白毛女》的修改過程,也是不斷提高對農民反抗地主壓迫的革命性的認識過程。"見唐弢、嚴家炎主編:《中國現代文學史》(北京:人民出版社,1996),第3冊,第263-264頁。相關論述可參孟悦:《〈白毛女〉演變的啟示兼論延安文藝的歷史多質性》,見唐小兵編:《再解讀:大衆文藝與意識形態》(香港:牛津大學出版社,1993),第68-89頁。

② "覆寫"乃陳思和之見。見陳思和:《關於"重寫文學史"》,《筆走龍蛇》(濟南:山東友誼出版社,1997),第108頁。

③ 有關1949年之後的文學史的建構及其所引發的問題的論述,可參陳岸峰:《文學史的建構及其不滿》,《當代》,2003年第195期(11月),第100-121頁。

④ 陳思和:《筆走龍蛇》(濟南:山東友誼出版社,1997),第6頁。

深受業師——新批評(New Criticism)的宗師勃羅克斯(Cleanth Brooks)的影響,講求作品獨立作主(literary autonomy),探討其文學性(literariness)等等為批評的準則,故而對不受時代影響的張愛玲與錢鍾書的作品大加抬捧。夏氏雖在中文版的序言中聲言文學不應為政治服務,然而其品評作家時卻又流露出極右的立場。而此書的批評特色便是新批評式的細讀,並以西方的人道主義為準的,衡量中國作品,而往往卻又得出中國的作品不及西方好。在這不太好的中國現代小説史中,他卻又看上了張愛玲、錢鍾書與沈從文,中文版又添加了個姜貴。而且,更令人詫異的是,中國小説的開山祖師魯迅卻衹有二十多頁,比在内地的中國現代文學史或小説史上默默無聞的張愛玲足足少了二十多頁,也比錢鍾書少兩頁。這個新圖像,迥然有别於官方文學史,完全出於其獨特的批評基準。以上種種,因而招致普實克(Jaroslav Průšek)的不滿,撰寫"Basic Problems of the History of Modern Chinese Literature: A Review of C. T. Hsia, *A History of Modern Chinese Fiction*"一文作出批評。① 當然,自負的夏志清必然還擊,於是寫了篇"On the 'Scientific' Study of Modern Chinese Literature: A Reply to Professor Průšek"作回應。② 這是兩位文學信念與政治立場極之不同的大師的文學史觀之争,而由這場論争,卻又饒有意義地擴了文學史書寫的省思。

普實克批評夏志清為一主觀的批評家,而且,亦是一位存政治

① Jaroslav Průšek, "Basic Problems of the History of Modern Chinese literature: A Review of C. T. Hsia, *A History of Modern Chinese Fiction*", Leo Ou-fan Lee ed., *The Lyrical and the Epic* (Bloomington: Indiana UP, 1980), pp. 195-230.

② C. T. Hsia, "On the 'Scientific' Study of Modern Chinese Literature—A Reply to Professor Průšek", Leo Ou-fan lee ed., *The Lyrical and the Epic* (Bloomington: Indiana UP, 1980), pp. 231-266.

偏見的主觀批評家。因此,夏志清對普氏在文學批評的方法上作出了反擊,並對自己在《中國現代小說史》中對某些作家的評價作了辯解與修正。夏氏再一次宣稱他在《中國現代小說史》中乃以"文學意義"為準的,而非普氏所批評的將文學臣服於政治。話雖如此,但是任何看過中文版的《中國現代小說史》的人均不會忘懷夏氏在其序言中所宣稱的反對共產黨的立場。個人反對是一回事,但是他的《中國現代小說史》的基礎原來也是建基於為美國官方編寫的"中國手冊"以供美國軍官參閱。此書的強硬反對的立場就連審閱的美國軍方與政府高級官員也不能接受。

普實克乃左派人士,同情中國革命,認為現代中國小說應能具備反映當時中國人民大衆的需要,他因此而讚同毛澤東的《在延安文藝座談會上的講話》。但是,值得一提的是,他有否考慮毛澤東是甚麼身份?他的《延安文藝講話》的動機與目的是甚麼?究竟大衆文學的社會需要是出於政治的意識形態所需還是整個中國社會的需要呢?但是他讚同,因為他極同情中國的革命,其文學批評亦是以作家之愛國程度與貢獻作為衡量標準的,故而讚揚投奔延安的作家,批評夏志清給予留在淪陷區的周作人與張愛玲的高度評價。事實上,從夏志清極度愛國的情懷而言,他本應對周作人大肆鞭撻,但他没有這樣做。不但對其過失輕輕帶過,甚至後來更寫了篇《人的文學》推崇周作人在五四提倡的人的文學。雖然該文毫無新意,更談不上内容,卻可見他對周作人是特別照顧的。相對而言,極度愛國的魯迅,夏志清卻因其在晚年成為"左聯"盟主,便大肆攻擊。總言之,夏志清的政治偏見是非常明顯的,而且由其對周氏兄弟的評價可見,在政治偏見中亦有不同的對待。但是,話又説回來,普實克其時在批評夏志清該書帶有政治偏見時,他卻忘了自己亦是個將文學政治化的學者。所以,一個忘了自身亦是以政治立場詮釋文學,而另一位實際上人人都見其存在政治偏見,卻又閉口不認。哪裏有可能達至共識?

在如何評價作家方面,夏氏認為批評標準應不為國家、民族、時期與意識形態所影響,而且可應用到所有的文學當中。然而,普氏則認為批評家應具"歷史的同情心"(historical sympathy),即是對作品與時代的關係為評價的出發點,能反映時代問題的便值得肯定。這與宣稱以"文學意義"為準的夏氏的批評觀自然截然不同。夏氏認為文學家所應重視的是作家的"實際表現"(actual performance)而非其"意向"。故此,他認為普氏的"歷史的同情心"乃"意圖的謬誤"。在理論上,似乎夏志清較合理,但是其實際批評並非如此。

夏志清對魯迅的理解遠遠不及其兄夏濟安,[①]最基本的原因就是政治偏見。他幾乎將魯迅批評得一文不值,認為自兩部小說集之後,魯迅的創作力就開始衰退。但他卻漠視同樣重要的《故事新編》與散文詩《野草》的價值,對其雜文更是大肆鞭撻。夏志清的根本矛盾在於他雖在序言中強調文學不應為政治服務,然而政治傾向卻往往成為他評價作家的標準,尤以其對魯迅的批評最為苛刻、不公。如他在答辯中所言,真正的文學乃內心的黑暗,這豈不正是其兄長筆下的魯迅嗎?

夏志清在現代中國小說上的研究成就斐然,他的《中國現代小說史》雖是面向共産黨的"主流"文學史而撰,書中或不免存在態度上與字眼上的過激,然而這種立場不構成他在重新勾勒一現代小說史以抗衡"主流"論述的障礙,無論是"左"派作家,還是右派作家,他的批評準則始終如一。而且,藉著《中國現代小說史》的令人

① T. A. Hsia, "Aspect of the Power of Darkness in Lu Hsun", *The Gate of Darkness: Studies on the Leftist Literary Movement in China* (Seattle: University of Washington Press, 1968), pp. 146 – 162.

信服的篩選與評價,"主流"文學即使如何抬捧其文學偶像,卻始終難敵夏氏扎實的學術眼光。作為"主流"文藝政策的抗衡者,《中國現代小説史》有力地保衛了文學的尊嚴,也捍衛了五四的文學遺産。

再則,夏氏憑著敏鋭的文學觸角與淵博的學問,勇於衝決所建構的"魯迅神話",重估大家,還他們一個本來的面目,這極有助於拓展文學研究的層面。李歐梵與王德威在有關魯迅的研究上,均深受其影響。

另一方面,《中國現代小説史》自面世及至現在的 21 世紀初,在可見的文學史當中,仍然鶴立雞群,成就卓越。《中國現代小説史》的成就在於其中所選入的作家絶大多數得到學術界的認同。没有《中國現代小説史》,今天可能仍然是魯迅獨尊,没有炙手可熱的張愛玲,没有沈從文的湘西文風,也絶對可能會忽略錢鍾書在小説方面的才華。這樣説來,整個中國現代文學史也當是另一個樣子。華人學術圈所接受的這樣小説家的成就正是對夏志清的《中國現代小説史》的卓越成就的客觀認同。

《中國現代小説史》在個别作家的細讀與分析方面是敏鋭深刻的,然而,在比較作家與作家之間的評價上,就突顯了夏志清在文學趣味上的偏向,例如以魯迅與張愛玲兩人的小説評價而言,他顯然是覺得張愛玲的成就高於魯迅。這種偏好,或者説審美判價上的傾向,是重文學的藝術性多於思想性的。從他對張、魯兩人的偏頗可反映,他並不認同五四文學的那種"感時憂國的精神"。即是説,文學應獨立自主而非作為政治的附庸。故此,他痛斥"工農兵文學"的文藝政策,"左"派作家那種以意識形態為創作依歸的作品,自然也是其視綫之外了。

另外,夏志清在《中國現代小説史》后面還附録了他對臺灣作家姜貴小説的評論。姜貴的小説《旋風》為夏氏揄揚,並稱之為晚清—五四—30年代小說的集大成者;而此書最近亦入選為"臺灣文學經典"。然而,實際上姜貴寫完《旋風》後卻是屢投屢退,長達六年都無法付梓。直到他五十歲生日那年纔自資印了五百本作為紀念。《旋風》入選經典,寫現代小說史的學者,像夏志清教授等人很有功勞——學術圈也是"生產知識"的地方,所以有"經典化"文學作品的能力。讓人納悶的是,在20世紀結束之前,《旋風》一直没有機會重新出版,恐怕很少有人讀過這本久聞大名卻遍尋不着的"臺灣文學經典"。於是,為什麼這樣的經典會"出"不來,或銷不出去?這是個有趣的問題。

《旋風》是不是經典並不重要,重要的是何以同受夏氏推崇的張愛玲與錢鍾書,尤其是前者,至今已是普遍承認的名家,而姜貴及其《旋風》又有幾人認識呢?我們不得不承認,要推崇一位作家的小說,也要那作家的小說本身有足夠的藝術成就,單純以政治立場為出發點證明並不能吸引讀者的青睞。

六、結語

文學史的研究所牽涉的層面相當廣闊,若要兼及深度的挖掘,更是難乎其難,這本身已是一項挑戰。至於政治的干預,則更令文學史在學術層面舉步維艱。過往的以政治立場為判價標準,無論是"左"是右,均是一時一地的產物,絕非嚴肅端正的學術研究,不值得鼓勵。21世紀的中國文學史的書寫,應在前人的基礎上,朝向更縱深、更全面、更嚴謹的學術研究。

後　記

此書是我的博士論文。在此必須感謝導師陳麗芬教授的指導,同時也要感謝論文委員會的陳建華教授、馮耀明教授、危令敦教授、葉少嫻教授以及蘇耀昌教授的審閱,並提供了寶貴的建議。在此必須特別感謝葉少嫻教授十多年來對我的學業與工作的關心與支持。

香港大學饒宗頤學術館主任鄭煒明教授,於百忙中撥冗通讀全書並賜序,隆情厚誼,十分難得。鄭煒明教授是詩人,亦是學者,曾與我短暫共事,不久後轉任饒館,在繁忙的行政工作之餘,仍不忘研究,成就斐然。在他的邀請下,我在饒館發表了《王士禛神韻詩學的理論與實踐》一文。與此同時,他又向中華書局推薦我為《世說新語》作箋注,此書為我的學術研究打開了魏晉文學的另一片廣闊的天地,給予了我領悟人生的智慧與契機,甚至洗滌了我在磨難歲月中的心靈,無言感激。

同樣供職於饒館的龔敏博士,與我因工作關係而認識,彼此都傾心於學術研究,惺惺相惜,並因此時常聯繫,偶有聚會,均十分坦誠暢快。因為龔敏兄的引介,我將哲學碩士論文《沈德潛詩學研究》與博士論文《疑古思潮與白話文學史的建構——胡適與顧頡剛》都交給了齊魯書社出版,衷心感謝。

在我彷徨的時刻,陳永華教授與覺慧居士時時給予關心與鼓勵,解疑釋惑,如父如兄。這一段共聚的美好時光,永存我心。

謝謝鄭鍾幼齡教授在此次出版上的支持,以及數年來在工作上的指點與生活上的關心。我佩服她獨具慧眼,瞭解並尊重下屬的存在價值。

謝謝香港大學專業進修學院研究撥款委員會的沈雪明教授、楊健明教授、黄德明教授、詹志勇教授以及張偉遠教授對申請出版的審閱與批核。

此外,還得謝謝齊魯書社的副編審李軍宏女士以及郭覲女士,為這本書的出版所付出的心血。

最后,還要謝謝好友小岳對此書出版的關心與提點。

此書篇章,陸續發表於許多重要的學術期刊及圖書,詳情如下:第二章主體内容《白話文學史的建構方法》,《研訊學刊》,2010年第16期(12月),第18-33頁;第五章《傳統的再發明與白話文學史的建構》,《二十一世紀》,2009年6月,第65-73頁;第四章《走向“民間”:白話文學史的理念及其實踐》,《歷史與記憶:中國現代文學國際研討會論文集》(香港:牛津大學出版社,2008),第201-232頁;本書附録一《發憤以抒情:論錢基博的〈現代中國文學史〉》,《漢學研究》,2004年第1期(6月),第325-356頁;附録二《文學史的書寫及其不足》,《當代》,2006年第221期(1月),第98-117頁。

陳岸峰

2011年4月28日

圖書在版編目(CIP)數據

疑古思潮與白話文學史的建構——胡適與顧頡剛/陳岸峰著.—濟南:齊魯書社,2011.6

ISBN 978-7-5333-2502-2

Ⅰ.疑... Ⅱ.①陳... Ⅲ.①新文學(五四)—文學史—研究②胡適(1891~1962)—人物研究③顧頡剛(1893~1980)—人物研究 Ⅳ.①I209.6 ②K825.4 ③K825.81

中國版本圖書館CIP數據核字(2011)第076486號

疑古思潮與白話文學史的建構

——胡適與顧頡剛

陳岸峰 著

出版發行	齊魯書社
社　　址	濟南市英雄山路189號
郵　　編	250002
網　　址	www.qlss.com.cn
電子郵箱	qlss@sdpress.com.cn
印　　刷	日照日報印務中心
開　　本	880×1230/32
印　　張	7.75
插　　頁	3
字　　數	201千
版　　次	2011年6月第1版
印　　次	2011年6月第1次印刷
印　　數	1-1200
標準書號	ISBN 978-7-5333-2502-2
定　　價	28.00圓